KB252918

수필창작법

황 송 문

국학자료원

머리말

　'수필에 작법이 있을까'하고 누가 묻는다면, 우선 '없다'고 대답한 다음, 그러나 이 세상에 '법칙 없이 만들어지는 게 있느냐'고 반문할까 한다. 처음부터 작법이 있다고 한다면, 어떤 장인이 무슨 일정한 물건을 만드는 공식이나 방법처럼 들릴 수 있기 때문이다. 그러나 제호는 그냥 '수필창작법'으로 정하였다.

　나는 대학에서 '수필창작특강'을 강의해 왔고, 신문사에서 운영하는 문화센터에서도 '수필작법'을 강의해 왔는데, 마땅한 책이 없어서 불편을 느껴 오다가 올 여름 방학에는 만사제폐하고 두문불출, 들어박혀서 이 책을 쓰게 되었다.

　이 책은 마치 억수로 쏟아지는 총탄을 무릅쓰고 적진을 향하여 돌진하는 병사처럼 그렇게 낮이나 밤이나, 밤낮없이 붙들고 늘어져서인지 애착이 간다. 나는 그 동안 이 책에 영양가 높고 맛있는 식단을 꾸미려고 노력하였다. 우리 나라 전체의 저명한 수필가의 작품은 물론, 신인의 작품도 예문으로 차용하는 등, 좋은 수필은 거의 다 망라해서 다루었다.

　나는 예문으로 활용하는 수필 작품을 통하여 일정한 작자의 인격과 체온을 접했다. 여기에 수록한 수필 작품의 예문들이 마치 밤하늘에 빛나는 별떨기나 모래밭에 반짝이는 사금(砂金)으로 비유할 수 있을 것이다. 수필의 인플레 현상으로 자주독립을 하지 못하고 구조 조정을 요하는 오늘날, 좋은 알곡 수필만 남고 글 같지도 않은 쭉정이들은 물러가라는 무언의 잠언이 되겠다는 생각이 들기도 한다.

해마다 대학에 들어오는 신입생들을 만나 보면 어휘력이라든지, 사고력, 독해력, 상상력, 창작력 등의 영양실조가 말이 아니라는 사실에 곤혹스러워하지 않을 수 없었다. 이 책이 수필의 창작 능력을 향상케 하는 데는 물론, 풍부한 어휘력과 다양한 사고력, 정확한 독해력 향상에도 도움이 되겠다는 생각이 들었다.

여기에서는 창작의 능력을 함양하기 위해서 필요한 이론은 활용하면서도, 예술성, 문학성을 굳어지게 하는 그런 경직된 이론은 배제하고자 애썼다. 지나친 형해적인 이론은 오히려 문예 창작적 감성을 굳어지게 하여 위축시킬 수 있는 위험이 따르기 때문이다. 그래서 감수성을 해치지 않는 범위 안에서 이론을 전개하였다.

아무쪼록 이 책이 좋은 수필을 쓰고자 하는 이들에게 도움이 되기를 바란다. 책을 읽지 않는 시대에 읽혀지는 책이 되기 바라고, 책이 팔리지 않는 시대에 기꺼이 출판해 주신 정찬용 사장께 감사하면서 이 탄생의 즐거움을 독자와 더불어 누리고자 한다.

단기 4332년(서기 1999년) 8월 12일

관악산방에서　황 송 문

차 례

제2부 수필의 창작

제3부 수필문학의 감상과 비평

제1부 수필의 원리

1. 수필이란 무엇인가

동양에서의 수필(隨筆)을 가리켜 서양에서는 에세이(Essay)라고 하는 데, 이 장르에 관한 동서양의 연원은 비슷하다. 동양의 경우, '수필(隨筆)'이라는 용어를 맨 처음 사용한 이는 남송의 홍매(洪邁)로서, 그가 쓴 <용재수필(容齋隨筆)> 서문에 "뜻한 바를 수시 기록하여 앞뒤 차례가 없으므로, 이름 붙여 수필(隨筆)이라 이른다"는 글이 있고, 서양의 경우는 몽떼뉴가 'Essais'를 자기의 책 이름으로 내세운 바 있다.

서양의 'Essay'는 브리태니카에 나와 있는 바와 같이 "보통 산문으로 쓰이는 적당한 길이의 작문으로 작자가 선택한 주제로써 그 주제와 작자와의 관계를 별 부담없이 취급한 글"로서 비평문이라든지, 가벼운 소논문도 여기에 포함시키고 있다.

여기에서 잠깐, 수필 독자의 혼란을 막기 위하여 분명히 해 둘 게 있다. 그것은 문예 창작으로서의 '수필'과 연구 대상으로서의 '수필'을 구분하여 개념 규정을 확실히 해 둘 필요가 있다는 점이다. 문예 창작으로서의 수필은 '문학으로서의 수필', 또는 '문학 장르 개념으로서의 수필'을 말한다. 그러니까 '비평문'이나 '논문'은 이 범주에 들어가지 않는다. 비평문이나 논문은 넓은 범주로서의 수필을 말할 때 가능하다. 그리고 문예 창작으로서의 대상이 아니라 연구 대상으로서 가능하다.

수필을 가름하게 될 때 무겁고(重) 딱딱한(硬) 느낌을 주는 포멀 에세이(formal essay)와 가볍고(輕) 부드러운(軟) 느낌을 주는 인포멀 에세이(informal essay)로 나누기도 하는 데, 우리나라의 경우, 문예 창작으로서의 수필은 대부분 이 인포멀 에세이, 즉 가벼운 느낌을 주는 경수필(輕隨筆)과 부드러운 느낌을 주는 연수필(軟隨筆)이 대부분이다.

이 인포멀 에세이는 주로 신변잡사에서 소재를 구하지만, 신변잡기에 그쳐서는 안되고 여과과정이라 할까, 미적 창작의 경로를 거쳐서 문학 작품으로 승화해야 하는데, 그렇지 못하는 경우가 허다하여 수필문학의 진로를 흐리게 하는 경향이 있다.

혼마 히사오(本間久雄)는 "어떠한 감정이나 정서도 그것이 예술 또는 문화의 요소로서의 미적 정서가 되기 위해서는 이 미적 경로를 취해야 하며 이것 없이는 결코 예술, 적어도 훌륭한 예술은 될 수 없다"고 하였다.

여기에서 주목되는 것은 '미적 경로(美的經路)'라는 말이다. 어떤 경험에서 얻은 기억의 잔상(殘像)들을 사진 찍듯 그대로 복사하거나 재생해 내는 그대로 기록하는 것으로는 문학이 될 수 없고, 체험에서 얻은 당시의 감흥을 망각했다가 그 것을 상상의 힘을 통하여 생산적으로 재구성, 재창조하게 될 때 비로소 하나의 수필이라는 생명체가 탄생하게 된다는 지론이다.

문학 작품과 문학 작품이 아닌 것의 차이점은 작자가 생산적 상상을 통하여 미적 경로를 거쳤느냐 거치지 않았느냐, 또는 통일된 주제의식으로 재창조 과정을 거쳐서 재구성했느냐 그러지 못했느냐의 차이로 가름해도 좋을 것이다.

콜웰은 "독자와 작자의 두 마음이 만나도록 쓰는 것과 진실만을 서술하는 것의 큰 차이는 바로 문학 장르로서의 에세이와 해설적 산문으로서의 에세이와의 차이"라고 했다. 주체와 대상, 즉 주체로서의 작자와 수용자로서의 독자와의 교감이 일치하도록 창작한다는 것은, 주체와 대상, 작자와 독자 사이의 동질 소성의 상사성(相似性)에서 가능하게 된다.

벤 존슨(Ben Johnson)은 수필을 가리켜 "마음의 산만한 희롱"이라고 했다. 그러나 수필이 자유스럽다고 해서 아무렇게나 써도 된다는 뜻은 아니다.

a. 수필의 정의

수필을 정의한다는 것은 수필이 지닌 바의 그 본질적 속성을 밝힘으로써 다른 장르 개념과 구분짓고 한정짓는 작업이라 할 수 있다. 수필을 정의하기 위해 어떤 공통분모를 찾는다면, 우선은 '붓 가는 대로 쓰는 글' 또는 '형식을 필요로 하지 않는 글'이라는 점을 들 수 있을 것이다.

이 얘기는 잠깐 접어 두고, 몇 가지 사전에 나타난 정의와 작가들이 내리고 있는 정의를 좀 더 살펴본 다음, 접근하고자 한다.

<世界文藝大辭典>(편저대표 문덕수)에는 '수필'에 대하여 다음과 같이 기록되어 있다.

'수필'이란 말은 영어의 'essay'의 역어로 생각하나, 동양에서는 일찍부터 써 왔으니, 중국 남송(南宋) 때 홍매(洪邁)의 <용재수필(容齋

隨筆, 74권 5집)>의 서문에 "子習懶 讀書不多 意之所之 隨卽記錄 因
其後先 無腹詮次 故目曰 隨筆(나는 버릇이 게을러 책을 많이 읽지
못하였으나, 뜻하는 바를 따라 앞뒤를 가리지 않고 써 두었기 때문
에 수필이라고 일컫는다)."라는 말이 보이고, 한국에서는 박지원(朴
趾源)이 연경(燕京)에 갔다 와서 쓴 <열하일기(熱河日記)>에 '일신수
필(馹迅隨筆)'이라는 것이 처음으로 보인다. 프랑스어의 essaisms에는
'시도(試圖)' '시험(試驗)'의 뜻이 있는데, 이 말은 '계량(計量)하다,
음미하다'의 뜻을 가진 라틴어 '엑시게레(exigere)'에 그 어원이 있다.
영어의 essay는 프랑스어의 essai에서 온 말이다. '에세이'라는 말을
작품 제목으로 처음 쓴 사람은 프랑스의 M.D.몽떼뉴이며, 그의 <수
상록(Les Essais, 1580~88)>은 에세이라는 제목을 붙인 서책으로서 서
양에서 최초의 저서이다. 어원(語源)에서 볼 때, 동서의 수필의 개념
은 거의 일치한다. 수필은 일반적으로 사전에 어떤 계획이 없이 어
떠한 형식의 구애를 받지 않고 자기의 느낌, 기분, 정서 등을 표현하
는 산문 양식의 한 장르이다. 그것은 무형식의 형식을 가진 시도로
서 비교적 짧으며, 개인적이며, 서정적인 특성을 지닌 산문이라고
하겠다. 전기(前記) 홍매의 정의나, "수필은 한 자유로운 마음의 산
책, 즉 불규칙하고 소화되지 않는 작품이며, 규칙적이고 질서 잡힌
작문이 아니다)."라는 S.존슨의 정의, "수필은 마음 속에 표현되지
않은 채 숨어 있는 관념, 기분, 정서를 표현하는 하나의 시도다. 그
것은 관념이라든지 기분, 정서 등에 상응하는 유형을 말로 창조하려
고 하는 무형식의 시도다."란 H.리드의 정의 등도 모두 대동소이하
다.

이 외에도 몇몇 국어사전에는 수필에 대하여 피력한 다음과 같은
정의가 보인다.

어떤 양식에도 해당되지 아니하는 산문문학의 한 부분. 인생이나 자연에 대한 수상(隨想), 수감(隨感), 단상(斷想), 논고(論考), 잡기(雜記)가 포함되며, 생각나는 대로, 붓 가는 대로 형식이 없이 보통 1, 2페이지 또는 30페이지 가량 되게 쓴 개성적·관조적 또는 인간성이 내포되게 위트, 유머, 예지, 기지로써 표현됨.

— <국어새사전(이희승 편)

그때 그때 본 대로 들은 대로 느낀 대로를 붓 가는 대로 적어낸 글, 또한 그러한 글투의 작품. 상화(想華), 엣세이.

— <국어새사전(동아출판사)

형식에 묶이지 않고 듣고 본 것, 체험한 것, 느낀 것 따위를 생각나는 대로 쓰는 산문형의 짤막한 글, 또는 그러한 글투의 작품. 사건 체계를 갖지 않으며, 개성적 관조적이며 인간성이 내포되게, 위트(wit)·유머(humour)·예지로써도 표현함. 상화(想華). 만문(漫文), 만필. 수필문(隨筆文).

— <새 우리말 큰사전>(신기철·신용철 편저)

위의 사전적 의미가 가리키듯이 수필은 '붓 가는 대로 쓰는 글'이라는 공통점을 지닌다. 물론 여기에도 수필이 문학의 한 장르인 이상 예술적 가치가 있는, 문학으로서의 본질에 어긋나지 않아야 한다는 단서가 붙는다는 전제하에 그렇다.

박종화(朴鍾和)는 수필평론집 서문에서 "우주를 관조해서 나와 우주 사이에 숙명적으로 매어져 있는 오묘한 유대를 발견해서 해명해야 하는 것이다."라고 피력했는가 하면, 김광섭(金珖燮)은 <수필문학 소고>에서 "수필은 달관과 통찰과 깊은 이해가 인격화된 평정한 심경이 무심히 생활 주변에 혹은 회고와 추억에 부딪쳐 스스로 붓을 잡음에서 제작되어지는 형식이다."라고 했으며, 피천득(皮千得)은 <

수필>이라는 제목의 수필 작품 서두에 "수필은 청자(靑磁) 연적이다. 수필은 난(蘭)이요, 학(鶴)이요, 청초하고 몸맵시 날렵한 여인이다. 수필은 그 여인이 걸어가는 숲 속으로 난 평탄하고 고요한 길이다." 라고 했다.

이 말들을 종합해 보면 온아우미(溫雅優美)한 글이요, 관조적(觀照的)이고 자유로운 형식의 글인 동시에 유유 자적(悠悠自適)하게 산책하는 멋스러운 글이라는 점을 알 수 있다. 장편소설을 마라톤에 비유한다면, 단편소설은 2~3백미터 릴레이로 말할 수 있겠고, 시는 100m를 10초 내외에 끊는 단거리 달리기라면, 수필은 그렇게 치열하게 달릴 필요 없이 마치 고궁 뜰을 천천히 품위있게 거니는 공주나 왕비, 또는 궁녀들의 걸음걸이로 비유할 수 있을 것이다.

b. 수필의 본질

프랑스의 비평가인 알베레스는 수필을 가리켜 "지성을 바탕에 깐 정서적 신비적 이미지의 문학"이라고 했다. 이 말은 백번 타당한 말이다. 짤막한 이 말에는 '지성'과 '정서'가 내포되어 있기 때문이다.

인간에게는 무엇인가를 알고자 하는 지적(知的)인 욕망이 있는가 하면, 느끼고 감흥하는 정적(情的)인 욕망이 있으며, 이러한 욕망들을 조절하거나 절제하는 의지적(意志的)인 욕망이 있어서, 이 욕망들이 서로 균형있게 조화하면서 공존하고 있음을 알 수 있다.

이 세 가지의 내적인 욕망은 외적으로 진리를 추구하기도 하고, 아름다움을 추구하기도 하며, 선을 추구하기도 하는데, 이 내적인 지(知) · 정(情) · 의(意)에 의한 외적인 진(眞) · 미(美) · 선(善)의 추구는 수필에 있어서도 반영되는 데, 이 본질 문제가 정리되어 있지 않기 때문에 혼란이 야기되는 것으로 보인다.

가령, 수필에 있어서 포멀 에세이라야 진짜 수필이지 개인적인 감정 발로로 나타나는 미셀러니라든지, 인포멀 에세이는 지양되어야 한다거나 하여 자기 취향이나 신념에 따라 혼란이 생기기도 하는데 여기에서는 이 점을 잠시 언급하고자 한다.

수필의 본질은 자유로움이지만, 그 본질에는 한 마디로 설명하기 어려운 그 '무엇'이다. 만일 논리적인 언어를 차용해서 쓴다면, 피천득의 <수필>이라는 글보다도 본질적 접근이 어렵다. 따라서 필자의 <수필적 인간>이라는 글을 통해 그 본질에 접근해 가고자 한다.

수필적 인간이란 먹을 것(소재)을 찾아 나서지 않는다. 그러면서도 일단 걸려든 먹이(제재)는 놓치는 일이 없이 알뜰하게 요리를 해내는 솜씨를 지닌다. 그렇다고 해서 그 요리 솜씨(기교)가 유별나게 따로 있는 것은 아니다. 그것은 마치 나물을 무치는 이(작자)의 손에서 맛이 우러나듯이, 주물러대는 손놀림(묘사력), 그러니까 무형식의 형식이랄까, 무기교의 기교에서 묘한 맛이 우러나는 것이다. 거미가 줄을 늘이듯이 어디서부터 시작하여 어디에서 끝내는 줄도 모르게 해내는 솜씨, 그 보이지 않는 솜씨가 그에게는 분명히 있다.(생략)

그는 정석(定石)을 잘 놓는다. 욕심으로 눈을 가리지 않은 채 정석을 놓기 때문에 많은 것을 차지하게 된다. 옆에서 누가 훈수를 하려 들어도 여간해서 그 훈수에 응하지 않는다. 그는 어디까지나 자기의 생각대로 정석을 놓아 가는 편에 속한다. 그러면서도 그는 많은 이야기를 귀담아 들으려고 하는 귀를 지니고 있다. 그는 시인이나 소설가의 애기를 즐겨 듣는다. 화가나 음악가의 애기도 즐겨 듣는다. 마치 닭(작자)이 조개껍질(제재)이건 모이(소재)건 닥치는 대로 먹지만 매끈하고 곱게 생긴 계란이라는 제3의 새로운 형태(작품)를 낳듯이, 종교적 신념이건 철학적 사상이건 일단 그 속에 들어가 용해(미적 경로)되면 새로운 형태의 것(수필)을 창조하게 된다.

그의 동작은 완만하다. 그런데, 그 완만함으로 인해서 전체를 포용

하게 된다. 소설적 인간이 남성적이요 동적이라면, 수필적 인간은 여성
적이요 정적(靜的)이다. 그는 마치 흙과도 같은 성질을 지닌다. 그것은
움직이는 모든 생물에 이용되는 피동체다. 그러면서도 결국에 가서는
그것들을 포용하듯이, 수필적 인간은 얼핏 보기에 소설적 인간에 비하
여 피동적으로 보이지만 결국엔 능동적인 행동 이상의 것을 찾아내는
마력을 지니게 된다. 수필적 인간, 그는 먹이를 찾아 헤매지 않으면서
도, 완만한 동작으로 점령해 들어가는 바보스러운 천재라 할 수 있을
것이다.

c. 수필의 특성

일반적으로 수필을 가리켜 '붓 가는 대로 쓰는 글'로 알려져 왔지
만, 엄밀한 의미에서 다시 생각하면 그렇다고만 말할 수 없는 일면
이 있다. 시나 소설 등과 같은 다른 장르에 비교하여 그렇게 말할
수는 있어도 맹목적으로 그렇게 단정지을 수만은 없을 것이다. 붓이
가는 대로 쓰되 형식이 없는 가운데 형식을 갖추지 않으면 안되기
때문이다.

수필이란 마음의 자연스러운 표현이기 때문에 내적인 지(知)·정
(情)·의(意)가 외적인 진(眞)·미(美)·선(善), 또는 의(義)나 인(仁)
이 나타나지 않을 수 없기 때문에 인생을 통찰하고 달관하는 경지나
여과되거나 발효된 정서로서 얻어지는 멋스러움이나 맛스러움이라
든지, 재기 발랄한 유머와 위트, 날카롭게 찌르는 풍자 등 지성과 감
성이 세련되게 번득여야 한다.

윤오영(尹五榮)의 <수필문학입문(隨筆文學入門)>에는 다음과 같은
글이 있는데, 이 글은 수필의 특성을 이해하는 데 좋은 길잡이가 되
어 줄 것이다.

늦은 가을 풍상(風霜)을 겪어 모든 나무에 낙엽이 질 때, 푸른 하늘 찬 서리 바람에 비로소 붉게 익은 감을 본다. 감은 아름답다. 이것이 문장(文章)이다. 문장은 원래 문채(文彩)란 뜻이니 청적색(青赤色)이 문(文)이요, 적백색(赤白色)이 장(章)이다. 그 글의 찬란하고 화려함을 말함이다. 그러나 감이 곧 곶감은 아니다. 그 고운 껍질을 벗겨야 한다. 문장기(文章氣)를 벗겨야 참 글이 된다는 원건랑(袁巾郎)의 말이 옳다. 그 껍질을 벗겨서 시득시득하게 말려야 한다. 여러 번 손질을 해야 한다. 그러면 속에 있던 당분(糖分)이 겉으로 나타나 하얀 시설(柿雪)이 앉는다. 만일 덜 익었거나 상했으면 시설은 앉지 않는다. 시설이 잘 앉은 다음에 혹은 납짝하게 혹은 네모지게 혹은 타원형으로 매만져 놓는다. 이것을 곶감을 접는다고 한다. 감은 오래 가지 못한다. 곶감이라야 오래 간다. 수필은 이렇게 해서 만든 곶감이다. 곶감의 시설(柿雪)은 수필의 생명과도 같은 수필 특유의 것이다.

여기에서는 수필을 감으로 만드는 곶감에 비유하여 그 특성을 말하고 있다. 수필의 창작과정을 감으로 곶감을 만드는 과정에 비유하여 효과적으로 얘기한 것이다. 그것은 감의 껍질을 벗겨서 시득시득하게 말리되, 여러 차례 손질하여 당분이 겉으로 배어나게 함으로써 시설(柿雪)을 앉게 한다는 얘기다. 그는 한 편의 수필이 이루어지는 과정을 이렇게 적합한 사물을 차용하여 빗댐으로써 효과적인 이해를 돕고 있다. 시설(柿雪)이 앉기 까지가 수필이 완성되는 과정인 동시에, 그 시설은 수필의 생명이요, 곶감을 여러 형태로 매만지는 작업은 수필의 스타일을 꾸미는 것으로 비유하고 있다.

오늘날까지 여러 학자들이 제시해 온 수필의 특성은 대개 '형식의 자유성' '개성의 노출성' '제재의 다양성' '문체의 품위성' '작문의 간결성' '매체의 산문성' '유머와 위트성' '토의의 비평성' '주제의 가치성' 등이라 할 수 있겠다.

형식의 자유성은 수필이 다른 장르에 비하여 형식적인 제약을 받지 않는다는 점에서 한 말이거니와 개성의 노출성은 작자가 자기를 그대로 드러내는 글이라는 점에서 하는 말이며, 제재의 다양성은 모든 소재가 다 제재가 될 수 있다는 점에서 특성으로 인정된다 하겠다.

또한 문체의 품위성은 수필은 작자의 인격이 적나라하게 드러나는 문학이기 때문에 품위있는 문체를 위해서는 먼저 품위있는 사람이 되어야 한다는 논리가 성립되겠고, 작문의 간결성은 수필의 길이나 성격으로 봐서 간결체 문장이 바람직하기 때문에 나온 말이며, 매체의 산문성은 수필이 15매 내외의 짧은 산문이라는 특성 때문에 붙여진 것이다.

그리고 유머와 위트성은 짧은 산문 속에 인생에 대한 깊은 성찰이라든지 그 무슨 느낌을 받아야 하는 데, 이를 위해서는 흐뭇한 유머(humour)나 재치있는 위트(wit)라든지, 날카로운 지성적 통찰력과 아름다운 시, 찌르는 듯한 풍자, 또는 아이러니(irony)와 패러독스(paradox), 페이소스(pathos) 등도 요구된다. 이 외에도 토의의 비평성이나 주제의 가치성은 수필이 비평적 요소라든지, 인생의 새로운 해석으로서의 가치가 주어지므로 간과할 수 없는 요소라 하겠다.

수필은 다른 모든 장르에 비하여 작자의 개성이 적나라하게 드러나는 특징이 있다. 이는 수필이 은폐하거나 모호성 속에 가릴 수 있는 기교적 장치를 지니지 않고 드러나는 것을 당연시하는 성격을 가졌기 때문이다. 인격이 도야되고 개성이 맛들어서 멋스럽고 품위있는 사람의 글은 개성이 노출된다 하여 하등의 나쁠 것이 없지만, 그렇지 못하여 천박하고 지저분한 글이 될 수 밖에 없는 사람에게는 개성의 노출이 치명적인 결함으로 작용하기 마련이다.

그러므로 수필의 경우는 특히 작자의 마음 자세가 더없이 긴요하다. 글은 바로 그 사람이라는 말도 여기에 해당되는 말이 아닐 수 없다. 수필의 특질에 대한 이해가 없이 수필을 창작한다는 것은 마치 여행을 떠나려는 사람이 행선지를 모른다거나, 안다 하여도 교통, 숙박, 관광, 역사, 종교, 민속, 문화, 예술, 역사, 지리, 정치, 경제 등에 대한 사전 지식이 없이 떠난다거나, 사업가가 시장 조사 등등의 사전 지식이 없이 사업에 착수하려는 것과도 같다 하겠다.

     제 아무리 위대한 학식이나 식견이 풍만하여도 이 인간의 향기에 젖지 않은 사람이면 수필을 쓸 수 없다. 그렇기에 우리는 수필을 쓰기에 앞서 인간미에 젖어야 하고, 수필을 읽기 전에 인간다운 자기 소지를 발견해야 한다. 이렇게 보면 가장 인간적인 문학의 장르가 바로 수필이라 하지 않을 수 없다. 어디서든지 살아가는 가장 궁극적인 자세는 바로 이 진지함이다.
    — 구라야카와 하쿠손(廚川白村)의 <현대수필선집(現代隨筆選集)>에서

이상에서 수필은 자아를 드러내는 과정에 있어서 개성의 향취를 작품화하는 문학이라는 점을 여러 작품 또는 문헌을 통해서 검토해 보았다. 수필을 가리켜 '심적 나상(心的裸像)'이라고 하는 것은 자아를 적나라하게 드러내는 개성적 노출이라는 특성을 단적으로 나타내는 바, 품위를 잃게 되면 천박한 신변잡기로 쳐질 위험이 있기 때문에 문장의 조탁에 소홀히 해서도 안 된다.
    논어(論語)의 옹야편(雍也篇)에도 나와 있는 바와 같이 모든 문학은 내용과 형식으로 되어 있다. 그 중에서도 형식은 문학적인 아름다움, 예술성을 결정짓는다는 점에서 매우 중요시된다. 그것은 작품의 형태로서의 생명을 잉태하여 생산하는 모태이기 때문에 그렇다. 형식은 내용과 유기적인 결합 관계를 이루면서 작품을 통일적으로

구체화한다. 이는 문학의 예술성을 위해서 긴요하다. 그러니까 형식은 문학의 예술성을 살리는 데 있어서 내용적인 면, 즉 정서와 사상을 작품화하는 그릇이라 할 수 있다.

김진섭(金晋燮)은 그의 <수필의 문학적 영역>에서 다음과 같이 기록하고 있다.

수필은 무엇이든지 담을 수 있는 용기라고도 볼 수 있을지니 무엇을 그 속에 담든 그것은 오로지 필자 자신의 자유로운 선택에 맡길 수밖에 없다. 그래서 수필은 그 담은 내용과 그것을 요리하는 필자에 의해서 그 취향이 여러 가지로 변화할 것은 또한 물론이다.

수필의 영역이 광대하다 함은 장점이면서 그것이 곧 단점일 수도 있다. 안일한 타성에 젖거나 나태에 빠질 위험성을 안고 있기 때문이다. 장백일(張伯逸)은 그의 <현대수필문학론(現代隨筆文學論)>에서 다음과 같이 피력하고 있다.

알베레스가 이미 제시한 바와 같이 "지성을 기반으로 한 정서적 신비적인 이미지로 되어진 것"이어야 한다. 바꿔 말하면 '비유컨대 흔들리는 구슬들 사이에서 반짝이는 그윽한 불꽃'이어야 한다.

토지는 꽃을 위해 존재하고, 꽃은 그 토지로 하여 피어나면서 새로운 의미를 제시하게 된다. 그 새로운 의미 제시란 곧 인생의 새로운 해석과 이해에의 제시이다. 그로부터 우리는 오늘을 살아가는 삶에의 새로운 지혜를 얻는다. 수필은 바로 이 양자의 융합에서 피어난 꽃이다. 그 꽃은 흙(사상)으로 하여 향기를 풍기되 새로운 의미를 발산하는 향기로운 꽃(예술성)이기도 하다.

2. 수필을 왜 쓰는가

수필을 왜 쓰는가? 쓰고 싶어서 쓴다. 왜 쓰고 싶을까? 그건 내가 심리학자가 아니라서 잘 모르지만 나 자신 속에 글을 쓰고자 하는 그 무엇이 있는 것 같다. 이러한 문제는 <시경(詩經)>에도 나와 있다. 주희(朱熹)가 쓴 <시경집주서(詩經集註序)>에는 다음과 같은 글이 보인다.

누군가가 나에게 시를 왜 짓느냐고 물었을 때 나는 이렇게 대답하였다. "사람이 태어나면서부터 고요한(虛靜) 상태로 있는 모습은 천성적인 성품(性稟)이다. 이 성품이 사물에 감응되어 발동하는 것을 가리켜 성(性:本性)의 욕망(欲望)이라 한다. 인간에 있어서 본성의 욕망이 발동하게 되면 사고(思考)하지 않을 수 없게 된다. 또 사고하게 되면 언어가 있지 않을 수 없다. 언어가 있어도 언어로써 능히 다 표현하지 못하게 된다. 이에 슬픔과 기쁨의 감탄사를 써서 표현하는 그 이상의 어떤 깊은 감동의 극치에 이르고도 뭔가 모를 부족한 듯한 여운(餘韻)이 남게 마련이다. 또 자연계의 음향(音響)이라든지, 서로 어우러지는 화음(和音)에 있어서도 그것을 다 표현하지 못하는 것으로 이것이 시(詩)가 이루어지는 까닭이다.

여기에서 우리는 글을 쓴다는 것이 태어날 때부터 천부적으로 지닌 바의 성품이라든지, 욕망과 관계있음을 확인하게 된다. 주회의 말에 의하면 인간은 이 본성의 욕망에 의하여 표현의 자유를 누리고자 하는 충동을 어쩌지 못한다는 것이다.

즉 인간은 자신이 태어날 때부터 천부적으로 지닌 바의 자체에 대한 자극적인 감성을 어떤 대상을 통하여 상대적으로 또는 타각적으로 느끼게 될 때 기쁨을 느끼게 되는 존재의 본성을 지니고 있으며, 그로부터 희열을 느끼는 존재라는 것이다.

따라서 수필도 우선 쓰는 그 자체가 즐거워서 쓴다는 게 틀린 말이 아니다. 또 그래야 한다. 수필은 그저 쓰는 게 즐거워서 쓰는 그 순수한 마음에서 출발해야지, 등단을 목표로 한다거나 사회적인 지위를 얻기 위해서, 또는 친구들에게 뻐기기 위해서 쓰기 시작한다면 그건 순수하지 못하기 때문에 좋은 글을 쓰기 어렵게 된다.

이는 마치 농부가 자작농산물을 애지중지 가꾸는 그 농사일이 좋아서 농사하는 경우하고, 떼돈을 벌기 위해서 농사짓는 경우를 대비해 봄직한 일이다. 농사가 좋아서 농사짓는 농부는 겨울 같은 농한기(農閑期)에는 이듬해의 농사 준비를 위해서 새끼라도 꼬고 가마니라도 치지만, 돈버는 게 목적인 농부는 도박판에서 도박을 일삼을 수도 있기 때문에 농사 역시 순수해야 하듯이 수필 쓰는 일 역시 순수해야 한다는 얘기다.

수필 쓰는 일도 거미줄 늘여지듯 그렇게 술술 풀려나오면 좋겠지만, 제대로 풀려지지 않는 괴로움도 즐거움으로 느낄 줄 알아야 한다. 그런 괴로움 끝에 한 편의 글을 완성하는 보람이란 어떤 것과도 견줄 수 없는 큰 즐거움이 된다.

산을 오르는 사람이 땀을 뻘뻘 흘리며 정상에 올랐을 때 더할 나위 없는 기쁨을 맛보듯이, 창작하는 행위도 역시 그 이상의 기쁨을 맛보게 된다. 사람에게는 보다 많은 사람들로부터 인정받고자 하는 심리가 있다. 그리고 좋은 곳에 소속되고자 하는 심리도 있다. 그리고 보다 오래 살고 싶은 심리, 가능하다면 죽지 않고 영생하고자 하는 심리도 있다.

글을 쓰는 것, 즉 문예 작품을 창작하는 것은 이러한 인간의 본질적이고도 원초적인 욕망을 충족시켜 주는 요소가 있기 때문에 그 까닭을 잘 모르면서도 밤이 깊도록 잠을 잊은 채 썼다가 지우고 구겨던지기를 되풀이하면서 열심히 몰두하는 게 아닌가 한다.

돈도 되지 않는 수필, 남들이 알아주지도 않는 수필을 왜 쓰는지 모르겠다고 말하는 이도 있다. 필자는 그에게 돈도 되지 않는 아이, 남들이 알아주지도 않는 아이를 왜 낳느냐고 되묻고 싶다. 수필은 자기 아이와 같은 자기의 분신이다. 누가 뭐라해도 소중한 자기 아이처럼, 자기의 작품은 자기의 분신이므로 소중한 것이다.

그런데, 그 소중한 분신을 얼마나 무게가 나가는지, 저울에 달아보지도 않고 목욕도 시키지 않은 채 피붙이 그대로 둘둘 말아서 남의 집 대문간에 놓고 도주하듯이 그렇게 함부로 찍찍 갈기고는 저절로 크기를 바라는 이들이 있어서 수필문단을 한심하게 만드는데, 이는 지양되어야 한다.

잘나도 내 자식, 못나도 내 자식이다. 수필을 일단 썼으면 퇴고를 게을리해서도 안 된다. 아이를 낳고 키울 때 저울에 달아보고, 목욕도 시키며, 이유식을 언제 할 것인가, 옷은 무엇으로 입힐 것인가, 어느 유치원으로 보낼 것인가를 고심하듯이, 자신의 진실한 발성이 담겨진 글도 생명체처럼 애지중지해야 할 것이다.

시가 우상(牛上)의 문학, 즉 관조(觀照)의 문학이듯이, 수필도 관조의 문학이다. 우리가 어떠한 사물을 보고 인식했을 때, 그리고 그 인식과정을 통하여 미적 경로를 거칠 때에는 바라보는 주체자로서의 나와 바라보여지는 대상으로서의 사물 사이에는 무엇인가 동질의 요소가 작용하기 때문에 인식이 가능하다는 논리가 성립된다. 이런 논리에 기초할 때 관조자가 어떤 색채의 의식세계를 지니고 있느냐는 매우 중요한 문제가 아닐 수 없다.

아무리 좋은 수필을 쓰려고 해도 뜻대로 되지 않는다고 호소하는 소리를 들을 때가 있는데, 이는 세속을 벗어난 높은 견식이라든지, 사물을 널리 통달하는 관찰력, 즉 달관의 경지를 모르기 때문이다. 좋은 수필을 쓰려면, 사소한 일에 얽매이거나 흔들리지 않는 초탈의 경지에 이르는 데에 관심을 두어야 한다.

독자의 이해를 돕기 위하여 한 가지 예를 들고자 한다. 언젠가 외지로 나들이를 떠나는 날 서울은 비가 왔기 때문에 나는 온 세상이 비가 오는 줄로만 알았다. 그런데 비행기가 김포공항 활주로에서 공기를 박차고 뜨는 순간, 이 세상 모든 곳에 비가 오는 게 아니라 일부 지역만 비가 올 뿐 대부분이 찬란한 햇빛이 빛나는 것을 알 수 있었다.

면벽(面壁) 좌선(坐禪)하는 고승(高僧)이 천리 밖을 내다본다는 말은 마치 비가 내리는 세상에서 날씨 좋은 세계를 통찰하는 이치와 흡사하다 하겠다. 아무튼 좋은 수필을 위해서는 관조(觀照)하는 자세와 달관(達觀)의 경지에 관심을 둘 필요가 있다. 그래야 평범한 일상 속에서도 진리를 찾아내고 거기에 의미를 부여할 수 있는 안목이 생기기 때문이다.

수필에는 멋과 맛이 있어야 한다고 하는 데, 이를 위해서는 작자 자신의 인간미가 풍윤해야 한다. 수필은 인간미를 담아내는 용기(用器)이기 때문이다. 인간미는 공감을 유발함으로 독자로 하여금 수월하게 작품 속으로 빨려들게 한다. 물그릇에 따라 물의 모양이 달라지듯이, 수필도 형식에 따라 천차만별로 나타나기 마련이다.

3. 수필은 어떻게 쓸 것인가

우선 독자로 하여금 쉽게 읽혀지도록 써야 한다. 이를 위해서는 힘들여서 정성껏 써야 한다. 수필 독자들은 시나 소설에서처럼 어떤 심오한 철리(哲理)라든지, 가스똥 바슐라르가 말한 바 있는 '순간의 형이상학' 같은 것을 원치 않는다. 그저 길가는 나그네가 느티나무 그늘에서 잠시 쉬어 가는 기분으로 그렇게 읽는 게 수필이다.

요즈음 헤비메탈이라고 해서, 악을 바락바락 쓰면서 내지르는 노래를 들어보려면 도무지 힘이 들고 불편해서 들을 수가 없다. 조용하고 편안한 클라식에 길들어있는 이들은 귀가 따갑다고 거부하게 된다. 마음이 불편한 것은 예술의 본질에 어긋난다. 물론 그런 노래를 즐겨 부르는 이들은 그들대로 내세울 만한 주장이 있겠지만, 보편적인 예술의 본질에는 어긋난다는 얘기다.

수필은 읽는 이로 하여금 마음을 편안하게 하는 게 장점이므로 그 장점을 살려야 한다. 이를 위해서는 어렵게 써서 쉽게 읽혀지도록 해야 한다. 쉽게 읽혀지는 글은 대개 어렵게 써진 글이 아닐 수 없다. 어떤 소재에서 착상은 얻었을 때 주제를 설정하고, 제재로 더

욱 구체화하면서 미적 경로와 조탁의 과정을 거쳐서 완성될 때까지
는 감으로 곶감을 만드는 과정처럼 많은 장애물은 넘게 된다.

수필은 매력이 있어야 한다. 자칫 편안한 수필은 희롱과는 거리가
있어서 매력이 떨어지기 쉽고, 매력있는 수필은 파격으로 넘나들기
때문에 안정세가 흔들릴 수 있다. 그리고 한 가지 더 욕심을 부리자
면, 여운(餘韻)이 있어야 한다.

여운이란 길게 끄는 에밀레종소리처럼, 차를 마신 후의 그 뒤끝처
럼, 뒤끝에 뭐가 남느냐가 문제다. 뒤끝에 감미로운 여운으로 남는
게 없으면 아무것도 아니다. 수필의 이러한 여운을 위해서는 여유로
운 큰 마음이 요구되는 데, 동양적인 호연지기(浩然之氣)도 좋은 바
탕이 될 것이다.

수필의 자유로운 형식을 장점으로 말하기도 하지만, 그게 오히려
단점으로 작용하는 경우가 많다. 수필의 자유로운 형식은, 수필을
안이하게 여긴 나머지 그 품격을 떨어뜨리는 요인이 되기 때문이다.

모든 문학이 다 그러하지만 수필에 있어서의 문장도(文章道)는 역
시 책을 많이 읽고(多讀), 글을 많이 지어보며(多作), 많이 생각하는
(多思) 이 삼다(三多)가 기본이다. 이 삼다(三多)를 떠나서는 문장을
제대로 닦을 수 없다. 수필이 아무리 형식이 없고 제재의 제한이 없
다고 하더라도, 각고(刻苦) 없이 저절로 될 수가 없다.

남의 글을 많이 읽는다는 것은 마치 전장에서 병사가 기관총에
연결되어 있는 실탄을 상자에서 줄줄이 장치하는 것과도 흡사한 예
가 될 것이다. 그래야 필요에 따라서는 총탄을 연발로 퍼붓듯이 막
힘이 없는 글이 종횡무진으로 펼쳐질 수 있기 때문이다.

수필은 작자가 자기가 느낀 정서나 사상을 독자에게 전달하는 고
백적인 글이기 때문에 자기를 적나라하게 드러냄으로써 자칫하면
잔소리의 나열에 그칠 위험성이 있으므로 신변잡기의 글로 쳐지지

않도록 미적 경로를 거쳐야 한다.

권투경기에서 목이나 어깨에 너무 힘을 주지 말라고 주문하는 소리를 듣는 경우가 있는데, 수필에 있어서도 주제에 너무 힘이 실리게 되면 딱딱한 글이 되기 쉽거니와 그렇다고 또 너무 자상하게 나열하다 보면 잔소리 일변도의 설명문으로 쳐지기 쉽다.

수필을 쓰는 데 있어서 주제를 독자에게 강요하려 들어서는 안 된다. 작자가 느끼고 사고한대로 피력해 나가다 보면 독자들은 부지불식간(不知不識間)에 느낌으로 받아들이고, 주제는 그러는 동안에 저절로 전해지게 된다.

수필을 가리켜 '산책수필'이니 '수필산책'이라는 말을 심심찮게 사용하는 것은 그 성격이 마치 고궁의 뜰을 품위있게 거닐듯이 그렇게 담담한 필치로 써나가기도 하고 또 그런 기분으로 읽기를 즐기기 때문에 생긴 말이다. 주제에 힘을 준다거나 너무 야심만만하게 과욕을 부리는 것은 금물이다. 너무 욕심을 부리다가는 용을 그리려다가 뱀의 꼬리도 제대로 그리지 못하고, 호랑이를 그리려다가 고양이도 제대로 그리지 못하는 형편에 처하게 되기 십상이다.

이 세상은 넓고 독자들의 눈은 예리하다. 수필을 겸허한 자세로 쓸지언정 아는 체 한다거나 독단적인 단정을 내리지 않는 것이 좋다. 자기가 잘 아는 일이라 할지라도 독자가 알고 있는 상식적인 이야기나 보편적인 이야기는 '다 아는 바와 같이'나 '들리는 소리에 의하면', 또는 '요즈음 여론에 의하면' 하는 등등 되도록 아는 체 하지 않는 게 바람직하다.

심지어는 주제와는 아무 상관이 없는 내용을 나열하는 경우를 보게 되는데, 가령 "내가 영국 갔을 때…" "내가 프랑스 갔을 때…"하고 필요없는 말을 끼워넣는 경우가 있다. 이는 과잉된 의식으로 자기를 내세우려는 우월감이 작용하기 때문이다.

그러므로, 쓰고자 하는 글을 쓰는 것 보다 써서는 안되는 글을 쓰지 않는 편이 수필을 잘 쓸 수 있는 길임을 명심할 필요가 있다. 수필을 가리켜 '중년의 글'이라거나 40~50대의 글이라는 데에는 그만한 일리가 있다. 진솔한 삶을 통한 경험의 보석, 수필은 그 경험의 보석에서 얻어진 프리즘의 빛깔 같은 작품이기 때문이다.

인생의 진솔한 애환이 담기고, 생활에의 사색과 향기가 스며드는 글은 역시 세상만사(世上萬事) 산전수전(山戰水戰) 다 겪는 동안에 곶감의 시설(柿雪)처럼 묻어나는 게 아닌가 한다. 생로병사(生老病死) 라든지 길흉화복(吉凶禍福) 등 인생과 우주를 가늠하는 상상력에서 꽃핀 결정체로 보게 될 때 그 시설(柿雪)은 참으로 귀한 인생과 영혼의 훈장이 아닐 수 없다.

a. 수필의 주제

세계문예대사전(편자대표 문덕수)에는 '주제'에 대한 다음과 같은 글이 눈에 뜨인다.

1)문장의 중심사상, 본질적 개념, 근본적 의도, 화제(話題). 작문에는 ①주제설정, ②취재, ③구상, ④기술, ⑤퇴고— 여기에 '목적, 종류의 결정, 태도의 결정'을 추가할 수 있다. 등의 차례가 있는데, 그 중의 최초의 절차. 주제는 문장의 통일성(統一性)과 긴밀성(緊密性)을 유지하는 구실이 있다. 주제는 단순히 문장의 중심 사상일 뿐 아니라, 소재의 성질을 분별하여 그것을 선택함으로써 문장의 통일성을 유지하며, 선택된 소재를 다시 일정한 순위로 정하여 배열, 조직함으로써 문장의 긴밀성을 유지한다.

수필 작자는 자기가 쓴 작품에 대하여 객관적으로 엄격하게 검증할 필요가 있다. 모든 사람들은 대개 남에게는 엄격하고, 자기에게는 너그러운 데에 길들여져 있어서 자기 작품을 엄밀하게 볼 줄 모르는 맹점을 지니고 있기 때문이다.

‘이 작품을 통해서 무엇을 말하려고 하는가’ 또는 ‘그러니 어떻다는 말인가’ 하고 자문해 볼 필요가 있다. 여기에 대답이 궁색하게 되면 주제가 제대로 설정되었다고 볼 수 없다.

한 편의 수필을 완성하기 위해서는 우선 소재(素材)가 선택되어야 하고, 그 소재를 통해서 작자가 무엇인가 말하고자 하는 주제가 설정되어야 한다. 이때 주어지는 소재 가운데에서 주제를 위해서 직접적으로 도움이 되는 소재를 제재(題材)라고 한다.

수필 창작을 위해서는 우선 소재가 있어야 하는데, 그 소재는 주제를 나타내는 데에 적합한 소재, 즉 제재여야 한다. ‘수필감’이라고 할 때의 그 제재는 주제에 밀접한 관계를 가지고 작품 창작이 가능하도록 기여할 수 있는 것이어야 한다.

주제는 인간의 정신작용 같은 것이다. 주제는 인간의 정신처럼, 작품에 스며있을 뿐 보이지는 않는다. 이는 마치 정신이 육체의 신경계통과 유기적인 관련을 가지고 전달하고 지시하며 조절하는 기능을 발휘하는 것과도 흡사하다. 정신이 전체적인 통일된 합목적대로 사지백체를 움직여 원활한 활동을 돕듯이, 주제는 인생을 이해하고 비판하여 이를 새로운 해석으로써 재표현하려는 정신적인 과제인 만큼, 제재의 배후에서 그것을 지배하는 근본적인 통일원리가 되기 때문에 식물의 씨앗에 발아하는 씨눈이라든지, 계란의 배자(胚子)와도 같이 생명 창조의 원동력이 된다.

b. 수필의 소재

소재(素材)란 넓은 뜻으로는 예술 작품이 아니라 그 작품으로 형상화할 모든 재료를 말한다. 즉 어떤 가치 원리에 의해서 통일된 미적 형상 그 자체가 아니라, 그러한 형상에 이르기 이전의 정신적, 감각적 모든 재료를 의미한다. 좁은 의미로는 예술적 표현의 대상인 제재와 표현 수단으로 사용되는 물질적 재료를 말한다.

수필에 있어서 작품상의 표현은 소재에서 얻어지는 어떤 모티프에 의해서 주제를 도출(導出)하는 경우가 있는 데, 김시헌(金時憲)의 <소재와 충격>이라는 글은 여기에 좋은 길잡이가 될 것이다.

> 한 사람의 미식가(美食家)에게 맛이 있는 요리를 제공하기 위해서는 우선 질이 좋은 요리의 재료를 선택해야 한다. 재료가 나쁘면 요리사의 솜씨가 좋아도 그 힘을 다 나타내지 못한다. 무우, 배추, 고추, 마늘, 파 등 수많은 재료 중에서 무엇을 자기 자리의 재료로 끌어오느냐? 이것은 요리사의 생각에 달려 있다. 재료의 배합을 고루 잘 해서 한 작품을 완성해 놓으면, 그 안에 맛이 생기고, 향기가 생긴다. 맛이 있고 향기가 있는 작품은 따라서 영양가도 있다. 미식가가 아니라 해도 이왕이면 누구나 향기 좋고 맛 좋은 요리를 먹고 싶어한다. 그래서 소재를 잘 선택한다는 것은 좋은 수필을 쓰기 위한 기초 조건이 되는 것이다.

수필의 소재는 크게 잡아 두 가지 종류, 가령 무거운 느낌을 주는 중수필(重隨筆)과 딱딱한 느낌을 주는 경수필(硬隨筆)에 해당되는 포멀에세이(Formalessay)의 경우는 사회적인 소재를 보편적인 논리로서 객관적으로 그린다면, 가벼운 느낌을 주는 경수필(輕隨筆)과 부드러운 느낌을 주는 연수필(軟隨筆)에 해당되는 인포멀 에세이(Informal essay)의 경우는 개인적인 신변문제를 주관적인 정서로 표현하는 특징이 있다. 그러니까 수필의 소재는 이 두 가름 가운데에서 사회적인 소재를 객관적으로 그리느냐 개인적인 신변잡사(身邊雜事)를 주관적으로 그리느냐에 따라서 그 소재의 성격을 가름할 수도 있다.

이 두 종류의 수필을 구체적으로 확인하기 위해서 인포멀 에세이의 예로 <백치아다다>의 작가인 계용묵(桂鎔默)의 수필 <실직기(失職記)>의 끝부분을, 포멀 에세이로는 필자의 <초가와 정서가치> 중 일부를 소개하고자 한다.

이제 직업과 같이 눌리었던 창작에의 만만한 야심 - 그것은 마치 눌러도 눌러도 기어코 땅속을 뚫고 나와 마침내 아름다운 꽃을 피어내고야 마는 한 떨기의 봄풀과 같이, 누를내 누를 수 없다는 형세(形勢)로 해직(解職)조차 기회를 만난 듯이 머리를 들고 일어섰다.

나는 이제 이것을 어느 정도까지 살려가며 만족해볼 것인가. 녹슬은 붓끝, 사색에의 둔감(鈍感), 표현에의 치졸(稚拙)은 끝없는 수련(修鍊)을 요해마지 않건만, 철없이 서두는 참을 수 없는 충동, 두려운 붓대를, 부끄러운 붓대를 나는 다시 들어야 되나 보다.

신문사가 깨어져 한가하겠으니 창작을 달라는 잡지 편집자들이 주는 자극(刺戟), 그대는 나더러 무엇을 쓰기를 요구하는 것인고. 그리고 나는 또 무엇을 쓰지 않아서는 안되는 것인고. 창작(創作)과 제재(題材)의 빈곤(貧困), 나는 무엇을 써야 되나? 여기에 창조적 고민이 다시금 새롭다.

— <실직기> 중 끝부분

인간은 무릇 생리적인 면과 인격적인 면을 떠나서는 존재할 수가 없다. 바꾸어 말하면, 인간이 존재하기 위해서는 생리적인 면과 인격적인 면, 이 양면의 조화와 균형이 유지됨으로써 생존할 수 있다고 하는 기본 논리가 성립된다. 왜냐하면 인간은 그 구조 자체가 생리가 요구하는 육신과 인격이 요구하는 정신의 양면성을 동시에 지니고 있기 때문이다.

인간은 이와 같이 이중구조(二重構造)로 되어 있는 까닭에 생존 번영하기 위해서는 이 양면성의 욕구를 충족시키지 않을 수 없다. 이러한 욕구 충족은 개인이나 가정이나 사회나 국가를 막론하고 마찬가지로 요구된다. 생활의 단위로서의 가정의 확대가 사회요 국가인 까닭에, 가정에서 요구되는 이 양면성의 욕구 충족은 사회나 국가도 마찬가지로 요구된다.

사회나 국가는 민족공동체의 얼을 수용한 생활의 보금자리인 까닭에 사회나 국가의 생존 번영에 관한 문제에는 마땅히 이 양면성의 욕구충족이라고 하는 기본 바탕 위에서 시도되어야 할 것이다.

이러한 양면성의 기본 요건을 왜 내세우느냐 하면, 사회나 국가의 대사(大事)를 꾀하는 어떠한 정책 결정이 이러한 양면성의 지극히 상식적인 기본 바탕 위에서 이루어지지 못하는 면이 있는 듯한 인상을 받았기 때문에, 그 원점에서 확인하고자 하는 소이가 있기 때문이다.

정부는 1972년부터 1977년까지의 기간 중에 총 2백65만 채의 초가(草家)를 개량하였다. 여기에서 말한 '개량(改良)'은 초가지붕을 슬레이트 지붕이나 기와지붕으로 바꾸어 놓았다는 얘기이다. 융자와 국가지원액을 포함하여 총 3백 44억 7백60만원이라는 예산을 들여서 시도한 초가지붕 개량사업은 '민족중흥의 역사적 과업'을 위한다는 넘치는 의욕을 보였는데, 이것을 농촌근대화의 차원에서 보게 될 때 얼마만큼의 공과(功過)가 나타났는지 나는 아는 바가 없다.

다만 얘기하고자 하는 것은, 초가지붕을 개량하는 사업 그 자체를 가지고 왈가왈부하려는 게 아니고, 그 시행방법과 함께 양면성으로 본 관심의 일단을 피력하고자 하는 것이다. 단적으로 말해서 초가집 보다 기와집을 장려하기를 바라면서도, 초가지붕을 슬레이트 지붕이나 기와지붕으로 모조리 개량하여 자취를 감추게 하는 데에는 문제가 있다고 본다.

초가를 가리켜 빈곤의 상징인 것처럼 극단적으로 생각하는 사고방식에 대하여, "초가를 개량하는 것은 찬성하지만, 더러는 남겨둘 가치도 있다"고 하는 절충식 사고의 논리가 자리하고 있는 셈이다. 농촌경제가 부흥이 되어 잘 살고 있는 덴마크나 일본 같은 나라들도 그들 특유의 초가가 있다. 초가지붕 때문에 가난한 게 아니라, 가난하기 때문에 초가집이 많다는 논리에 모순이 없다면 삼간초가(三間草家) 한 채에 3만원이라는 지붕개량자금을 융자해 주면서 획일적으로 개량하기보다는, 농촌경제가 부흥되도록 영농정책에 힘쓰면서, 점진적으로 개량하도록 유도, 계몽하는 편이 바람직하지 않을까.

초가에는 경제적인 가치로 따질 수 없는 정서적인 가치로서의 그 무엇이 있다. 초가집은 그 정서적인 분위기와 함께 두텁고 자연스러운 친근감과 아늑한 모성(母性)이 있기 때문이다. 초가는 또한 실제의 생활에 있어서 흙벽과 목조건물들의 구조상의 한난(寒暖)을 조화롭게 조절하는 건축상의 묘미를 무시할 수 없는 면도 있다. 인간이 지닌 바의 천부적인 심리는 자연과의 동화를 원한다. 식물성으로 이루어진 볏짚과 목조건물, 그리고 화학작용을 거치지 않은 흙벽에서 아늑한 안정감을 얻는다.(이하 생략)

농촌경제가 성장되면 초가지붕은 해마다 탄탄해지고 기와집은 늘어날 것이다. 따라서 농촌경제가 좋아져서 뼈대 좋은 기와집도 많아지는 동시에 더러는 군데군데 남아있는 초가집도 해마다 탄탄해지는 것이다. 그러나 지금의 농촌은 깡마른 슬레이트 지붕에 찬바람이 돌고 있다. 그리하여 사람들의 마음은 강팍해져 가고 있다. 강팍해진 마음에 새로운 훈김을 불어넣을 수는 없을까. 한 동네에 서너 채라도 민족의 생활문화재를 두고두고 사랑할 수는 없을까.

— <초가와 정서가치> 중 일부

이러한 포멀 에세이, 즉 무겁고 딱딱한 느낌을 주는 중수필은 개인의 사상 감정을 정서적으로 표현하는 경수필과는 달리, 전문적인 지식이나 박식함이 요구되기 때문에 때때로 메모하는 습관을 들이지 않으면 안된다. 메모하는 순간이나 그 이후에 생각의 실마리를 풀어내면서 수필을 만들어 가는 기쁨은 창작자만이 감지할 것이다.

5.16 군사정권이 들어선 후 초가집 개량사업을 벌일 당시에 필자는 위의 글을 써서 <월간조선(月刊朝鮮)>에 발표했었다. 1972년부터 1977년 사이에 2백 65만 채의 초가집을 개량하는 데에 3백 44억 7백

60만원이 소요된다는 사실도 알아내어 메모하기도 했었다.

다른 장르도 물론 그렇겠지만, 특히 수필은, 그 중에서도 사회적인 문제를 객관적으로 피력해야 하는 중수필은 자기의 역량에 맞는 주제를 택해야 한다. 축적된 지식이 얄팍한 사람이 철학적이고 사상적인 중수필을 쓰려고 할 때 감당하기 어려운 한계에 부딪히기 때문에 실패하게 된다. 그러므로 너무 욕심을 부릴 것이 아니라 자기가 잘 아는 바를 쓰는 게 상책이다.

남다른 전문지식을 가지고 있거나 몸소 절실한 체험을 쌓아서 그것이 체질적으로 육화되었다고 할까, 자기화된 상태에서 미적 경로를 통한 수필화가 이루어져야 할 것이다.

c. 수필의 구성

수필은 소설의 경우처럼 인물과 사건과 배경이라고 하는 구성의 3요소를 필요로 하지 않는다. 수필에서 필요로 하는 구성은 수필이 존재하기 위한 최소한의 존재형태를 위하여 시도하는 정도다. 이 세상에 존재하는 모든 존재물은 그 형태를 유지하고 있다. 사람이나 짐승이나 곤충, 어류나 조류 할 것 없이 대부분 머리 부분과 몸통 부분, 그리고 다리나 꼬리 부분으로 3분되어 있다. 문학에서도 이러한 원리가 그대로 적용되고 있다.

수필에서도 수필이 존재하기 위해서는 '시작과 중간과 끝'이라고 하는 질서적인 3단구성이 요구된다. 한시(漢詩)의 기(起)·승(承)·전(轉)·결(結)과 같은 4단구성도 원리적으로는 이 3단구성과 다를 바가 없다. 모든 사물은 처음과 마지막이 있고, 중간이 있게 마련이기 때문이다.

수필이 있어서의 이 최소한의 3단구성은 언어의 질서화를 위해서 불가피하다. 아리스토텔레스가 말한 바와 같이 그 통합의 질서화를 위한 최소한의 3단구조는 존재의 기본 단위라 할 수 있다.

최승범(崔勝範)은 <수필의 형식>이라는 글을 통하여 다음과 같이 말하고 있다.

> 수필의 자유 분방성을 살리기 위해서도 3단구성의 형식으로 수필을 생각하는 것이 좋을 것 같다. 일본의 가면음악극인 노우기쿠(能樂)에서는 그 구성 형식을 서(序)·파(破)·급(急)으로 이야기하고 있는 것을 본다. 이 서·파·급도 3단구성이라 하겠는데, '중간'에 해당하는 '파(破)'라는 말이 재미있다. 한 편의 수필에 있어 중간 부분은 수필의 자유분방성을 가장 잘 드러내야 할 부분으로, 그야말로 '파(破)'자가 갖는 의미에 적절한 부분이기 때문이다.

d. 서두와 결말

수필의 서두는 그 해당 작품의 첫 인상이 되므로 작품 전체에 큰 영향을 미칠 정도로 긴요하다. 글의 출발점은 그 작품의 운명을 좌우하는 절대적인 분위기를 가져오기 때문이다. 수필의 서두는 글의 전체적인 흐름을 예시하기도 한다. 그렇기 때문에 서두는 간결하면서도 상징적인 표현이거나 단순하면서도 어떤 깊은 의미를 부여한다거나 여운을 드리움으로써 독자로 하여금 관심을 갖고 읽도록 하는 흡인력을 지니기도 한다.

시작이 절반이라는 말이 있다. 시작을 하면 절반은 이미 이루어진 것이나 다름없다는 얘기다. 그래서 문장의 바른 길은 발단의 예술이라고 주장하는 이도 있다. 그만큼 서두는 중요하다는 얘기다.

　　수필은 청자(青磁) 연적이다. 수필은 난(蘭)이요, 학(鶴)이요, 청초하고 몸맵시 날렵한 여인이다. 수필은 그 여인이 걸어가는 숲속으로 난 평탄하고 고요한 길이다. 수필은 가로수 늘어진 페이브먼트가 될 수도 있다. 그러나 그 길은 깨끗하고 사람이 적게 다니는 주택가에 있다.
　　수필은 청춘의 글은 아니요, 서른여섯 살 중년 고개를 넘어선 사람의 글이며, 정열이나 심오한 지성을 내포한 문학이 아니요, 그저 수필가가 쓴 단순한 글이다. 수필은 흥미는 주지마는 읽는 사람을 흥분시키지는 아니한다. 수필은 마음의 산책(散策)이다. 그 속에는 인생의 향취와 여운이 숨어있는 것이다.

— 피천득(皮千得)의 <수필> 중 앞부분

　독자들은 헤밍웨이의 소설 <누구를 위하여 좋은 울리나> 중의 마지막 장면을 잊지 못할 것이다. 마리아라는 이름의 소녀와 사랑에 빠졌던 로버트 죠던은 적진의 철교를 폭파한 후 허벅지에 총상을 입게 되고, 그녀를 떠나보낸 후 기습해 오는 적과 대치하다가 최후를 맞게 되는데, 그가 그녀에게 마지막 남긴 말을 잊지 못할 것이다. "당신은 가야 해. 하지만 나는 당신 곁을 떠나는 건 아냐. 두 사람 중 하나가 있는 한 우리는 함께 거기 있는 거야." 하던 그 말 한 마디를.

　수필에 있어서도 오래오래 기억에 남을 수 있는 감동적인 말을 여운으로 남기는 것은 좋지만, 설교조나 교훈조로 설득하려 든다거나 강요하거나 지시하는 듯한 인상을 주어서는 안된다. 결말은 글을 마무리하는 부분이므로 매듭을 잘 지어야 한다. 결말에서 매듭을 제대로 짓지 못하고 허술하게 처리하게 되면 실패작으로 쳐질 수 밖에 없기 때문이다.

　수필의 결말에는 작자 나름대로의 인생에 대한 새로운 해석이 있어야 한다. 따라서 수필이 인생에 대한 새로운 해석을 가능케 하는 인생 탐구의 문학이라면, 결말은 그 인생 탐구의 귀결점이라 할 수 있다. 평범 속에서의 비범함이 재기 넘치게 반짝이는 결말을 보여주는 글이라면 좋은 매듭이 될 것이다.

전쟁 미망인, 납치 미망인들의 윤리를 운위하는 이들의 그 표준하는 도의의 내용은 언제나 청교도의 그것이다. 그러나 그러한 채찍과 냉소를 예비하기 전에 그들의 굶주림, 그들의 쓰라림과 눈물을 먼저 계량할 저울대가 있어야 될 말이다. 신산(辛酸)과 고난을 무릅쓰고 올바른 길을 제대로 걸어가는 이들의 그 절조와 용기는 백번 고개 숙여 절할 만하다. 그렇다 하기로니 그 공식, 그 도의(道義) 하나만이 유일무이의 표준이 될 수는 없다.
어느 거리에서 친구의 부인 한 분을 만났다. 그 부군은 사변의 희생자로 납치된 채 상금 생사를 모른다. 거리에서 만난 그 부인 – 만삭까지는 아니라도 남의 눈에 띌 정도로 배가 부른 – 그이와 차 한 잔을 나누면서 "선생님도 저를 경멸하시지요. 못된 년이라고……." 하고 고개를 숙이는 그 부인 앞에서 내가 한 이야기가 바로 이 바둑판의 예화(例話)이다.
과실(過失)은 예찬할 것이 아니요, 장려할 노릇도 못 된다. 그러나 그와 동시에 과실이 인생의 올 마이너스일 까닭도 없다. 과실로 해서 더 커지고 깊어 가는 인격이 있다. 과실로 해서 더 정화(淨化)되고 굳세어지는 사랑이 있다. 누구나 할 수 있는 일은 아니다. 어느 과실에도 적용된다는 것은 아니다. 제 과실의 상처를 제 힘으로 다스릴 수 있는 '가야' 반(盤)의 탄력 – 그 탄력만이 과실을 효용한다. 인생이 바둑판만도 못하다고 해서야 될 말인가?
　　　　— 김소운(金素雲)의 <특급품(特級品)> 중 끝부분

이 글은 죽음을 생각할 정도로 절망적인 상황에 처한 사람에게 새로운 삶의 희망을 갖게 하는, 즉 인생의 카운셀러가 되어 줄 수

있는 삶의 지혜와 교훈이 담긴 글이다. 과실은 장려할 것이 못되지
만, 인생의 올 마이너스일 까닭도 없다고 하는 지론이 바로 그것이
다.

4. 좋은 수필을 쓰려면

a. 영농설(營農說)

수필 창작에 임하는 마음의 자세에는 여러 의견이라든지, 방법이 있을 수 있겠지만, 여기에서는 우선 심전정리(心田整理)를 통한 경지정리(耕地整理)를 얘기하고자 한다. 심전정리란 글자 그대로 마음밭(心田)을 정리하는 것이다. 마음을 넓히고 바르게 하듯이, 글을 쓰기 위한 마음의 자세를 바르게 하기 위해서 경지정리, 즉 토지의 이용가치를 높이기 위하여 경지의 구획정리나 배수시설, 관개시설, 객토작업, 농노개설 등을 시행하는 일을 말한다.

가령 화선지에 그림을 그린다거나 붓글씨를 쓰는 경우, 물이 묻어 있는 부분은 먹이 묻지 않듯이, 글을 쓰는 경우에도 작자가 지닌 바의 지식이나 경험 등의 고정관념이 오히려 방해가 되는 경우가 있다. 어떠한 사물이나 사건 내지는 가르침에 대하여 제대로 받아들이지 않을 수 있기 때문이다.

물레의 가락이 곧으면 부드러운 소리를 고르게 내지만, 그 가락이 굽으면 시끄럽게 떠는 소리를 불규칙적으로 내듯이, 작자도 그 심성이 물레의 가락, 즉 물레로 자은 실을 감는 쇠꼬챙이처럼 곧거나 굽은 직곡(直曲) 여하의 심성에 따라서 문장의 품위가 달라지게 된다.

그러므로 수필을 창작함에 있어서 선행조건은 마음의 밭을 넓히고 바르게 고를 뿐 아니라 기름지게 해서 글의 이용가치를 높이는 일이라 할 수 있다. 이를 위해서는 마치 논에서 물을 뽑아내는 배수(排水)와 같이, 사무사(思無邪) 즉 사특한 생각, 불필요한 생각을 버리고 순수 세계로 돌아가야 한다.

관개(灌漑) 즉, 필요한 물을 끌어대는 관개와도 같이, 취사선택(取捨選擇)하여 쓸 것과 버릴 것을 가려서 써야 한다. 인사(人事)는 만사(萬事)라는 말이 있는 데, 글을 쓰는 데 있어서도 역시 적합한 언어를 찾아내어 적합한 자리에 끼워 넣는 일이 긴요하다.

그리고 객토(客土), 즉 토질을 개량하기 위하여 논밭에 흙을 넣는 것과 같이, 마음을 풍부히 하고 삶의 질을 높이기 위하여 새 것을 받아들여야 한다. 또한 농삿길을 수리하거나 새로 내는 일을 가리켜 농로개설(農路改說)이라 하는 데, 이는 상상력의 개발이라든지, 유추능력(類推能力), 은유기능(隱喩機能) 등으로 비유될 수 있다.

육신을 버린 후에는 훨훨 날아서 가고 싶은 곳이 꼭 한 군데 있다. '어린 왕자'가 사는 별나라, 의자의 위치만 옮겨 놓으면 하루에도 해지는 광경을 몇 번이고 볼 수 있다는 아주 조그만 그 별나라, 가장 중요한 것은 마음으로 보아야 한다는 것을 안 왕자는 지금쯤 장미와 사이 좋게 지내고 있을까. 그 나라에는 귀찮은 입국 사증(入國査證) 같은 것도 필요 없을 것이므로 가 보고 싶은 것이다. 그리고 내생에는 다시 한반도(韓半島)에 태어나고 싶다. 누가 뭐라 한대도 모국어(母國語)에 대한 애착 때문에 나는 이 나라를 버릴 수 없다. 다시 출가 사문이 되어 금생에 못다 한 일들을 하고 싶은 것이다.
— 법정(法頂)의 <미리 쓰는 유서> 끝부분

  앞에서 전제한 대로 곧은 가락 같은 소리를 내는 듯한 글이다. 어
린이들의 마음처럼, 순수하기 그지없는 마음밭(心田)을 열심히, 그리
고 곱게 가꾼 듯한 작품이다. "어린아이 같지 않으면 천국에 갈 수
없다"고 갈파한 예수의 말씀처럼 순수가 배어있는 글이다.
  다음으로는 농부가 논밭에서 쟁기질을 하게 될 때 쟁기를 세워서
깊이갈이를 함으로써 많은 수확을 얻듯이, 사고(思考)의 심화(深化)
를 통하여 종교적 상상력이라든지, 철학적 인식, 작가적 양식, 역사
의식 등을 자양으로 하여 아람진 작품을 생산해야 할 것이다.

  송월대를 버리고 다시 서로 이 산 일맥을 타고 내려다보니, 길은 뚝
끊어지고 수십 길 되는 절벽이 있고, 절벽 밑에는 시퍼런 강이 흐른다.
이 절벽이 낙화암이다. 낙화암은 옛날 나(羅)·당(唐)의 연합군이 백제
의 궁성을 함락할 때 비빈(妃嬪), 궁녀들이 버선발로 뛰어나와 여기서
몸을 던져 죽었다는 곳이다. 이 바위에 나는 홀로 서 있다. 눈을 감고
그때의 광경이나 다시 그려보자 — 꽃같은 미인들이 수없이 떨어진다.
자개잠 금비녀는 내려지고, 머리채는 흐트러지고, 치맛자락은 소리치
며 펄렁거린다.
— 이병기(李秉岐)의 <낙화암 찾는 길에> 중 일부

  이 글에는 작자의 역사의식이 현사법(現寫法)으로 표현되어 있다.
여기에서 적용한 현사법은 과거에 일어났던 사건이 현재 눈앞에 벌
어지고 있는 것처럼 현재진행형으로 나타내는 기법을 말한다. "치맛
자락은 소리치며 팔랑거린다"가 바로 그것이다. 만일 이 작자가 '역
사의식'이 없다면, 이러한 글은 나오지 않았을 것이다. 따라서 우리
가 좋은 글을 쓰기 위해서는 어떤 대상을 그리고자 하는 주체인 내

게 종교적 상상력이라든지, 철학적 인식, 역사의식, 사회의식 등 사물을 깊고 넓게 볼 수 있는 고성능의 렌즈가 요구된다.

농부는 이른 봄, 씨앗을 뿌리기 전에 종자 고르기를 한다. 다른 계통의 잡종이 섞이지 않은 순종(純種)을 고르는 작업을 하는 것은 질 좋고 풍성한 수확을 내기 위해서다. 잡종(雜種)이 섞인다거나 알맹이가 들어있지 않고 겉껍질만 남은 쭉정이를 가려내기 위하여 종자(種子)를 물에 담가서 물 위로 뜨는 것들을 제거하듯이, 글을 쓰는 데 있어서도 순수하지 못한 어떤 잡스런 생각을 쫓아내는 의지적 작용이 요구된다.

공자는 일찌기 사무사(思無邪), 즉 생각에 사특함이 없어야 한다고 했거니와 불교의 사홍서원(四弘誓願) 가운데 세번째 나오는 '번뇌무진서원단(煩惱無盡誓願斷) 즉, 끝없이 일어나는 번뇌를 자르게 하여 달라고 서원하는 것처럼, 글을 쓰는 데에도 잡스런 생각을 버리고, 주제에 기여할 수 있는 내용이나 형식을 취사 선택하는 작업이 요구된다.

다음으로 씨앗을 뿌려서 심는 파종(播種)처럼, 창작의 단계, 즉 집필에 착수하는 단계에 이르게 되는 데, 이 때는 주제가 설정되어야 한다. 가령 사진을 찍는 데에도 어떤 구도를 잡고 샷터를 누르듯이, 쓰고자 하는 글의 초점이 맞추어져야 한다. 그리고는 김을 맨다거나 하여 잡초를 제거하는 제초(除草) 작업과 농약을 살포하여 병충해를 막기 위한 소독(消毒)처럼, 창작과정에 있어서는 퇴고(推敲)라든지, 잡다한 생각의 속진(俗塵)을 털어내려는 생각이라든지, 잡념(雜念)을 제거하고자하는 자신과의 싸움이 있게 마련이다.

그리고는 곡식을 타작(打作)하게 되고, 탈곡(脫穀)하여 도정(搗精)을 하게 되는 마지막 단계처럼, 작품을 완성하는 최고의 단계에 이르게 된다. 이러한 농사의 전 과정은 어디까지나 변함없는 농심이 바탕이 되어야 하듯이, 수필 창작에 있어서 그 완성을 위해서는 시심이라든지, 작가적 양식이 바탕이 되어야 한다.

돈을 벌기 위해서 농사하는 농부는 돈버는 게 목적이기 때문에 농사일을 쉬는 농한기(農閑期)에는 도박판에서 돈을 날릴 수도 있고 패가망신(敗家亡身)할 수도 있다. 그러나 농사짓는 일이 그저 즐겁고 보람있어서 농사하는 농부의 경우는 그 순후한 농심에 의해서 겨울 같은 농한기에도 쉬지않고 새끼를 꼰다거나 가마니를 치는 등 농사 준비를 하나 하나 해두기 때문에 그런 패가망신이 있을 수 없듯이, 글을 쓰는 창작 행위도 그저 좋아서 한다고 하는 순수한 창작동기에서 이루어지는 게 바람직하다.

그러니까 문학을 인생의 본질에 입각해서 해야지, 어떤 수단으로서 해서는 안된다는 얘기다. 농심(農心)이란 일확천금(一攫千金)을 꿈꾸는 도박과는 거리가 멀기 때문에 수단으로서의 문학이 아니라 그저 정직하게 살아가는 본질로서의 문학하는 자세를 견지하지 않으면 안 된다.

온 겨울의 어둠과 추위를 다 이겨내고, 봄의 아지랑이와 따뜻한 햇볕과 무르익은 장미의 그윽한 향기를 온몸에 지니면서, 너 보리는 이제 모든 고초(苦楚)와 비명(悲鳴)을 다 마친 듯이 고요히 머리를 숙이고, 성자(聖者)인 양 기도를 드린다.

이마 위에 땀방울을 흘리면서, 농부는 기쁜 얼굴로 너를 한 아름 덥석 안아서 낫으로 스르릉스르릉 너를 거둔다. 너 보리는 그 순박하고, 억세고, 참을성 많은 농부들과 함께 자라나고, 또한 농부들은 너를 심고, 너를 키우고, 너를 사랑하면서 살아간다.

보리, 너는 항상 순박하고, 억세고, 참을성 많은 농부들과 함께 이 땅에서 영원히 사라지지 않을 것이다.

— 한흑구(韓黑鷗)의 <보리> 중 끝부분

보리의 순박함과 강인함을 농부의 덕성과 우리 겨레의 끈질긴 민족성에 비추어 쓴 작품이다. 늦가을 파종에서 시작하여 겨울을 이겨낸 끝에 봄을 맞는 보리의 생명력을 피력하면서 무르익은 다음, 수확에 이르기까지 찬미로 이루어진 이 글은 보리를 2인칭 의인법으로 지칭하여 표현하고 있다. 이 수필은 보리와 농부와 우리 겨레를 '순박함'과 '강인함'이라는 성질의 이미지를 동일선상에 두고 그 의미를 입체적으로 통일시키고 있다. 즉 보리 이야기는 농부의 이야기이면서 바로 조국 광복을 꿈꾸는 우리 겨레의 이야기인 동시에 농심이 짙게 스며있는 작품이다.

b. 양잠설(養蠶說)

먼저 윤오영(尹五榮)의 수필 <양잠설(養蠶說)>을 소개한 다음 설명하고자 한다.

어느 촌 농가에서 하루 저녁 잔 적이 있었다. 달은 훤히 밝은 데, 어디서 비오는 소리가 들린다. 주인더러 물었더니 옆 방에서 누에가 풀 먹는 소리였었다. 여러 누에가 어석어석 다투어서 뽕잎 먹는 소리가 마치 비오는 소리 같았다. 식욕이 왕성한 까닭이었다. 이때 뽕을 충분히 공급해 주어야 한다. 며칠을 먹고 나면 누에 체내에 지방질이 충만해서 피부가 긴장되고 윤택하며 엿빛을 띠게 된다. 그때부터 식욕이 감퇴된다. 이것을 최안기(催眠期)라고 한다. 그러다가 아주 단식을 해 버린다. 그리고는 실을 토해서 제 몸을 고정시키고 고개만 들고 잔다. 이것을 누에가 한잠 잔다고 한다. 얼마 후에 탈피를 하고 고개를 든다. 이것을 기잠(起蠶)이라고 한다. 이때에 누에의 체질은 극도로 쇠약해서 보호에 특별히 주의를 해야 한다. 다시 뽕을 먹기 시작한다. 초잠 때와 같다. 똑같은 과정을 되풀이해서 최안, 탈피, 기잠이 된다. 이것을 일령

이령(一齡二齡) 혹은 한잠 두잠 잤다고 한다. 오령이 되면 집을 짓고
집 속에 들어 앉는다. 성가(成家)된 것을 고치라고 한다. 이것이 공판
장(共販場)에 가서 특등, 일등, 이등, 삼등, 등외품으로 평가된다.

나는 이 말을 듣고서, 사람이 글을 쓰는 것과 꼭 같다고 생각했다.
누구나 대개 한 때는 문학소년 시절을 거친다. 이 때가 가장 독서열이
왕성하다. 모든 것이 청신(淸新)하게 머리에 들어온다. 이때 독서를 많
이 해야 한다. 그의 포부는 부풀대로 부풀고 재주는 빛날대로 빛난다.
이때 우수한 작문들을 쓴다. 그러나 얼마 안 가서 그는 사색에 잠기고
회의에 잠긴다. 문학서적에서조차 그렇게 청신한 맛을 느끼지 못한다.
여기서 혹은 현실에 눈 떠서 제 각각 제 길을 찾아 가기도 하고 철학
이나 종교 서적을 읽기 시작한다. 그리고 오직 침울(沈鬱)한 사색에 잠
긴다. 최안기에 들어선 것이다. 한참 자고 나서 고개를 들 때, 구각(舊
殼)을 벗는다. 탈피다. 한 단계 높아진 것이다. 인생을 탐구하는 경지
에 이른다. 그러나 정신적으론 극도의 쇠약기다. 그의 작품은 오직 반
항과 고민과 기피에 몸부림친다. 이때를 넘기지 못하고 그 벽을 뚫지
못하고 대결하다 부서진 사람들이 있다. 혹은 그를 요사(夭死)한 천재
라고 하는 사람들도 있다. 다시 글을 탐독하기 시작한다. 전에 읽었던
글에서 새로움을 발견한다. 이제 이령(二齡)에 들어선 것이다. 몇 번이
고 이 고비를 거듭하는 속에 탈피에 탈피를 거듭하며 자기를 완성해
간다. 그 도중에는 무수한 탈락자들이 생긴다. 최후에, 자기의 모든 역
량을 뭉치고, 글 때를 벗고, 자기대로의 세계에 안주한다. 누에가 고치
를 짓고 들어앉듯 성가(成家)한 작가다. 비로소 그의 작품이 그 대소에
따라 일등품, 이등품으로 후세에 평가의 대상이 된다.

대개 사람의 일생을 육십을 일기로 한다면, 이십대가 일령이요, 삼
십대가 이령이요, 사십대가 삼령이요, 오십대가 사령이요, 육십대가 되
면 이미 오령기다. 이제는 크든 작든 고치를 짓고 자기 세계에 안주할
때다. 이때에 비로소 고치에서 명주실은 풀리기 시작한다. 자기가 뽕을
먹고 삭이니만치 자기가 부단히 고무되고 고초하고 탈피해 가며 지어
논 고치(境地)만큼, 실을 뽑는 것이다. 칠십이든 구십이든 가는 날까지
확고한 자기의 경지에서 자기의 글을 쓰고 자기의 말을 하다가 가는
것이다. 그러나 여기서 이십대~육십대로 예를 들어 말한 것은 육체적

인 연령을 말한 것은 물론 아니다. 육체적인 년령에 대비해 보는 것이 알기 쉽기 때문이다. 우수한 문학가는 생활의 농도와 정력의 신비가 일반을 초월한다. 그런 까닭에 이 연령은 천차만별로 단축된다. 우리는 남의 글을 읽으며 다음과 같이 논평하는 수가 가끔 있다.

"그 사람 재주는 비상한데, 밑천이 없어서."

뽕을 덜 먹었다는 말이다. 독서의 부족을 말함이다.

"그 사람 아는 것은 많은데, 재주가 모자라."

잠을 덜 잤다는 말이다. 사색의 부족과 비판 정리가 안 된 것을 말한다.

"그 사람 읽기는 많이 읽었는데, 어딘가 부족해."

뽕을 한 번만 먹었다는 말이다. 독서가 일회에 그쳤다는 이야기다.

"학식과 재질이 다 충분한데 그릇이 작아."

사령(四齡)까지 가지 못했다는 이야기다.

"그 사람 아직 글 때를 못 벗은 것 같애."

오령기(五齡期)를 못 채웠다는 말이다. 자기를 세우지 못한 것이다.

"그 사람 참 꾸준한 노력이야. 대 원로지. 그런데 별 수 없을 것 같아."

병든 누에다. 집 못 짓는 쭈구렁 밤송이다.

"그 사람이야 대가(大家), 훌륭한 문장인데, 경지가 높지 못해."

고치를 못 지었다는 말이다. 일가(一家)를 완성하지 못한 것이다. 나는 양잠가에서 문장론을 배웠다.

— 윤오영(尹五榮)의 <양잠설(養蠶說)>

여기에서는 문장의 기본 정도(正道)가 되는 삼요소, 즉 다독(多讀), 다작(多作), 다사(多思)가 망라되어 있다. 누에가 뽕을 먹고 잠을 자며 고치가 되어 가는 양잠의 과정이 수필 작법을 효과적으로 깨우치는 데에 도움이 될 것이다. 이 글에서는 수필 창작에 도움이 되는 그 과정적인 비유도 비유지만, '글때를 벗는다'고 하는 어떤 경지를 말해 주는 데에도 의미가 있을 것이다.

c. 요건설(要件說)

글을 쓰는 동기라 할까, 그 목적은 작자의 정서나 사상을 표현하는 데 있겠고, 독자에게 전달하는 데 있겠다. 정서와 사상의 표현은, 천부적으로 타고난 표현을 통한 기쁨을 누리고자 하는 데에 있겠고, 전달은 내적인 정서나 사상을 외적으로 표현하여 전달하는 데 있어서 보다 효과적으로 하려는 언어의 활용이 요구된다.

좋은 글이란 내용과 형식의 균형있는 조화가 요구되는 데, 그 효과적인 표현이라든지, 전달 기능을 발휘하기 위해서는 몇 가지의 요소를 갖추지 않으면 안 된다.

그 요건들은 우선 '내용'이 있는 글이어야 하겠고, '독창성'이 있는 글이어야 하며, '정성'이 깃들어 있어야 하는가 하면, '명료'한 문장으로 이루어져야 할 것이다. 이러한 주문은 최소한의 기본 요건이다.

내용이 있어야 한다고 해서 반드시 깊은 사색의 결과로 철학적인 어떤 진리를 내포해야만 하는 것은 아니다. 넓게 보면 이 세상에 진리 아닌 것이 어디에 있겠는가. 여기에서의 내용이란 주제를 말한다. 주제가 없는 글은 배자(씨눈) 없는 계란처럼 생명이 있을 수 없기 때문이다.

주제, 즉 내용이 충실하다는 것은, 써야 할 글이 들어 있고, 그 글은 쓸 만한 가치가 있다는 얘기가 된다. 내용이 별로 없어서 주제가 잡혀있지 않은 상태에서 글을 썼을 때에는 내용이 없는, 즉 충실하지 못한 글이 되기 쉽다.

개구리 소리는 들떠 있는 마음을 차분히 가라앉힌다. 무엇인가를 생각케 하고 자꾸만 깊은 곳으로 그 생각을 유도해 간다. 음악의 소리는 사람의 마음을 허공 속으로 증발시킨다면 개구리 소리는 자기의 참모습을 찾아 스스로 마음의 골짜기를 헤매게 한다.

불가(佛家)에서는 최고의 이상경(理想境)을 열반(涅槃)이라고 한다. 열반이라 함은 번뇌의 불길을 불어서 끈다는 취소(取消:nirvana)의 뜻이 아닌가. 개구리 소리를 밤이 이슥하도록 혼자 듣고 섰으면 드디어 열반의 경지에서 불사선 불사악(不思善不思惡)을 느끼는 순간을 맛보게 된다. 개구리 소리를 들으며 이러한 순간을 느끼지 못한다면 그는 동양(東洋)의 진수(眞髓)를 안다고 할 수 없으리라.

인류의 역사는 시간의 선(線) 위에 굴러가는 소리와 모습의 함수(函數)관계라고 할까. 세상이 달라지면 소리도 변하고, 소리가 달라지면 세상도 변해갔다. 이제 이 지상에서 자연의 소리는 차츰 문명의 소리에 밀려나고 있다. 개구리 소리는 더욱 그렇다. 문명의 소리와 자연의 소리가 조화를 잃을 때 인간 세상은 어떻게 되는 것일까.

문명의 소리가 동(動)이라면 자연의 소리는 정(靜)이다. 그리고 개구리 소리는 선(禪)일지도 모른다. "개골 개골 개골 가르르 걀걀걀걀" 개구리 떼들이 연신 울고 있다. 나는 먼 훗날 애환(哀歡)을 모르는 한 개 바위가 되어 해마다 제비꽃 필 무렵이 되면 개구리 소리에 부딪치며 무거운 침묵에 잠기고 싶다.

― 김규련(金奎鍊)의 <개구리 소리> 끝부분

별로 내용이 있을 것 같지 않은 소재를 가지고 상당한 제재를 주제로 이끌어내고 있다. 그리하여 평범한 소재를 가지고 비범한 주제로 이끌어내는 역량을 발휘하고 있다. 여기에 수필의 묘미가 있다. 문명의 소리가 '동'이요 자연의 소리가 '정'이라면 개구리 소리는 선(禪)일지도 모른다는 발상은 '평범을 비범으로 이끈' 단적인 예가 될 것이다.

다음으로, 독창성이 없으면 안 된다. 가끔 '신선한 충격'이라는 말을 듣게 되는 데, 이 신선한 충격은 주로 독창성에 의해서 주어지게 된다. 작자의 창의력이 글 속에 스며있지 않으면 창작하는 일에 의미가 없다 해도 과언이 아니다.

글의 독창성은 주제와 기교에 의해서 나타나기 마련이다. 처음 습작기에 있어서 글의 형식(틀)을 모방하는 경우라면 몰라도 작품을 제대로 쓰게 될 때 다른 사람의 글을 전거(典據) 없이 그대로 옮기거나 모방해서는 안 된다. 또 누구나 다 알고 있는 상식적인 내용의 글을 써서도 안 된다. 이 역시 독창성이 없는 글이 되기 때문이다.

물론, 처음부터 끝까지 시종일관(始終一貫) 독창적인 글로만 채울 수는 없다. 때로는 다른 사람의 명언(名言)이나 명구(名句)를 차용하여 쓸 수도 있다. 법정에서 변호사가 증인을 이용하여 자기 주장을 관철시키는 것처럼, 창작하는 데에도 다른 사람의 글 중에서 필요한 부분의 출처를 밝히고 이용할 수도 있다. 다른 사람의 글에 대한 출처를 밝히지 않으면 표절(剽竊)이 되므로 지탄을 받게 된다. 남의 글을 훔친 것으로 간주된다는 얘기다.

다른 사람의 글을 차용해서 쓰는 자료가 너무 많아도 안 된다. 차용한 게 많으면 주객이 전도되는 인상을 주기 때문에 주체적인 힘을 잃게 되기 때문이다.

> 오늘 아침 출근길에 문조(文鳥) 한 마리가 죽어서 길섶에 버려져 있는 것을 보았다. 무서리가 내린 강변에 어린 물새 한 마리가 죽어 쓰러진 것을 보고 치마폭에 싸다가 양지에 묻어 주던 소녀가 생각난다. 이듬해 봄에는 그 무덤을 찾아가 풀꽃을 뿌려 주던 그 천사의 동심이 오늘 황량한 내 가슴에 강물로 출렁인다.
>
> ― 김규련(金奎鍊)의 <강마을> 앞부분

수필을 쓰고자 하는 사람이 앞에 소개한 김규련의 수필 '강마을'의 스타일이 마음에 들어서 그 형식대로 "오늘 아침 쓰레기를 버리려고 쓰레기통에 갔다가 죽은 귀뚜라미 한 마리를 보았다."고 썼다면 그 형식만을 모방했기 때문에 표절이라 할 수는 없을 것이다. 그러나 결코 독창적인 글이 될 수는 없을 것이다.

수필 뿐 아니라 어떤 장르를 막론하고 모든 독자는 정성이 담겨 있는 진실한 글에서 감동하기 마련이다. 훌륭한 글이란 어렵게 쓰여져서 수월하게 읽혀지는 글을 말하는 데, 이는 정성이 담겨있는 글로서 진실이 스며있는 글을 말한다. '그 글에 그 사람'이라는 말도 있고, '글은 마음의 거울'이라는 말도 있다. 진지한 자세로 주제를 설정하고, 제재를 선택하며, 적합한 언어를 찾아내어 적재적소(適材適所)에 배치하기에 고심하였는 데도 그런 흔적이 보이지 않고 자연스럽게 읽혀지는 그런 글이 명문이다.

> 그들은 가난한 신혼 부부였다. 보통의 경우라면, 남편이 직장으로 나가고 아내는 집에서 살림을 하겠지만, 그들은 반대였다. 남편은 실직(失職)으로 집 안에 있고, 아내는 집에서 어느 회사에 다니고 있었다. 어느 날 아침, 쌀이 떨어져서 아내는 아침을 굶고 출근을 했다.
>
> "어떻게든 변통을 해서 점심을 지어 놓을 테니, 그때까지만 참으오."
>
> 출근하는 아내에게 남편은 이렇게 말했다. 마침내 점심 시간이 되어서 아내가 집에 돌아와 보니, 남편은 보이지 않고, 방 안에는 신문지로 덮인 밥상이 놓여 있었다. 아내는 조용히 신문지를 걷었다. 따뜻한 밥 한 그릇과 간장 한 종지……쌀은 어떻게 구했지만, 찬까지는 마련할 수 없었던 모양이다. 아내는 수저를 들려고 하다가 문득 상 위에 놓인 쪽지를 보았다.
>
> 왕후(王侯)의 밥, 걸인(乞人)의 찬……이걸로 우선 시장기만 속여 두오."
>
> 낯익은 남편의 글씨였다. 순간, 아내는 눈물이 핑 돌았다. 왕후가 된 것보다도 행복했다. 만금(萬金)을 주고도 살 수 없는 행복감에 가슴이 부풀었다.
>
> — 김소운(金素雲)의 <가난한 날의 행복> 중 앞부분

진실이 배어 있는 글이다. 진실 앞에서는 감동을 받기 마련이다.
다음으로, 명료성을 강조할 차례인데, 수필뿐만 아니라 모든 문장은
세 가지 원칙을 지키는 게 바람직하다. 그것은 명쾌하고, 바르고, 간
단하게 쓰라는 애기인데, 좀 더 세분하며, 명백하고 정확하며, 간결
명료하게 쓰기를 권장하는 주문이다. 이는 논리가 질서 정연하게 잡
혀있는 문장을 위해서 필요하다.

그런데 이처럼 간단 명료하게 쓰는 게 그렇게 쉬운 일이 아니다.
작자가 쓰고자하는 글을 군더더기가 없이 효과적으로 조립하지 않
으면 안되기 때문이다. 문학이나 문장은 언어의 질서화를 의미한다.
잡다한 삶 속에서 나타난 무질서한 언어들을 질서화시키는 게 문학
이라면, 수필문학 역시 여기에 예외일 수 없다.

d. 자질론(資質論)

김광섭(金珖燮)의 <수필문학소고(隨筆文學小考)> 가운데는 다음과
같은 글이 있다. 수필을 창작하는 데 있어서 그 자질을 가다듬는 길
잡이가 될 것이다.

시는 심령(心靈)이 감각의 전율(戰慄)된 상태에서, 희곡과 소설은 재
료의 정돈과 구성에 있어서 과학에 가까우리만큼 엄밀한 준비에서 시
작되는 것이라고 생각하고 보면, 수필은 달관과 통찰과 깊은 이해가
인격화된 평정(平靜)한 심경이 무심히 생활 주위의 대상에 혹은 회고
와 추억에 부딪쳐 스스로 붓을 잡음에서 제작되는 형식이다.(생략)

수필은 논리적 의도에서 제작된 일은 없다. 수필은 써 보려는 데서
시작되어 써진 것이다. 어느 작가가 소설이나 희곡이나 시를 써 보려

는 한가로운 마음에서 쓸 것인가? 그것들은 작가에게서 의식적으로 제작되었다.

그러나 수필은 한가로운 심경에서의 시필(試筆) 쯤에 그치는 본성을 가지고 있다. 정확하게 말하자면, 수필은 수필(隨筆)되었다고 하고 싶다. 그러므로 희곡이 조직적이고 활동적이요, 시가 운율적(韻律的)이고 정서적이라면, 수필은 진실한 태도에서 인생을 관조하는 격(格)이라고 비유할 수 있을 것이다. 이렇게 걷잡을 수 없으면서 그래도 어딘가 한 줄기의 맥(脈)이 있다.

— 김광섭(金珖燮)의 <수필문학소고(隨筆文學小考)> 중 일부

여기에서 특히 관심을 끄는 부분은, "수필은 진실한 태도에서 인생을 관조하는 격(格)이라고 비유할 수 있을 것"이라는 대목이다. 여기에서의 '격'은 품격을 말한다. 수필은 작자의 모든 게 적나라하게 드러나기 때문에 품위를 잃으면 결정적인 타격이 된다. 따라서 수필은 필자의 자질이 중요시된다는 점을 잊어서도 안될 것이다.

제2부 수필의 창작

　수필 창작에 들어가기 전에 먼저 수필의 분류라든지, 그 기원이나 역사에 대해서 살펴본 다음 그 방법을 익히는 게 바람직할 것으로 보인다. 왜냐하면 작자가 수필 창작에 들어가게 될 때에는 자기가 다루고자 하는 내용을 어떠한 형식 속에 담는 게 바람직한가 하는 취사 선택에 직면하지 않을 수 없기 때문이다.

　가령 사회적인 문제를 보편적 논리로써 객관적으로 다룰 것인가, 아니면 개인적인 신변문제를 개인의 감정이나 심리 등이 중심이 되어 주관적으로 다룰 것인가 하는 문제를 결정하는 데에는 수필을 가름하는 내용을 파악하지 않고는 혼란에 빠질 위험이 있기 때문이다.

1. 수필의 분류

수필은 그 정의가 막연한 것과 같이 그 종류에 대해 분류하는 데에도 일정하지 않다. 최근에 문단에서 말해지고 있는 문학으로서의 본격적인 수필 이외에, 보다 넓은 의미에 있어서의 수필을 범주로 잡는다면, 일기문이나 서간문, 감상문, 수상문, 기행문 등도 수필의 범주에 들어가며, 소평론(小評論)도 여기에 포함시킬 수 있다.

수필을 에세이(essay)와 미셀러니(miscellany)로 나누는 이가 있는데, 전자는 어느 정도 지적이며, 객관적, 사회적 논리적 성격을 가지는 소평론 따위가 그것이며, 후자는 감성적이며, 주관적, 개인적, 정서적 특성을 가지는 신변잡기, 즉 좁은 뜻의 수필로 본다. 이러한 견해는 에세이와 미셀러니를 구별해서, 우리 말의 수필은 후자에 속한 것으로 보게 된다.

또한, 영문학의 경우를 전제로 하여, 포멀 에세이(formal essay)와 인포멀 에세이(informal essay)로 가름하는 이도 있는데, informal이란 정격(正格)이 아니라는 뜻이므로, 포멀 에세이는 소평론 따위로, 인포멀 에세이는 일반적인 의미의 수필에 해당된다.

비교적 무거운 느낌을 주는 중수필(重隨筆)이라든지, 딱딱한 느낌을 주는 경수필(硬隨筆)은 베이컨이 즐겨 쓰던 수필로서 일반적·사회적인 문제를 객관적으로 다룬다면, 비교적 가벼운 느낌을 주는 경수필(輕隨筆)이라든지, 부드러운 느낌을 주는 연수필(軟隨筆)은 몽떼뉴가 즐겨 쓰던 수필로서 개인적인 신변문제를 세련된 유머와 풍자로써 표현하는 경우가 많다.

이 외에도 사색적 수필이라든지, 비평적 수필 등이 있다.

철학을 철학자의 전유물인 것처럼 생각하고 있는 사람들이 많이 있다. 그러나 그렇게 생각하는 것도 결코 무리한 일은 아니니, 왜냐하면 그만큼 철학은 오늘날 그 본래의 사명 – 사람에게 인생의 의의와 인생의 지식을 교시(敎示)하려 하는 의도를 거의 방기(放棄)하여 버렸고, 철학자는 속세와 절연(絶緣)에서 오로지 자기의 담론에만 경청하고 있기 때문이다. 이와 같이, 철학과 철학자가 생활의 지각을 완전히 상실하여 버렸다는 것은 참으로 슬픈 일이다. 그러므로 생활 속에서 부단히 인생의 예지(叡智)를 추구하는 현대 중국의 '양식의 철학자' 임어당(林語堂)이 일찍이 "내가 임마누엘 칸트를 읽지 않는 이유는 간단하다. 석 장 이상 더 읽을 수 있는 적이 없기 때문이다"라고 말했는데, 이 말은 논리적 사고가 과도의 발달을 성수(成遂:어떤 일을 이루어 냄)하고 전문적 어법이 극도로 분화한 필연의 결과로서, 철학이 정치, 경제 보다도 훨씬 후면에 퇴거되어, 평상인은 조금도 양심의 가책을 느끼지 않고 철학의 측면을 통과하고 있는 현대 문명의 기묘한 현상을 지적한 것으로서, 사실상 오늘에 있어서는 교육이 있는 사람들도 대개는 철학이 있으나 없으나 별로 상관이 없는 대표적 과제가 되어 있는 것을 부정하기는 어렵다.

— 김진섭(金晉燮)의 <생활의 철학> 중 앞부분

여기에서는 보편적인 진리가 논리적으로 서술되어 있다. 비교적 무거운 느낌을 주는 중수필로 일반적인 철학 얘기를 보편적 이성으로써 학자적인 소양으로 서술하고 있다.

앞벌 논가에서 개구리들이 소낙비 소리처럼 울어대고 삼밭에서 오이 냄새가 풍겨 오는 저녁 마당 한 귀퉁이에 범산넝쿨, 엉겅퀴, 다북쑥, 이런 것들이 생짜로 들어가 한데 섞여 타는 냄새란 제법 독기가 있는 것이다. 또한 거기 다만 모깃불로만 쓰이는 이외의 값진 여름밤의 운치를 지니고 있는 것이다.

달 아래 호박꽃이 화안한 저녁이면 군색스럽지 않아도 좋은 넓은 마당에는 이 모깃불이 피워지고 그 옆에는 멍석이 깔려지고 여기선 여름살이 다림질이 한창 벌어지는 것이다. 멍석 자리에 이렇게 앉아 보면 시누이와 올케도 정다울 수 있고, 큰애기에게 다림질을 붙잡히며, 지긋한 나이를 한 어머니는 별처럼 머언 얘기를 들려 주기도 한다. 함지박에는 가주 쪄서 김이 모락모락 나는 노오란 강냉이가 먹음직스럽게 담겨 나오는 법이겠다.

쑥댓불의 알싸한 내를 싫잖게 맡으며 불부채로 종아리에 덤비는 모기를 날리면서 강냉이를 뜯어 먹고 누웠으면 여인네들의 이야기가 핀다.(생략)…온 집안에 매캐한 연기가 골고루 퍼질 때쯤 되면 쑥 냄새는 한층 짙어져서 가경으로 들어간다.(생략)…쑥을 더 집어 넣는 사람도 없어 모깃불의 연기도 차츰 가늘어지고 보면, 여기는 바다 밑처럼 고요해진다.(생략)…한잠을 자고 난 애기는 아닌 밤중 뒷산 포곡새 울음 소리에 선뜻해서 엄마 가슴을 파고들고, 삽살개란 놈은 괜히 짖어대면 마침내 온 동리 개들이 달을 보고 싱겁게 짖어대겠다.

— 노천명(盧天命)의 <여름밤> 중 일부

비교적 가벼운 느낌과 부드러운 느낌을 주는 경수필(輕隨筆)과 연수필(軟隨筆)로서 개인적인 정서 분위기를 주관적으로 표현한 시적 수필이라 할 수 있다.

들과 정원의 꽃보다도, 아름다운 여인의 모습보다도, 더욱 우리를 사로잡는 것이 있다. 사람들의 아름다운 마음씨가 그것이다. 나 자신으로서는 도저히 할 수 없다고 생각되는 어려운 일을 남이 하는 것을 직접 바라보거나 또는 그런 미담을 전해 들었을 때의 감격은 아름다운 꽃이나 여자를 만났을 때의 감동보다도 더욱 깊게 가슴에 사무친다. 눈에 보이지 않는 사람의 아름다운 마음씨가 이토록 고맙고 거룩하게 느껴지는 것은 그런 마음씨의 사례(事例)가 꽃이나 미녀처럼 흔치 않기 때문일까, 또는 아름다운 마음씨는 꽃이나 미녀의 경우와는 달리 그 생명이 오래 지속되기 때문일까.

꽃은 열흘 붉기가 어렵다 하였고, 아름답던 여자의 자태도 세월이 흐르면 주름살 뒤로 사라진다. 사라진 다음에 또 새 세대 가운데 많은 미모가 탄생하기야 하겠지만 옛날 그 사람은 아니니 역시 덧없고 허망하다. 그런데 아름다운 마음씨는 그 사람의 몸이 흙으로 돌아간 뒤에도 오래오래 생명을 유지하고 빛을 던진다.

세상이 어찌 꽃과 미녀와 그리고 슬기로운 마음씨만으로 가득 차기를 희망하랴. 다만 이 세 가지가 존재한다는 사실만으로도 세상은 끝없이 아름답다. 이 아름다운 세상에 태어났음을 고맙게 생각하며 슬픈 이야기들은 잊고 살아간다.

— 김태길(金泰吉)의 <아름다운 세상> 중 일부

철학자의 사색적 수필이다. 사람의 아름다운 마음씨야 말로 여러 아름다움 가운데 으뜸이라고 하는 그 불변한 영원성의 가치를 표현하고 있다. 옛사람은 삼상(三上)의 시(詩)를 얘기했는데, 그 가운데, 침상(枕上)의 시에 해당되는 게 바로 이 철학하는 사색의 수필이다. 이 외에 우상(牛上)의 시는 관조(觀照)의 세계요, 측상(厠上)의 시는 배설(排泄)의 언어를 가리킨다.

지조란 것은 순일(純一)한 정신을 지키기 위한 불타는 신념이요 눈물겨운 정성이며, 냉철한 확집(確執)이요 고귀한 투쟁이기까지 하다. 지조가 교양인의 위의(威儀)를 위하여 얼마나 값지고, 그것이 국민의 교화에 미치는 힘이 얼마나 크며, 따라서 지조를 지키기 위한 괴로움이 얼마나 가혹한가를 헤아리는 사람들은 한 나라의 지도자를 평가하는 기준으로서 먼저 그 지조의 강도(强度)를 살피려 한다. 지조가 없는 지도자는 믿을 수가 없고, 믿을 수 없는 지도자는 따를 수가 없기 때문이다. 자기의 명리(名利)만을 위하여 그 동지와 지지자와 추종자를 일조(一朝)에 함정에 빠뜨리고 달아나는 지조 없는 지도자의 무절제와 배신 앞에 우리는 얼마나 많이 실망하였는가. 지조를 지킨다는 것이 참으로 어려운 일임을 아는 까닭에 우리는 지조 있는 지도자를 존경하고 그 곤고(困苦)를 이해할 뿐 아니라 안심하고 그를 믿을 수 있는 것이다.(생략)… 우리가 지조를 생각하는 사람에게 주고 싶은 말은 다음의 한 구절이다. '기녀(妓女)라도 늘그막에 남편을 좇으면 한 평생 분냄새가 거리낌 없을 것이요, 정부(貞婦)라도 머리털 센 다음에 정조를 잃고 보면 반생의 깨끗한 고절(苦節)이 아랑곳없으리라.' 속담에 말하기를 '사람을 보려면 다만 그 후반을 보라' 하였으니 참으로 명언이다. 차돌에 바람이 들면 백 리를 날아간다는 우리 속담이 있거니와 늦바람이란 참으로 무서운 일이다. 아직 지조를 깨뜨린 적이 없는 이는 만년(晩年)을 더욱 힘쓸 것이니 사람이란 늙으면 더러워지게 마련이기 때문이다.(생략)…

　변절자에게도 양심은 있다. 야당에서 권력에로 팔린 뒤 거드럭거리다 이내 실세(失勢)한 사람도 있고, 갓 들어가서 애교를 떠는 축도 있다. 그들은 대개 성명서를 낸 바 있다. 표면으로 성명은 버젓하나 뜻있는 사람을 대하는 그 얼굴에는 수치의 감정이 역연하다. 그것이 바로 양심이란 것이다. 구복(口腹)과 명리(名利)를 위한 변절은 말없이 사라지는 것이 좋다. 자기 변명은 도리어 자기를 깎는 것이기 때문이다. 처녀가 아기를 낳아도 핑계는 있다는 법이다. 그러나 나는 왜 아기를 배게 됐느냐 하는 그 이야기 자체가 창피하지 않은가.
　　　　　　　　　　　— 조지훈(趙芝薰)의 <지조론(志操論)> 중 일부

　지조를 팔고 변절한 친일(親日) 매국노(賣國奴)라든지, 해방 후 정당정치의 와중에서 변절한 이들에 대한 준엄한 비판과 따끔한 경종을 울리는 글이다. 이러한 스타일의 글은 따끔한 비판으로 경각심을 높이는 점이 특징이다.

2. 수필의 기원

수필의 기원에 대해서는 서로 다른 설이 많다. 테오프라스토스의 <성격론>이라든지, 플라톤의 <대화편>, 키케로, 세네카, 아우렐리우스의 <명상록> 등도 수필의 범주에 넣을 수 있으나, 프랑스의 몽테뉴의 <수상록(1580~88)>은 '에세이'라는 말을 처음 쓴 수필이며, 그를 수필의 원조(元祖)로 보는 것이 통설이다. 영국 수필의 원조는 그보다 17년이 늦은 16세기의 베이컨으로 보며, 그의 <수상록>이 영국 수필의 시초라고 한다.

이어서 찰스 램, 해즐릿, 헌트, 드 퀸시 등 유명한 수필가가 배출되었다. 특히 찰스 램의 <엘리아 수필집(Essays of Elia, 1823)>은 여유와 철학이 깃들어 있으며, 신변적, 개성적 표현이면서도 인생의 참된 모습이 묘사되어 있고, 영국적인 유머와 슬픔(pathos)이 깔려 있다.

한국에서는 김만중(金萬重)의 <서포만필(西浦漫筆)>, 편자와 연대 미상의 조선조 초의 <대동야승(大東野乘)>, 유형원(柳馨遠)의 <반계수록(磻溪隨錄)>, 그리고 고려조의 이인노(李仁老)의 <파한집(破閑

集)>, 최자(崔滋)의 <보한집(補閑集)> 등으로 거슬러 올라갈 수 있다.

근대에 와서 최초의 수필은 유길준(兪吉濬)의 <서유견문(西遊見聞, 1895)>이며, 이어 최남선(崔南善)의 <백두산근참기白頭山觀參記, 1927)> <심춘순례(尋春巡禮, 1926)>, 이광수(李光洙)의 <금강산유기(金剛山遊記1924)> 등이 간행되었으나, 이 글은 모두 기행문으로서의 수필이다.

그 후, 김진섭(金晋燮)의 <인생예찬(1947)>, 이양하(李敭河)의 <이양하수필집(1947)>, 계용묵(桂鎔默)의 <상아탑(1955)>, 이희승(李熙昇)의 <벙어리 냉가슴(1956) 등이 있으며, 이 밖에 피천득(皮千得), 이병주(李丙疇) 등에 이르러 기행문 형태에서 벗어나 수필 문장다운 본격적이며, 깊이있는 인생 체험에서 우러나온 수필이 다양하게 발표되었다.

3. 주제의 설정

　수필을 쓰고자 하는 작자가 아무리 좋은 글을 쓰려고 노력해도 뜻대로 되지 않는다고 안타까움을 호소하는 경우를 보게 되는데, 이러한 경우는 대개 몇 가지의 문제가 있기 마련이다. 왜 수필 문장이 산만할까? 어떻게 하면 보다 완벽한 작품으로 완성할 수 있을까?

　가장 우선적으로 의심이 가는 부분이 주제가 설정되어 있는가, 그러지 못한 상태인가 하는 점이다. 주제는 작자가 말하고자 하는 중심 사상일 뿐 아니라 그 주제에 도움을 주기 위해서 선택되어 동원된 소재(제재)를 유기적인 관련성으로 구성하는 통일원리가 되기 때문에 주제가 잡혀 있지 않은 게 아닌가 하고 의심하는 것은 당연한 이치다.

　다음으로 생각할 수 있는 것은, 글을 쓰고자 하는 작자의 의식이 너무 과잉된 상태가 아닌가 하는 점이다. 작자가 글을 쓰는 동안은 그의 의식 내부에 잠재되어 있던 기억의 잔상(殘像)들이 밖으로 나오려고 한다. 그런데 과잉된 의식의 소유자에게는 그 과잉된 의식들이 서로 먼저 나오려고 하기 때문에 그 기억의 부스러기들이 주제에 얼마나 도움이 되는지 충분한 취사 선택을 거치지 못한 상태에서 집필되기 때문에 불필요한 내용까지 포함되어 산만성(散漫性)을 면할 수 없게 된다. 이 외에도 문장의 길이가 너무 길어서 산만하게 되는 경우도 있지만, 앞에 설명한 '주제의 설정' 문제와 '과잉된 의식'문제에 비하면 대단한 게 아니다.

주제는 수필이 산만해지는 것을 방지한다. 그것은 주제가 수필 문장의 통일성과 긴밀성을 유지하는 구실을 하기 때문이다. 주제는 문장의 중심 사상일 뿐 아니라, 소재의 성질을 분별하여 그것을 선택함으로써 문장의 통일성을 유지하며, 선택된 소재(제재)를 다시 일정한 순위로 정하여 질서적으로 배열한다거나 조직함으로서 문장의 긴밀성을 유지하도록 해준다.

수필도 다른 문학 장르와 마찬가지로 주제가 설정되어야 하지만, 그렇다고 그게 다 노출되어서도 안 된다. 주제가 드러난 작품은 삼류라는 말이 있는데, 이는 일리 있는 말이다.

주제가 밖으로 드러나는 경우보다는 드러나지 않는 경우가 다양한 해석을 가능케 한다. 다양한 해석의 여지를 남기기 때문이다. 좋은 수필은 시의 경우처럼 주제가 표면에 드러나지 않은 채 함축되고 암시된다.

청춘! 이는 듣기만 하여도 가슴이 설레이는 말이다. 청춘! 너의 두 손을 가슴에 대고 물방아 같은 심장의 고동을 들어 보라. 청춘의 피는 끓는다. 끓는 피에 뛰노는 심장은 거선(巨船)의 기관 같이 힘있다. 이것이다. 인류의 역사를 꾸며 내려온 동력은 꼭 이것이다. 이성은 투명하되 얼음과 같으며, 지혜는 날카로우나 갑 속에 든 칼이다. 청춘의 끓는 피가 아니더면 인간이 얼마나 쓸쓸하랴! 얼음에 싸인 만물은 죽음이 있을 뿐이다.

그들에게 생명을 불어넣는 것은 따뜻한 봄바람이다. 풀밭에 속잎 나고 가지에 싹이 트고 꽃 피고 새 우는 봄날의 천지는 얼마나 기쁘며, 얼마나 아름다우냐? 이것을 얼음 속에서 불러내는 것이 따뜻한 봄바람이다. 인생에 따뜻한 봄바람을 불어 보내는 것은 청춘의 끓는 피다. 청춘의 피가 뜨거운 지라, 인간의 동산에는 사랑의 풀이 돋고, 이상(理想)의 꽃이 피고, 희망의 놀이 뜨고, 열락(悅樂)의 새가 운다.

사랑의 풀이 없으면 인간은 사막이다. 오아시스도 없는 사막이다. 보이는 끝까지 찾아다녀도, 목숨이 있는 때까지 방황하여도, 보이는 것은 거친 모래 뿐인 것이다. 이상의 꽃이 없으면 쓸쓸한 인간에 남는 것은 영락(榮樂)과 부패 뿐이다. 낙원을 장식하는 천자 만홍(千紫萬紅)이 어디 있으며, 인생을 풍부하게 하는 온갖 과실이 어디 있으랴?

이상! 우리의 청춘이 가장 많이 품고 있는 이상! 이것이야 말로 무한한 가치를 가진 것이다. 사람은 크고 작고 간에 이상이 있음으로써 용감하고 굳세게 살 수 있는 것이다.

석가(釋迦)는 무엇을 위하여 설산(雪山)에서 고행을 하였으며, 예수는 무엇을 위하여 광야에서 방황하였으며, 공자(孔子)는 무엇을 위하여 천하를 철환(轍還)하였는가? 밥을 위하여서, 옷을 위하여서, 미인을 구하기 위하여서 그리하였는가? 아니다. 그들은 커다란 이상, 곧 만천하의 대중을 품에 안고, 그들에게 밝은 길을 찾아 주며, 그들을 행복스럽고 평화스러운 곳으로 인도하겠다는 커다란 이상을 품었기 때문이다. 그러므로 그들은 길지 아니한 목숨을 사는가 싶이 살았으나, 그들의 그림자는 천고에 사라지지 않는 것이다.

    — 민태원(閔泰瑗)의 <청춘예찬(靑春禮讚)> 중 전반부

작자는 일제 식민지 치하에서의 청년, 특히 의식이 있는 이 나라 청년들에게 청춘의 가치를 역설하면서, 젊은이들이 감당해야 할 사회적 역할의 막중함을 강조하고 있다. 그는 청춘을 강조하면서 "이성은 투명하되 얼음과 같으며, 지혜는 날카로우나 갑 속에 든 칼이다. 청춘의 끓는 피가 아니더면 인간이 얼마나 쓸쓸하랴. 얼음에 싸인 만물은 죽음이 있을 뿐이다."라고 했다.

그는 중간 부분에서 "석가는 무엇을 위하여 설산에서 고행을 하였으며, 예수는 무엇을 위하여 광야에서 방황하였으며, 공자는 무엇

을 위하여 천하를 철환하였는가?" 하고 의문을 제기하면서 "그들은 커다란 이상, 곧 만천하의 대중을 품에 안고, 그들에게 밝은 길을 찾아 주며, 그들을 행복스럽고 평화스러운 곳으로 인도하겠다는 커다란 이상을 품었기 때문이다."라고 역설하고 있다.

여기에서는 작자가 하고자 하는 말을 아낌이 없이, 그리고 함축하거나 암시함이 없이 모두 노출시키고 있음을 보게 된다. 그야말로 피를 토하는 듯한 열혈청년(熱血靑年)의 발성(發聲)이 아닐 수 없다. 다음으로는 이와 반대되는 글, 즉 주제를 표면에 드러내지 않음으로 인해서 다양한 해석이 가능하도록 하는 함축과 암시의 글을 소개하고자 한다.

작년 늦가을 이래로 새로운 기도터가 생겼다. 층암이 병풍처럼 둘러싸인 가느다란 폭포 밑에 작은 담(潭)을 형성한 곳에 평탄한 반석 하나가 담 속에 솟아나서 한 사람이 꿇어앉아서 기도하기에는 천성(天成)의 성전(聖殿)이다.

이 반석에서 혹은 가늘게 혹은 크게 기구(祈求)하며 또한 찬송하고 보면 전후 좌우로 엉금엉금 기어오는 것은 담 속에서 암색(岩色)에 적응하여 보호색을 이룬 개구리들이다. 산중(山中)에 대변사나 생겼다는 표정으로 신래(新來)의 객(客)에 접근하는 친구 와군(蛙君)들, 때로는 5~6마리, 때로는 7~8마리. 늦은 가을도 지나서 담상(潭上)에 엷은 얼음이 붙기 시작함에 따라서 와군들의 기동이 일부일(日復日) 완만하여지다가, 나중에 두꺼운 얼음이 투명을 가리운 후로는 기도와 찬송의 음파가 저들의 이막(耳膜)에 닿는지 안 닿는지 알 길이 없었다. 이렇게 격조(隔阻)하기 무릇 수개월이여!

봄비 쏟아지던 날 새벽, 이 바위들의 빙괴(氷塊)도 드디어 풀리는 날이 왔다. 오래간만에 친구 와군들의 안부를 살피고자 담 속을 구부려 찾았더니 오호라, 개구리의 시체 두세 마리 담 꼬리에 부유(浮遊)하고 있지 않은가!

짐작컨대 지난 겨울의 비참한 혹한(酷寒)에 작은 담수(潭水)의 밑바닥까지 얼어서 이 참사가 생긴 모양이다. 예년에는 얼지 않았던 데까지 얼어붙은 까닭인 듯. 동사(凍死)한 개구리 시체를 모아 매장하여 주고 보니 담저(潭底)에 아직 두어 마리 기어다닌다. 아, 전멸(全滅)은 면했나 보다!

— 김교신(金敎臣)의 <조와(弔蛙)>

제목부터가 특이하다. 개구리의 죽음을 조상(弔喪)한다는 뜻이니 특이하지 않을 수 없다. 이 글은 일제의 질곡 속에서 신음하던 때에 우리 겨레가 겪게 된 모진 시련과 고통을 표현한 것으로써 1942년의 '성서조선사건'으로 불리는 필화사건의 동기가 된 작품이라는 사실을 상기하면 이해가 빠를 것이다. 지난 겨울의 비상한 혹한(酷寒)에 개구리가 얼어 죽었다거나 담저(潭底)에 두어마리 기어다니는 것을 보고 아직 전멸은 면했나 보다고 부르짖는 것은 그 당시의 처절한 사회 현실을 풍유적으로 빗대어 풍자한 글임을 알 수 있다.

일제의 눈을 피해서 풍유적으로 표현한 김교신의 수필 <조와>와는 달리, 자유스럽게 쓰되 작품의 은은한 여운을 위해서 주제를 표면에 드러내지 않으면서 넌즈시 암시하고 있는 피천득의 <은전 한 닢>을 소개하고자 한다.

예전 상해에서 본 일이다. 늙은 거지 하나가 전장(錢將:돈 바꾸는 집)에 가서 떨리는 손으로 일 원짜리 은전 한 닢을 내놓으면서, "황송하지만 이 돈이 못 쓰는 것이나 아닌지 좀 보아 주십시오."하고 그는 마치 선고를 기다리는 죄인과 같이 전장 사람의 입을 쳐다본다.

전장 주인은 거지를 물끄러미 내려다보다가, 돈을 두들겨 보고, "좋소."하고 내어준다. 그는 '좋소'라는 말에 기쁜 얼굴로 돈을 받아서 가슴 깊이 집어 넣고 절을 몇 번이나 하며 간다. 그는 뒤를 자꾸 돌아보며 얼마를 가더니 또 다른 전장을 찾아 들어갔다. 품 속에 손을 넣고 한참 꾸물거리다가 그 은전을 내어놓으며, "이것이 정말 은으로 만든 돈이오니까?"하고 묻는다.

전장 주인도 호기심 있는 눈으로 바라다보더니, "이 돈을 어디서 훔쳤어?" 거지는 떨리는 목소리로, "아닙니다, 아니에요." "그러면 길바닥에서 주웠다는 말아냐?" "누가 그렇게 큰 돈을 빠뜨립니까? 떨어지면 소리는 안 나나요? 어서 도로 주십시오."

거지는 손을 내밀었다. 전장 사람은 웃으면서, "좋소."하고 던져 주었다.

그는 얼른 집어서 가슴에 품고 황망히 달아난다. 뒤를 흘끔 흘끔 돌아다보며 얼마를 허덕이며 달아나더니 별안간 우뚝 선다. 서서 그 은전이 빠지지나 않았나 만져 보는 것이다. 거칠은 손가락이 누더기 위로 그 돈을 쥘 때 그는 다시 웃는다. 그리고 또 얼마를 걸어가다가 어떤 골목 으슥한 속으로 찾아 들어가더니 벽돌 담 밑에 쪼그리고 앉아서 돈을 손바닥에 놓고 들여다보고 있었다. 그가 어떻게 열중해 있었는지 내가 가까이 간 줄도 모르는 모양이었다.

"누가 그렇게 많이 도와줍니까?" 하고 나는 물었다. 그리고 그는 내 말소리에 움찔하면서 손을 가슴에 숨겼다. 그리고는 떨리는 다리로 일어서서 달아날려고 했다.

"염려 마십시오, 뺏어 가지 않소." 하고 나는 그를 안심시키려 하였다. 한참 머뭇거리다가 그는 나를 쳐다보고 이야기를 하였다.

"이것은 훔친 것이 아닙니다. 누가 저 같은 놈에게 일 원짜리를 줍니까? 각전(角錢) 한 닢을 받아 본 적이 없습니다. 동전 한 닢 주시는 분도 백에 한 분이 쉽지 않습니다. 나는 한 푼 한 푼 얻은 돈에서 몇 닢씩 모았습니다. 이렇게 모은 돈 아흔 여덟 닢을 각전 닢과 바꾸었습니다. 이러기를 여섯번을 하여 겨우 이 귀한 '다양(多樣)' 한 푼을 갖게 되었습니다. 이 돈을 얻느라고 여섯 달이 더 걸렸습니다."

그의 뺨에는 눈물이 흘렀다. 나는, "왜 그렇게까지 애를 써서 그 돈을 만들었단 말이오? 그 돈으로 무얼 하려오?" 하고 물었다. 그는 다시 머뭇거리다가 대답했다.

"이 돈 한 개가 갖고 싶었습니다."

— 피천득(皮千得)의 <은전 한 닢>

은전 한 개가 갖고 싶어서 여섯 달 동안을 천신만고 끝에 이뤄낸 늙은 거지의 모습을 연민의 정으로 회상한 작품이다. 거지와의 대화가 변전을 가져옴으로써 극적 구성을 이뤄내어 극적인 서사 형태를 이룬다. 은전 한 닢을 마치 무슨 보물이나 되는 듯이 애지중지하는 그 극도의 빈곤에서 오는 비애의 형상화는 무어라 말할 수 없는 여운으로 자리한다.

이 글의 함축된 주제는 표면에 드러나 있지 않고 그 이면에 있다. 자연주의나 사실주의 소설에서처럼, 이 수필에서의 작자는 이야기만 진행시킬 뿐 그 창작 의도를 친절하게 설명하고 있지 않다. 큰 돈이건 작은 돈이건 돈에 관한 인간의 집착이 대단하다는 것을 말하고 싶었는지는 모르지만, 그 의도가 작품 표면에 드러나지 않음으로써 독자에 따라서 여러 갈래의 해석이 분분할 수 있도록 암시되어 있다.

4. 구성의 요소

소설의 경우, 구성의 삼요소로서 인물과 사건과 배경을 필요로 하지만, 수필의 경우는 소설의 경우처럼 그렇게 필요불가결의 요소가되지는 않는다. 그것은 수필이 소설이나 희곡 같은 극적 구성보다는 시·공간적(時空間的), 또는 논리적 질서를 필요로 하기 때문에 소용되는 대로 언어를 질서화하면 소기의 목적을 달성할 수 있기 때문이다.

a. 시간적 질서

시간적 질서에 따르는 구성에는 시간의 흐름에 그대로 따르는 구성과 시간의 흐름에 역행하는 구성, 그리고 현재에서 과거를 회상했다가 다시 제 자리로 돌아오는 구성으로 가름할 수 있다. 수필의 경우는 시간의 흐름에 따르는 구성을 대체적으로 많이 사용하는 것으로 보인다.

굴문(窟門)을 나서니 밖에는 선경(仙境)이 또한 나를 기다린다. 훤하게 터진 눈 아래 어여쁜 파란 산들이 띄엄띄엄 둘레둘레 머리를 조아리고 그 사이사이로 흰 물줄기가 굽이굽이 골안개에 싸이는데, 하늘 끝 한 자락이 꿈결 같은 푸른 빛을 드러낸 어름이 동해 바다라 한다. 오늘같이 흐리지 않은 날이면 동해 바다의 푸른 물결이 공중에 달린 듯이 떠 보이고, 그 위를 지나가는 큰 돛, 작은 돛까지 나비의 날개처럼 곰실곰실 움직인다 한다. 더구나 이 모든 것을 배경으로 아침 햇발이 둥실둥실 동해를 떠 나오는 광경은 정말 선경(仙境) 중에도 선경이라 하나, 화식(火食)하는 나 같은 속인엔 그런 선연(仙緣)이 있을 턱이 없다.

— 현진건(玄鎭健)의 <불국사 기행(佛國寺紀行)> 중 끝부분

시간의 흐름에 그대로 따른 구성의 예로서 들게 된 현진건의 <불국사 기행>은 그 좋은 예가 될 것이다. 기행문도 넓은 의미의 개념으로서는 수필의 범주에 포함되므로 소위 기행수필이라 할 수 있다. 따라서 여기에서도 역시 움직이는 시간의 진행에 따라 공간이 펼쳐지고 그 배경 또한 이동한다. 작자는 불국사에서 토함산 석굴암에 이르는 여정을 시간적 순서에 따라 이동하면서 관찰하고 음미한다. 그 유적마다 스며있는 역사적 문화적 배경이나 사연, 전설 등을 재음미하기도 한다. 특히 석굴암 내부에 아로새겨진 석가여래의 석상이라든지, 동해가 굽어보이는 선경(仙境)의 표현은 치밀하면서도 운치가 있다.

이러한 기행문을 문학 장르에 있어서 수필 작품으로 동일하게 취급해도 되는지의 여부는 앞으로 논란의 여지가 남는 부분이다.

정진권(鄭震權)이 <한국현대수필문학론(韓國現代隨筆文學論)>에서 "시간의 흐름에 역행하는 구성은, 이론상 가능하나 실제로 보기는 어렵다. 이런 구성이 보기 어려운 것은, 시간의 흐름에 역행하는 사

고(思考)의 진행(작가의)이 있기 어렵기 때문일 것이다."(p.191)라고 피력한 바와 같이, 수필에 있어서의 시간의 흐름에 역행하는 구성의 실례는 찾기 어렵다.

영화나 텔레비젼에서 장면의 순간적인 전환을 반복하는 수법을 가리켜 플래시 백(Flash Back)이라 하는데, 이는 소설이나 수필의 경우, 현재에서 과거를 다녀오는 구성 방식이다. 영상 매체의 경우, 순간적인 짧은 화면과 화면을 하나의 뜻을 가지게 하려는 것으로서, 격렬한 심리의 움직임을 표현하려는 경우에 흔히 쓰이는 데, 수필도 때로는 이러한 기법을 차용할 수 있다.

소설이나 영화, 또는 텔레비젼의 경우, 선우휘(鮮于輝)의 <불꽃>은 시간적으로나 공간적으로, 현재에서 과거를 다녀오는 구성 방식의 좋은 예가 될 것이다. 독자들의 이해를 위하여 예를 들어 살펴보고자 한다.

소설 <불꽃>은 2부로 나누어져 있는데, 그 제1부의 첫머리와 제2부의 첫머리가 같은 장소로 나온다. 즉, 부엉산 산마루에 위치한 동굴 안에 앉아 있는 고현이 지난 날을 회상하는 게 제1부이고, 고현을 잡으려는 지방 빨갱이 연호에 끌려 산을 오르던 고노인이 "현아! 너는 살아야 한다!"고 외치다가 총에 맞아 죽게 되는 게 제2부이다. 이 소설은 시간적으로나 공간적으로 회귀성을 띄고 있다. 즉 고현이 동굴에 와 있는 현재의 현실에서 과거의 회상으로 펼쳐졌다가 다시금 동굴 주변에서 전개되는 현재의 현실로 정리되고 있다.

부엉산 산마루의 동굴로 기어오른 고현이 소총의 손질을 끝내고 지난 과거를 회상하기 시작하는데, 고현이 6.25때 숨어든 동굴 안에서 바로 고현의 부친이 일제때 젊은 나이로 생을 끝마쳤던 것이다. 일제 때 아버지가 죽은 동굴에서 이번에는 자식이 죽을 운명에 처한다고 하는 회귀적 구성 방식을 차용하고 있음을 본다.

<1>…나이가 들수록 격(格)이 높아가는 것이 나무다.

<2>…한 번은 연탄 배달을 하고 있는 제자의 주례를 맡아 나도 모르는 사이에 흥분된 어조로 주례사를 하고 있자니, 신랑도 너무 감격했던지, 그의 눈에서는 끝내 눈물이 흐르고 있는 것을 보고서야, 아뿔사! 말머리를 돌리기에 진땀을 뺀 일이 있다. 그 뒤 그는 천만 뜻밖에도 금으로 만든 넥타이 핀을 놓고 갔다. 알고 보니 일금 삼천 삼백원이라는 것이다.

바로 연탄 공장을 물었더니 개당 배달료가 1원이라는데 나는 또 한 번 놀랐다. 은사 주례를 위해서 그는 3천 3백 개의 연탄 배달 삯을 고스란히 던져·넥타이핀을 샀다는 계산이 된다. 그 넥타이핀을 받고 난 뒤 한참 동안 넋을 놓고 앉았다가 나도 모르는 사이에 눈시울이 뜨거워 오는 것을 어찌할 도리가 없었다. 그 넥타이핀을 깊이깊이 간직해 두고 여간 경사스러운 자리가 아니면 꽂지 않는다.

<3>…차라리 꽃이 피고 지는 나무와 같이 살다 보면, 이 또한 나무에서 배운 미덕(美德)일 것이다. 어찌 구지레한 속정(俗情)에 이끌려 청정(淸淨)한 마음에 작은 파문(波紋)인들 일으킬 수 있으랴.

— 신석정(辛夕汀)의 <향기 있는 사람> 중 일부

'향기 있는 사람'을 속정에 이끌릴 줄 모르는 나무라든가 나이가 들수록 격(格)이 높아 가는 나무에 견주어서 토로한 글이다. 고령의 거목을 바라보게 되면 그 경외감에서 자신의 하잘 것 없는 인생을 송두리째 맡기고 살아도 뉘우칠 게 없을 것 같다는 구절도 여기에 궤를 같이 하는 말이다. 1, 2, 3의 순서로 나누어 피력한 이 글 중, ①과 ③은 나무와 관련된 이야기를 썼다면, ②는 과거에 있었던 연탄 배달하는 제자의 주례와 그 후일담(後日談)으로 채우고 있다.

b. 공간적 질서

시에 있어서 이미지를 중요시하듯이, 수필에 있어서도 이미지를 중요시하지 않을 수 없다. 보다 실감을 자아낼 수 있는 언어를 선택하지 않으면 안되기 때문이다. 어떠한 대상이거나 표현되지 않고 설명되는 경우에는 관념적인 언어가 나열되기 때문에 개념만 전해오므로 실감이 나지 않는다.

보다 나은 실감을 주기 위해서는 표현되어야 하는데, 이를 위해서는 시각적 색채의식이나 형태의식 등으로 이미지의 부각을 위한 공간의식을 갖지 않을 수 없다. 이 세상에 존재하는 모든 사물은 상하, 전후, 좌우, 천지, 동서, 남북, 양음, 원근 등으로 인식되는 공간적 질서를 의식적으로나 무의식적으로나 인지하지 않을 수 없다.

우리는 처음에 비를 피하여 볼 생의도 하였지만 인가 하나 없는 한데이고, 비는 호세있게 내리어 속수무책으로 살이 부을 지경으로 흠뻑 맞았다. 우리는 비록 쪼루루 비두루마기를 하였을 망정 그때의 그 장경(壯景) - 산중 취우(翠雨;소나기)의 그 장경은 필설란기(筆舌難記;말과 글로 표현키 어려움)이었다.

우리 4인은 부기이동(不期而同;함께 하기로 약속하지 않음)으로 만세를 고창하였다. 그 끝에 공초선지식(空超善知識), 참으로 공초식 발언을 하였다. 참으로 기상천외의 발언이었던 바, 다름아니라 우리는 모조리 옷을 찢어버리자는 것이었다. 옷이란 워낙이 대자연과 인간 사이의 이간물인 바 몸에 걸칠 필요가 없다는 것이다. 그럴듯도 한 말이었다.

공초는 주저주저하는 나머지 3인에게 시범차로인지 먼저 옷을 찢어버리었다. 남은 사람들도 천질(天質)이 그다지 비겁은 아니하여 이에 곧 호응하였다. 대취한 4나한(裸漢)들은 광가난무(狂歌亂舞)하였다. 서양에 박커스식 광란(Bacchanalian orgy)이란 말이 있으나 아무리 광조(미친 듯이 떠들고 날뜀)한 주연(酒宴;술잔치)이라 하여도 이에 비하여서는 부급(不及)이 일소일 것이다.

우리는 어느덧 언덕 아래 소나무 그루에 소 몇 필이 매어 있음을 발견하였다. 이번에는 누구의 발언이거나 제의이었는지 기억이 미상하나 우리는 소를 잡아 타자는 데 일치하였었다. 옛날에 영척이가 소를 탔다고 하지만 그까짓 영척이란 놈이 다 무엇이랴. 그따위 것도 소를 탔는데 우린들 못할 바 어디 있느냐는 것이 곧 논리이자 동시에 성세이었다.

여하간 우리는 몸에 일사불착(一絲不着;옷을 입지 않음)한 상태로 그 소들을 잡아 타고 유유히 비탈길을 내리고 똘물 - 소낙비로 해서 갑자기 생기었던 - 을 건너고 공자 모신 성균관을 지나서 큰거리까지 진출하였다가, 큰 봉변 끝에 장도 - 시중까지 오려는 - 는 수포로 돌아가고 말았다.

— 변영로(卞榮魯)의 <백주(白晝)에 소를 타고> 중 후반부

이 수필에서는 네 사람의 문사(文士)들(변영로, 오상순, 염상섭, 이관구)이 동아일보사(편집국장 송진우)에서 차용한 돈 50원으로 야외에 나가 술을 마시며 즐기다가 갑자기 소나기를 만나 그 비를 피하여 돌아오는 과정에서 일어난 기상천외의 해괴한 이야기가 전개된다. 그 네 사람 중에서 오상순(공초) 시인이 옷이란 워낙이 대자연과 인간 사이의 이간물인 바 몸에 걸칠 필요가 없으니 모조리 찢어버리자고 제안하였다.

그리하여 알몸이 된 네 문인들이 소를 타고 가는 그 공간의식은 읽는 이로 하여금 더욱 실감을 자아내게 한다. 공간의식에도 원근(遠近)의 기법이 있다. 공간적 질서에는 가까운 곳으로부터 먼 곳으로 전개하거나, 먼 곳으로부터 가까운 곳으로 펼쳐나가는 기법을 말한다.

가을이 깊어지면 나는 거의 매일 같이 낙엽을 긁어 모으지 않으면 안 된다. 날마다 하는 일이언만, 낙엽은 어느덧 날으고 떨어져서 또다시 쌓이는 것이다. 낙엽이란 참으로 이 세상의 사람의 수효보다도 많은가 보다. 30여 평에 차지 못하는 뜰이언만, 날마다의 시중이 조련치 않다.(생략)

빚나무 아래 긁어 모은 낙엽의 산더미를 모으고 불을 붙이면 속의 것부터 푸슥푸슥 타기 시작해서 가는 연기가 피어오르고 바람이나 없는 날이면 그 연기가 얕게 드리워서 어느덧 뜰안에 가득히 담겨진다. 낙엽 타는 냄새 같이 좋은 것이 있을까. 갓 볶아낸 커피의 냄새가 난다. 잘 익은 개암 냄새가 난다. 갈퀴를 손에 들고는 어느 때까지든지 연기 속에 우뚝 서서 타서 흩어지는 낙엽의 산더미를 바라보며 향기로운 냄새를 맡고 있노라면 별안간 맹렬한 생활의 의욕을 느끼게 된다. 연기는 몸에 배서 어느 결엔지 옷자락도 손등에서도 냄새가 나게 된다. 나는 그 냄새를 한없이 사랑하면서 즐거운 생활감에 잠겨서는 새삼스럽게 생활의 제목을 진귀한 것으로 머리 속에 떠올린다. 음영(陰影)과 윤택과 색채가 빈곤해지고 초록이 전혀 그 자취를 감추어 버린 꿈을 잃은 헌출한 뜰 복판에 서서 꿈의 껍질인 낙엽을 태우면서 오로지 생활의 상념에 잠기는 것이다.

— 이효석(李孝石)의 <낙엽 태우면서> 중 일부

제목부터 감상적이지만, 감상으로만 일관하지는 않고 있다. 가을이 깊어지면 거의 매일 뜰의 낙엽을 긁어 모아 태우면서 그 낙엽 타는 냄새를 즐기고, 생활의 상념에 잠기는 작자의 내면의식이 여실히 나타나 있다. 이 수필은 우리 문학이 감상주의 경향을 보였던 1920년대 풍조와는 달리, 창조적 생산적인 방향으로 가을을 이해하려는 자세를 보이고 있다. 아름다운 이 수필은 감상적이면서도 감상에만 그치지 않고 생활의 의욕으로 연결하는 점이 특이하다.

이 수필은 처음에 "가을이 깊어지면 나는 거의 매일 뜰의 낙엽을 긁어 모으지 않으면 안 된다."고 가까운 현재의 근처(주변) 이야기로 시작하여 '가을 절기'라든지, '백화점 아래층'으로, 시간과 공간의 확대를 보이고 있다. 즉 근경(近景)에서 원경(遠景)으로 공간을 확대해 가고 있다는 얘기다. 이러한 방식의 구성은 무리없이 무난하기 때문에 대부분 이러한 방식을 즐겨 사용한다.

　한국의 자연은 사막도 아니고, 험준한 산만도 아니고, 끝없이 넓은 평원만도 아니다. 어디로 가나 그만그만한 높고 낮은 산들, 혹은 구릉 같은 야산들이 구불구불 뻗거나 둘리어 있거나, 여기저기 흩어져 누워 있고, 그 사이사이에 크고 작은 골짝과 들을 만들어 놓고 있다. 그런 골짝들 중의 양지바른 곳에는 으례 조상 대대의 보금자리인 마을들이 들어앉아 있다.(생략)
　마을 안에는 가가호호로 통하는 뒤안길이 있고, 그 뒤안길들은 결국 몇 백년 묵은 느티나무나 느릅나무가 있는 동구를 지나 큰 길로 연결 된다. 느티나무, 느릅나무 등의 고목에는 서낭당이 있는 곳도 있고, 학이나 두루미가 하얀 날개를 접기도 하고, 한여름에는 매미의 노래로 그늘을 편 녹음 전체가 음악의 세계로 변하기도 한다.
　마을은 골짝을 형성한 좌우의 산등성이, 흔히 일컫는 좌청룡 우백호가 뻗어내려온 그 산등성이에 가리워지기도 하고, 열리기도 한다. 소나무, 참나무, 오리목, 아카시아 등으로 우거진 그 산등성이 기슭에는 들에서 마을로 들어가는 농로(農路)가 구불구불 나 있다. 그 농로는 달구지나 경운기 한 대가 겨우 다닐 만큼의 길이다. 고된 일을 마치고 쟁기를 메고 소를 몰고 가는 이 땅의 가장 소박하고 너그럽고 선량한 백성을 볼 수도 있는 길이다.
　한국의 길은 산맥의 능선이나 산등성이를 타고 뻗어 있지 않다. 능선이나 산등성이를 타고 뻗어 있는 저 호주 대륙의 길과는 대조가 된다. 그저 조금씩 험한 혹은 거의 평면이나 다름없는 오르막과 내리막의 기복을 이루고 있다. 그러나 가령 대관령이나 진부령, 혹은 문경 새재 같은 길은 꽤 높은 고갯길이다. 옛사람들은 이를 두고 구절양장(九折羊腸)의 길이라고 표현했다. 대체로 이런 높은 고갯길은 해변과 내륙을 가르는 경계가 되거나 도경계를 이루고, 이보다 조금 낮은 고갯길은 군경계를 이룬다. 고갯길도 직선 고갯길은 거의 없고, 대개 산밑에서 서서히 산의 고도를 따라 굽이굽이 감돌면서 정상을 오르도록 되어 있으므로, 이런 고갯길은 굴곡도 꽤 심하고 기복도 좀 심한 편이다. 그만큼 인생의 드라마를 잘 암시한다.

오밀조밀하고 아기자기한 한국의 길이 갖는 굴곡과 기복은 이 길을 평생 동안, 그리고 조상 대대로 다니는 한국인의 심성을 형성한다. 막아서는 것은 피하여 돌아나가고, 너그럽게 감싸면서 포용한다. 대립과 충돌을 피하고 평화와 사랑을 갈구하는 한국인의 심성을 그대로 드러낸다. 그러면서도 끊어지지 않고 끝없이 이어지는 한국인의 여유있는 감정, 은근과 끈기의 리듬, 그리고 흔히 일컫는 풍류의 미학을 암시하는 것이다.

한국의 길은 한국인의 영혼의 길이다.

— 문덕수(文德守)의 <한국의 길> 중 서두와 후반부

이 수필은 그 앞의 인용문과는 달리, 마치 양파를 까들어가듯, 넓은 범주로서의 길에 대한 보편성을 이야기한 다음 특수성을 찾아서 천착해 들어가는 방식을 취하고 있다. 즉 한국의 길에 대한 이모저모를 펼쳐 보여준 다음, 그 길과 닮아진 한국인의 심성을 유추하여 대비시키고 있는 것이다.

가령 마을 안에 가가호호 통하는 뒤안길은 큰 길로 연결되고, 산등성이에서는 가리워지기도 하고 열리기도 하며, 마을로 들어가는 농로에 이르러 오밀조밀하고 아기자기한 한국의 길이 갖는 굴곡과 기복은 한국인의 심성을 형성한다고 하는 그 ‘길’과 ‘심성’ 사이의 상사성(相似性)을 피력하고 있다.

아무튼 이 수필이 "①한국의 자연은 사막도 아니고, 험준한 산만도 아니며, 끝없이 넓은 평원만도 아니다."로 시작하여 "②한국의 길은 한국인의 영혼의 길이다."로 마친 것만 보아도 이 글이 보편성에서 특수성으로, 넓은 범위에서 좁은 범위로, 원경(遠景)에서 근경(近

景)으로, 공간적 질서에 따르는 구성법을 사용하고 있음을 알 수 있다.

그러나 이러한 방법은 서로 혼용되는 경우가 있으므로 창작 과정에 있어서 그러한 개념을 파악하는 데에 그칠 뿐 지나치게 관심을 둔다거나 신경 쓸 필요는 없을 것이다. 이러한 문제는 비평에서 따질 일이지 창작에서 지나치게 관심을 두는 것은 바람직하지 않기 때문이다.

c. 논리적 질서

수필이란 일상(日常)의 신변잡사(身邊雜事)를 신변잡기(身邊雜記)에 머무르지 않고 보다 높은 문학적(예술적) 차원으로 승화하려는 성격을 띠며, 그 산만한 일상의 언어들을 질서화하는 장르라고 말할 수 있다. 문학은 논리를 초월하여 자유를 희구하지만, 그 질서화를 위해서는 논리를 외면할 수도 없다. 수필은 일정한 형식이 없는 '무형식의 형식(無形式의 形式)'의 문학이지만, 엄밀한 의미에서 형식이 없는 문학은 존재하지 않기 때문에 논리적 질서를 얘기하지 않을 수 없다.

이 세상에 존재하는 모든 사물은 '원인과 결과'라는 인과적 관련 하에서 존재한다. 모든 예술, 모든 문학, 모든 수필도 역시 인과적 관계 없이는 존재할 수가 없다. 따라서 구성의 요소의 하나인 논리적 질서에 있어서 '원인에 의한 결과'라든지, '결과를 가져온 원인'을 생각하지 않을 수 없다.

나는 우리 아버지처럼 자수성가한 사람은 아니다. 왜냐하면 우리 아버지가 나에게 학교 공부도 시켜 주었고 재산으로 논도 몇 마지기 물려 주었기 때문이다. 간쟁이 들머리에 있는 '장구배미'와 '태고배미' '족제비다랭이'가 바로 그것이다. 사람은 누구나 유산을 원한다. 사실상 나도 그런 축의 하나다. 그래서 부모들은 자식들에게 유산을 많이 남겨주려고 백방으로 노력한다.

나는 우리 아버지에게서 이 '장구배미'를 유산으로 받았다. 아버지가 돌아가실 때 유언으로 남긴 논이다. 그래서 나는 이 유산을 꼭 간직하여 아들에게 넘겨줄 작정이다. 아버지는 부자가 아니었고 나 자신도 백만장자는 아니다. 그러나 우리 아버지가 하찮은 장구배미를 물려준 것은 백만장자가 아들에게 백만금을 물려준 거나 다름없이 나에게는 값지고 소중한 것이다. ①

'장구배미'엔 슬픈 이야기도 숨어 있다. 6·25 때다. 그러니까 내 나이 열 네살 때의 겨울이었다. 지리산을 가까이 하고 있는 우리 마을엔 간혹 반란군이 들어오곤 했었다. 빨치산이라고도 하였고, 공비라고도 하였다. 이들은 마을에 들어와 식량을 털고 소와 염소 등을 몰고 뒷산으로 사라지곤 하였다. 어느 날 밤에 인민군이 들어 왔었다. 그들은 지리산으로 옮기는 도중에 우리 마을을 털러 왔던 것이다. 그러나 이때 마침 잠복해 있던 전투경찰들에게 들켜 한바탕 콩튀기는 듯한 전투가 벌어졌다. 그때 쫓기던 인민군은 하필 내가 유산으로 받은 이 '장구배미'에서 죽었다. 그것도 두 사람이나 말이다.

그때 나는 호기심에 마을 애들과 구경을 갔었다. 많은 피가 논바닥으로 흘러나와 물꼬를 이루어 장구배미 옆으로 흐르는 실도랑으로 넘쳐 내렸다. 도랑은 온통 피로 물들어 얼음이 얼었는데, 그 길이가 백여 미터나 되었다. 한 사람은 바로 '장구배미'물꼬 있는 데 있었고, 한 사람은 그 밑 언덕배기에 걸쳐있었다. 글자 그대로 피비린내나는 참사였다.

물꼬 옆에 있는 인민군은 키가 크고 얼굴이 길쭉하였는데, 털모자를 썼으며 이를 악물고 반쯤 옆으로 누워 죽어 있었다. 륙색을 메고 있었는데, 그 속에는 지난 밤 마을에서 훔쳐넣은 까만 남자 고무신과 총알에 맞아 쭈그러진 하모니카 하나가 있었다. 지금 생각하면 그 하모니카가 마음에 걸린다. ②

　　내가 지금처럼 지각이 있었더라면 호주머니를 뒤져 이름과 주소를 알아 두었다가 통일이라도 되면 가족에게 그의 죽음과 무덤을 알려 주련만 그때는 무서워서 벌벌 떨기만 하였었다. 지금은 '장구배미'에 뜸부기가 울고 물꼬 넘치는 소리가 조용히 들릴 뿐, 그때 뿌려졌던 피흐름의 악몽은 흔적없이 사라지고 조용하기만 하다. ③

— 김종태(金鍾太)의 <장구배미> 중 일부

　　이 수필의 앞부분①은 '장구배미'를 아버지에게서 유산으로 물려받았다는 이야기이고, 이 이야기는 원인이 되어 중간 본문②으로서 '장구배미'에 두 명의 인민군이 전사한 결과를 낳게 되며, 결말③에 가서는 원인②에 대한 결과로서 죽은 인민군의 주소 성명을 알아두지 않은 것을 안타까워하면서 뜸부기 우는 농촌의 풍경 묘사로 끝을 맺고 있다. 즉 '원인에 의한 결과'라는 방식으로 전개되어 있다는 사실을 확인하게 되었다.

　　골동집 출입을 경원한 내가 근간에는 학교에 다니는 길 옆에 꽤 진실성 있는 상인 하나가 가게를 차리고 있기로 가다오다 심심하면 들러서 한참씩 한담(閑談)을 하고 오는 버릇이 생겼다. 하루는 집으로 돌아오는 길에 또 이 가게에 들렀더니 주인이 누룩한 두꺼비 한 놈을 내놓으면서 "꽤 재미나게 됐지요." 한다. 황갈색으로 검누른 유약을 내리씌운 두꺼비 연적(硯滴)인데 연적으로는 희한한 놈이다.(생략)

　　나는 너를 만든 너의 주인이 조선 사람이란 것을 잘 안다. 네 눈과, 네 입과, 네 코와, 네 발과, 네 몸과, 이러한 모든 것이 그것을 증명한다. 너를 만든 솜씨를 보아 너의 주인은 필시 너와 같이 어리석고 못나고 속기 잘하는 호인(好人)일 것이리라. 그리고 너의 주인도 너처럼 웃어야 할지 울어야 할지 모르는 성격을 가진 사람일 것이리라.

　　내가 너를 왜 사랑하는 줄 아느냐. 그 못생긴 눈, 그 못생긴 코, 그리고 그 못생긴 입이며 다리며 몸뚱아리들을 보고 무슨 이유로 너를 사랑하는지를 아느냐. 거기에는 오직 하나의 커다란 이유가 있다. 나는 고독한 사람이기 때문이다. 나의 고독함은 너 같은 성격이 아니고서는 위로해 줄 수 없기 때문이다.

두꺼비는 밤마다 내 문갑 위에서 혼자 잔다.
　　　　　— 김용준(金瑢俊)의 <두꺼비 연적을 산 이야기> 중 일부

우연한 기회에 두꺼비 연적을 산 작자는 아내에게서 쌀 한 되 살 돈이 없는 판에 두꺼비가 먹여 살리느냐는, 바가지 긁는 소리를 듣는다. 못생겼으면서도 웃을듯 울듯한 표정에 이끌려 사게 되었다고 밝히는 작자의 속 뜻은 '고독'이다. 두꺼비의 표정(일제 치하 조선 민족의)이 아니고는 위로받을 수 없는 작자의 절실한 고독은 어리석고 못나고 속기 잘하는 호인형의 조선 사람의 고독과 일맥 상통한다는 암유가 풍유적으로 깔려 있는 글이다.

여기에서는 '결과'를 먼저 서술한 다음 그 '원인'을 밝히는 구성 방식을 택하고 있다. 즉 결과의 상태에서 그 원인을 회상한 다음, 다시 결과의 상태로 원상회복하는 자초지종(自初至終)이 나타나 있는 글이다.

논리학에서, 일반적인 원리로부터 논리의 절차를 밟아서 낱낱의 사실이나 명제(命題)를 추론(推論)하는 연역적(演繹的) 구성과 낱낱의 구체적 사실로부터 일반적인 명제나 법칙을 이끌어내는 귀납적(歸納的) 구성이 있다. 여기에서 말하는 연역적 구성이란 주제문이 첫머리에 있게 되는 두괄식(頭括式) 문장을 말하고, 귀납적 구성이란 주제문이 글의 맨 끝에나 또는 거의 끝부분에 있게 되는 미괄식(尾括式) 문장을 말한다.

이 두 종류 작품의 성격을 파악하기 위해서 여기에 적합한 수필을 살펴보고자 한다.

나는 그믐달을 몹시 사랑한다. 그믐달은 요염하여 감히 손을 댈 수

도 없고, 말을 붙일 수도 없이 깜찍하게 예쁜 계집 같은 달인 동시에, 가슴이 저리고 쓰리도록 가련한 달이다. 서산 위에 잠깐 나타났다 숨어버리는 초생달은 세상을 후려삼키려는 독부(毒婦)가 아니면, 철모르는 처녀 같은 달이지마는, 그믐달은 세상의 갖은 풍상을 다 겪고, 나중에는 그 무슨 원한을 품고서 애처롭게 쓰러지는 원부와 같이 애절하고 애절한 맛이 있다.

보름에 둥근 달은 모든 영화와 끝없는 숭배를 받는 여왕(女王)과 같은 달이지마는, 그믐달은 애인을 잃고 쫓겨남을 당한 공주와 같은 달이다. 초생달이나 보름달은 보는 이가 많지마는, 그믐달은 보는 이가 적어 그만큼 외로운 달이다. 객창 한등에 정든 님 그리워 잠못 들어하는 분이나, 못 견디게 쓰린 가슴을 움켜 잡은 무슨 한(恨) 있는 사람이 아니면, 그 달을 보아주는 이가 별로 없을 것이다.

— 나도향(羅稻香)의 <그믐달> 중 앞부분

어린이가 잠을 잔다. 내 무릎 앞에 편안히 누워서 낮잠을 자고 있다. 볕 좋은 첫여름 조용한 오후다. 고요하다는 고요한 것을 모두 모아서 그 중 고요한 것만을 골라 가진 것이 어린이의 자는 얼굴이다. 평화라는 평화 중에 그 중 훌륭한 평화만을 골라 가진 것이 어린이의 자는 얼굴이다. 아니 그래도 나는 이 고요한, 자는 얼굴을 잘 말하지 못하였다. 이 세상의 고요하다는 고요한 것은 모두 이 얼굴에서 우러나는 것 같고, 이 세상의 평화라는 평화는 모두 이 얼굴에서 우러나는 듯싶게 어린이의 잠자는 얼굴은 고요하고 평화스럽다.

고운 나비의 날개, 비단 같은 꽃잎, 아니 아니, 이 세상에 곱고 보드랍다는 아무 것으로도 형용할 수가 없어 보드랍고 고운, 이 자는 얼굴을 들여다보라. 그 서늘한 두 눈을 가볍게 감고 이렇게 귀를 기울여야 들릴 만치 가늘게 코를 골면서 편안히 잠자는 이 좋은 얼굴을 들여다보라. 우리가 종래에 생각해 오던 하느님의 얼굴을 여기서 발견하게 된다.

어느 구석에 먼지만큼이나 더러운 티가 있느냐? 어느 곳에 우리가 싫어할 한 가지 반 가지나 있느냐? 죄 많은 세상에 나서 죄를 모르고, 부처보다도 예수보다도 하늘 뜻 그대로의 산 하느님이 아니고 무엇이라!

— 방정환(方定煥)의 <어린이 찬미(讚美)> 중 앞부분

나도향의 <그믐달>과 방정환의 <어린이의 찬미>를 살펴보았다. 이 두 편의 수필은 모두 주제문이 앞쪽 첫머리에 있는 연역형 두괄식이다.

나도향의 유고작 <그믐달>은 그믐달을 몹시 사랑하는 작자의 내면의식이 진솔하면서도 치열하게 나타나 있는 작품이다. 서두 부분 "그믐달은 요염하여 감히 손을 댈 수도 없고, 말을 붙일 수도 없이 깜찍하게 예쁜 계집 같은 달인 동시에, 가슴이 저리고 쓰리도록 가련한 달이다."만 보아도 짐작할 수 있다.

홀로 머리를 풀어뜨리고 우는 청상(靑孀)과 같은 달, 원한마저 품고 있는 듯한 그 달을 한(恨)이 있는 사람이 아니면 보아주는 이가 별로 없을 것이라고 말하면서 그믐달을 사랑하는 이유를 하나 하나 나열하고 있는데, 이는 슬픈 이에 대한 연민의 정을 간접적으로 표현한 것으로 보인다.

방정환의 수필 <어린이의 찬미>는 무릎 앞에서 편안히 누워 잠자는 어린이의 모습을 바라보면서 끝없는 애정과 관심으로 어린이의 고요함과 평화로움을 예찬하고 있다. 어린이의 잠자는 얼굴에서 하느님의 얼굴을 발견하게 된다는 말은 선의 극치, 즉 지고지선(至高至善)을 의미한다. 꾸밈을 모르는 채 천진난만(天眞爛漫)하며, 더 할 수 없는 지미지선(至美至善)을 갖춘 어린 하느님이라는 표현은 더 할 수 없는 찬미라 하지 않을 수 없다.

다음으로는 주제문이 글의 맨 끝에 붙거나, 또는 거의 끝 부분에 있게 되는 귀납식(歸納式) 구성으로서의 미괄식(尾括式) 문장을 살펴보고자 한다.

너무나 애달픈 생애였기에 너무도 아프게 살아 온 목숨이었기에 너무나 슬픈 애정을 감당하며 견뎌 온 여인이었기에 나의 하느님께선 더욱 가까이 불러 위로해 주실 것이라 믿어진다. 뜨거운 눈물이 빙 돌아난다. 무언가 한아름 지나온 세월이 가슴을 메우며 그 숱한 가시밭길도 인제 종점이 바라뵈는 고갯마루에 선 듯 일종의 안도감의 흡족에서 일어나는 마음 뜨거움인지 모르겠다.

다 지은 옷가지를 다림질하여 챙기니 외투 한 벌의 부피보다 가볍다. 인생 한 평생의 마지막 차림으로 지극히 초라한 이 수의(壽衣)가 오늘의 내게 있어선 어쩌면 이토록 고맙고 만족스러울까?

영혼의 충족!

이 옷에는 혈육의 애정이 담겨 있고 이 옷은 고운 우정의 손끝에 지어졌고, 이 옷을 입고 갈 곳은 영원의 안식처요, 슬픔도 외로움도 배신도 없는, 원통함도 없는 오직 낙원으로의 행차이기 때문일 것이다.

나의 마지막 철은 오월이나 시월이었으면 하고 평소 늘 원하고 있다. 장미꽃이 화안히 필 무렵, 장미꽃으로 장식된 관(棺) 속에 장미 향기에 묻혀 떠나갈 종언(終焉)의 날! 국화꽃이 필 무렵, 국화 향기에 싸여 떠나갈 나의 영구…….

어느 계절이라도 좋다. 꽃 속에 묻혀 꽃 향기에 싸여 떠나는 길이라면 몇 만 리를 가도 서럽지 않을 천국에의 여정인 것이다. 흔히들 육신과 더불어 영혼도 없어진다고 죽음을 허무해 하는 말들을 한다. 얼마나 신(神)의 음성에 귀를 막은 허술한 인간의 지혜이겠는가?

나의 영혼은 결코 소멸되지 않으리라 믿는다. 영생의 보좌에서 지극히 온전하신 분을 받들며 때묻지 않은 영(靈)의 세계를 누릴 것이다. 그리하여 오월의 화창한 계절이 오면 잠시 나들이 오듯 말미를 얻어 이슬이 촉촉한 한 떨기 풀꽃에 쉬었다 가기도 하고, 지상(地上)의 사랑하는 사람들끼리 도란도란 속삭이는 창(窓)가에서 가만히 축복도 하여 주고…….

'어머니날'에 딸아이의 선물로 수의를 지으며 카네이션의 꽃빛 같은 꿈이 종일을 화사하게 가슴을 고여 든다.

— 이영도(李永道)의 <수의(壽衣)> 중 후반부

빈소는 주인이 평소에 쓰고 있던 양실 서재로 거기에는 책장에 가득 차 있는 책들과 함께 벽에는 그의 커다란 사진이 걸려 있었다. 부인은 날만 훤하면 일어나 넓은 앞뒤뜰을 밤새 무슨 이상이나 없는가 두루 살핀 다음(이것은 아마 매일 아침 고인이 하던 일이라 생각된다.) 부엌으로 들어가 아침 준비를 한다.

칼도마에 도닥도닥 갖은 고명을 다져 정성스럽게 찌개를 끓이고 나물을 무치고 상을 놓고 하는 부인의 모습은 남편이 생존해 있을 때도 그 이상 정성을 들일 수는 없으리라 생각된다.

그는 몸단장을 깨끗이 하고 아이들을 단정히 준비시킨 후 언제나 자기가 손수 상을 들어 여섯 아이들과 함께 가만히 빈소로 간다. 커다란 사진 앞에 상을 놓고 수저를 들어 밥그릇 위에 놓은 다음 그는 아이들과 같이 고요히 머리 숙여 합장하고 묵상한다. 이것으로 그들 일가족의 하루의 일과가 시작되는 것이다.

아버지가 진지를 다 잡숫고 상을 물리듯 그는 상을 들고 물러 나와 제각기 아침 식사를 마치고 학교로, 직장으로 흩어져 간다. 부인은 남편의 서재를 깨끗이 청소하고 저녁 때가 되면 또 내일 아침 빈소에 드릴 찬거리를 사러 장으로 나간다.

나는 비록 고인의 육체가 보이지 않으나 예전이나 다름없이 이 집을 다스리고 아이들을 가르치는 것은 그 주인임을 보았다. 부인 역시 예전이나 다름없이 남편을 받들기에 여념이 없고 그의 기억이 늘 머릿속에 꽉 차 있는 듯하다.

빈소에 들어선 어머니와 아이들은 공손히 머리 숙여 그날의 할 일들을 지시받고 있는 듯하다. 그리고 아내는 맘속으로 '당신의 뜻대로 하오리다.'하고 맹세하고 아이들은 또 아이들대로 '아버지 말씀대로 하겠습니다.'하고 깊이깊이 맘속에 다지는 것 같았다. 그러므로 이 가정의 질서와 생활은 한오리도 문란함이 있을 수 없다. 나는 이 아름다운 풍속을 아침마다 창 너머 보며 가슴 뿌듯해 오는 감격을 느꼈다.

— 전숙희(田淑禧)의 <제사(祭祀)> 중 후반부

이영도의 <수의(壽衣)>와 전숙희의 <제사(祭祀)>를 살펴보았다. 이 두 편의 수필은 모두 주제문이 글의 끝에 있는 귀납적 미괄식에 해당된다. 이영도의 <수의>는 잔잔한 감동이 조용히 물결치게 하는 글이다. 영혼이 소멸되지 않으리라 믿는 작자가 어머니날의 선물이라고 외국에 나가 있는 딸아이가 보내준 돈으로 '수의'를 마련하는 과정에서 느껴지는 심회를 적은 글이다. 작자는 사 온 명주를 정결히 빨아 손질하고 친구와 옷을 지으면서, 사랑하는 사람도, 보아줄 사람도 없어 인정의 덧없음이 가을 바람처럼 스쳐간다고 토로하다가도, 떠나는 그날에는 너무도 애달픈 생애, 너무도 아프게 살아온 목숨, 너무도 슬픈 애정을 감당하며 견뎌온 여인이었기에 하느님께선 가까이 불러주실 것으로 믿으며, "카네이션의 꽃빛같은 꿈이 종일을 화사하게 가슴을 고여 든다."고 승화된 내면의식을 내비치고 있다.

이영도의 <수의>가 경건하면서도 숭고한 미의식이 밤하늘 미리내처럼 흐르는 글이라면, 전숙희의 <제사>는 기독교 가정에서 자라고 교육 받은 작자가 제사를 미신으로만 알고 있었으나 이웃에 살게 된 부인(미망인)이 아이들과 함께 제사 지내는 과정을 보고 제사야 말로 가정의 질서를 유지케 하는 미풍양속임을 감동적으로 깨달았다는 내용의 글이다.

d. 경수필(輕隨筆) 또는 연수필(軟隨筆)

우리나라에서 일반적으로 수필을 쓴다고 하면, 비교적 가벼운 느낌을 주는 '경수필(輕隨筆)'이라든지, 비교적 부드러운 느낌을 주는 '연수필(軟隨筆)'을 가리킨다. 몽떼뉴가 많이 썼기 때문에 '몽떼뉴적인 수필'이라고 하는가 하면, 개인적인 신변문제에서 출발한 것이므로 개인적이며 주관적인 표현이 많고, '나'가 드러나 있기 마련인 수필을 가리킨다. 개인의 감정이나 심리 등이 중심이 되어 짜여지는 신변잡기적인 성격이 짙지만 시에 가까운 정서적인 문장으로서 문인을 비롯하여 각종 예술가들이 쓴 글에 경수필이 많다.

여기에 '신변잡기'라는 말이 나오는 데, 수필의 소재가 신변잡사(身邊雜事)가 대부분이라는 점이 문제될 것은 없다. 문제는 신변잡사에서 얻은 소재가 신변잡기(身邊雜記)에 그치는 데에 있다. 수필을 신변잡기에 그칠 게 아니라, 수필다운 수필 문학 작품으로 승화시켜야 한다.

어떻게 하면 신변잡기에 머무르지 않고 수필다운 수필을 생산할 수 있을까. 김규련은 "수필이 문학이기 위해서는 작가가 어떤 소재를 보고 느낀 감정과 생각이 심미적인 가치와 철학적인 의미를 담고 우선 언어로 형상화되어야 한다."(수필문학의 이론)고 하였다.

수필을 쓰게 되는 경우는, 어떠한 사물을 보거나 사건에 접했을 때, 또는 어떤 상념(想念)이라든지, 이미지가 떠올랐을 때 어떤 달무리 같이 막연한 관념이나 개념에서 구상이나 구성으로 점차 구체화되어 가면서 주제가 설정된다. 주제가 설정되는 단계는 마치 암탉이 계란을 품거나 씨앗을 밭에 뿌리는 파종(播種)처럼, 계란은 병아리가 되어 가고 씨앗은 싹이 나고 잎이나 꽃이 피듯이 구체적으로 형상화되어 가게 된다.

그러니까 수필의 구성이란, 소재 가운데에서 제재를 선택하고, 그것이 동원되어 주제에 기여할 수 있도록 유기적인 관련성을 지으면서 주제에 어긋나지 않도록 취사 선택하고 배열하며 결합을 시도하는 등 언어의 질서화를 꾀하는 것을 말한다.

수필은 소설에서처럼 그렇게 단순구성이니 복합구성이니 산만구성, 긴축구성 등의 구성법을 애초부터 필요로 하지 않는다. 그러나 처음과 중간과 끝이라는 그 삼단 형식마저 필요로 하지 않는 것은 아니다. 최소한 서두 부분과 본문 부분과 결말부분에 대하여 생각하지 않을 수는 없다. 시조에도 초장 중장 종장이 있고, 시문의 격식으로 기(起)·승(承)·전(轉)·결(結)이 있는데, 이러한 형식을 적용해도 무방할 것이다.

김진섭은 수필을 "산만(散漫)과 무질서의 무형식(無形式)을 그 특징"으로 삼는다고 했는데, 이 말은 다른 장르와 비교해서 비교적 그런 성격을 가늠한 것이지, 산만해도 된다는 말이 아니다. 수필은 시나 소설에 비해서 산만하거나 무질서하게 보일 수도 있다는 정도로 이해하면서도, 그러나 수필도 문학의 한 장르인 이상 언어의 질서화를 꾀해야 하는 것은 당연하다.

수필 문장을 가리켜 '무형식(無形式)의 형식', '무기교(無技巧)의 기교'라고 한다. 수필은 형식이 없는 것 같으면서도 있고, 기교가 없는 것 같으면서도 있다는 얘기다. 수필 창작을 위한 구상(構想) 단계에서부터 이러한 요소는 모름지기 이루어지지 않을 수 없다. 수필의 내용이나 표현 형식 등에 대하여 생각을 정리하지 않으면 안 되기 때문이다. 생각을 이리 저리 정리해 보지도 않고 어떻게 잡다한 소재 등등의 취사 선택과 언어의 질서화를 꾀할 수 있을 것인가.

작자가 쓰고자 하는 수필에 대한 전체적인 내용이나 규모라든지, 실현시키기 위한 방법에 대하여 이리저리 궁리해 보지 않을 수 없는데, 이때 주제의 역할이 중요시된다. 주제란 전체를 균형과 조화롭게 이끄는 통일원리가 되기 때문이다. 주제는 작자가 수필이라는 형태를 통해서 그리려고 하는 중심 제재(題材)나 사상이기 때문이다.

낱낱의 단어를 모아서 문장을 이루고, 문장을 모아서 단락을 만들며, 단락을 모아서 한 편의 수필을 조립하게 되는데, 그것을 취사하

고 선택해서 배열하고 조립하는 데에는 주제의식이 작용하지 않을
수 없다.

　수필에 있어서의 구성이란 서술하는 순서를 정해 나간다거나 사
실을 진실로 승화시키는 미적 여과과정, 그리고 소재에서 걸러낸 제
재를 효과적으로 배열한다거나 조립하여 질서화시키는 과정을 말한
다.

　　동해안 백암 온천에서 구슬령(珠嶺)을 넘어 내륙으로 들어서면 산수
가 빼어난 고원지대가 펼쳐진다. 여기가 고추, 담배로 이름난 Y군 수
비면이다. 대구에서 오자면 차편으로 근 다섯 시간을 달려야 한다. 이
고을 어귀에는 갑작스레 높고 가파른 재가 있다. 이 재에 오르면 바로
고을 쑤(樹)가 있고 민가가 취락해 있다. 이 재를 한틧재라 한다. 이 한
틧재를 분수령으로 마을 쪽에 떨어지는 빗물은 왕피천(王避川)을 이뤄
성류굴(聖留窟) 앞을 지나 동해에 이른다. 재 밖으로 빗나간 빗물은 낙
동강을 따라 남해로 흐른다.(생략)
　　어느 해 봄, 이 마을에 뜻밖의 황새 한 쌍이 날아 들어왔다. 서식처
도 아닌 이 산골에 꿩이나 산비둘기가 아니면 부엉이나 매같은 산새들
만 보아 온 이 마을 사람들 눈에는 황새가 신기했다. 희고 큰 날개를
여유있게 훨훨 흔들며 노송(老松) 위를 짝을 지어 유유히 날아다니는
품이 정말 대견스러웠다. 기나긴 늦은 봄 오후, 뻐꾸기 울음 소리가 빗
물처럼 쏟아질 때 마을 사람들은 저마다 하던 일을 멈추고 잠시 숨을
돌린다.(생략)
　　마을 사람들은 이 황새가 길조라고 믿고 그들은 모두 무엇인가 막
연한 기대에 부풀곤 했다. 그러나 변이 생겼다. 낙엽이 질 무렵 어느
날 아침, 이 마을을 지나가던 밀렵꾼이 황새를 보고 총을 쏜 것이다.
놀란 마을 사람들은 아침을 먹다 말고 황새 둥우리가 있는 노송 숲으
로 뛰어 나왔다. 밀렵꾼은 도망가고 황새 한 마리가 선지피를 흘리며
마른 억새풀 위에 쓰러져 있었다. 그리고 살아 남은 짝은 어디론가 날
아가버리고 없다. 그 밀렵꾼에게는 황새가 박제 표본감이나 아니면 돈
으로 보였을까. 마을 사람들의 분노와 원성은 여간 아니었다. 그러나

다행히도 황새가 죽지는 않았다. 한 쪽 날개가 못쓰게 될 만큼 다쳤던 것이다.

어질고 소박한 마을 사람들은 그 황새를 안고 와서 온갖 정성을 다해 치료를 했다. 그리고 날개 상처가 아물고 힘을 되찾을 때까지 그 황새를 물방아간 옆뜰 소나무 밑에 갖다 두고 보호하기로 했다. 이들은 그날로 둥우리도 만들어 모이 그릇도 마련했다. 그러나 황새는 쓰러져 움직이질 못했다.(생략)

밤 바람이 일기 시작했다. 지창에 갈잎이 날려와 부딪친다. 그런데 귀에 설은 애달픈 새의 울음소리. 끼룩끼룩 끼 끼룩 끼루루. 가슴을 깎는 처절한 이 울음소리를 듣고 모두들 말없이 뜨락으로 나왔다. 가을 밤 하늘에 찬란한 별들. 그 별빛에 흰 깃을 번쩍이며 황새 한 마리가 물레방아 주위를 이리저리 애타게 날고 있는 것이 아닌가. 총소리에 놀라 도망갔던 황새가 돌아온 것이다. 그러나 황새는 이제 인간이 두려워서 쓰러져 누워있는 자기 짝에게 함부로 접근할 수 없는 모양이었다. 가슴이 뭉클해진 마을 사람들은 자리를 피해 주려고 묵묵히 저마다 집으로 돌아갔다. 그래도 황새는 연신 목에 피가 맺히도록 울어댄다. 끼룩끼룩 끼 끼룩 끼루루. 그날 밤 늦도록 화전민 후예들의 지붕 밑에 호롱불이 꺼지지 않았다.

이튿날 날이 밝자, 이들은 그 부상당한 황새를 그들의 둥우리가 있던 노송 밑에 갖다 뒀다. 가련한 황새가 사람의 눈을 피하여 서로 어울리도록 하기 위함이었으리라. 그러던 며칠 뒤, 무서리가 몹시 내린 어느 날 아침, 기이하고 처참한 변이 또 생겼다. 이들이 그렇게도 알뜰히 보살펴 온 그 한 쌍의 황새가 서로 목을 감고 싸늘하게 죽어 있는 것이 아닌가.

— 김규련(金奎鍊)의 <거룩한 본능> 중 일부

이 수필의 구성에는 서두(書頭)와 본문(本文)과 결말(結末)의 순서로 진행되고 있다. 서두 부분에서는 화전민들이 사는 산골로 찾아드는 과정에서의 자연 경관을 그렸고, 본문에서는 작품의 주요 제재가 되는 자연 속의 화전민과 황새 한 쌍, 그리고 밀렵꾼을 다루고 있다.

그리고 결말 부분에서는 무섭게 추워지는 산골 날씨에도 쭉지 부러진 짝을 버리고 혼자 갈 수 없는 황새가 슬프게도 서로 목을 감고 죽어 있는 정경을 그림으로써 팽배한 물질문명과 타락해 가는 윤리부재의 사회에서 정서고갈로 무너져가는 인간성을 회복하고자 하는 의지를 내비치고 있음을 보게 된다.

김규련은 이 수필의 끝맺음에서 그 주제의식을 다음과 같이 표출하고 있다.

"황새도 영물일까. 산골의 날씨는 무섭게 추워지려는데 짝을 버리고 혼자 남쪽으로 갈 수 없었던 애절한 황새의 정, 조류(鳥類)에 따라서는 암수의 애정이 별스런 놈도 있지만 그것이 모두 그들의 본능이라 했다. 그러나 어쩐지 그들의 하찮은 본능이 오늘 따라 인간의 종교보다 더 거룩하고 예술보다 더 아름답게 느껴지는 까닭이 무엇일까."

김규련은 "수필의 서두는 떡잎이요 갈림길이요 강물의 시원과 같다. 수필의 격조와 향취는 서두에서 벌써 풍기기 시작한다."고 피력했는데, 이를 위해서는 진술한 내용의 문장이 함축적이면서 간결해야 한다.

이를 위해서는 하고자 하는 내용의 말을 모조리 쓰는 것보다는, 해서는 안될 말을 쓰지 않는 게 바람직하다. 서정적이면서도 사색적인 글을 쓰기 위해서는 온유(溫柔)하고 겸손(謙遜)한 자세로 마음을 닦되 재치있는 풍자와 해학이라든지, 기지와 역설을 자유자재(自由自在)로 종횡무진(縱橫無盡)으로 언어를 구사할 수 있도록 문장력을 연마할 필요가 있다.

수필에 있어서 품위(品位)를 잃지 않는다거나 격조(格調)를 유지하기 위해서는 역시 아름다운 마음씨를 기르는 동시에 마음을 키워가면서 여유를 갖고 사는 자세가 중요하다. 그래야 영혼의 울림으로 생각의 파문을 일으킬 수 있기 때문이다.

> "인생은 빈 술잔, 주단 깔지 않은 층계. 사월은 친지와 같이 중얼거리고 꽃 뿌리며 온다."
> 이러한 시를 쓴 시인이 있다.
> "사월은 가장 잔인한 달."
> 이렇게 읊은 시인도 있다. 이들은 사치스런 사람들이다. 나같이 범속한 사람은 봄을 기다린다. 봄이 오면 무겁고 두꺼운 옷을 벗어 버리는 것만 해도 몸과 마음이 가벼워진다. 주름살 잡힌 얼굴이 따스한 햇볕 속에 미소를 띠고 하늘을 바라다 보면 곧 날아갈 수 있을 것만 같다. 봄이 올 때면 젊음이 다시 오는 것 같다.
> 나는 음악을 들을 때, 그림이나 조각을 들여다볼 때, 잃어버린 젊음을 안개 속에 잠깐 만나는 일이 있다. 문학을 업(業)으로 하는 나의 기쁨의 하나는, 글을 통하여 먼 발치라도 젊음을 바라볼 수 있다는 것이다. 그러나 무엇 보다도 젊음을 다시 가져 보게 하는 것은 봄이다. 잃었던 젊음을 잠깐이라도 만나 본다는 것은 헤어졌던 애인을 만나는 것보다 기쁜 일이다.

> — 피천득(皮千得)의 <봄> 앞부분

서정적이면서도 사상적인 무게가 느껴지는 글이다. 이처럼 정감있는 정서가 풍윤하게 흐르면서도 읽는 이로 하여금 산뜻하고 경쾌한 맛과 친근미를 느끼게 하는 게 인포멀 에세이(informal essay)의 매력이 아닌가 한다.

e. 중수필(重隨筆) 혹은 경수필(硬隨筆)

문학 장르로서 비교적 무거운 느낌을 주는 수필을 '중수필(重隨

筆)' 또는 경수필(硬隨筆)이라고 하거니와, 문학 장르 개념 외의 것으로 가령 신문의 사설(社說)이라든지, 시사 칼럼이나 시사 논평(時事論評) 같은 글도 여기에 해당된다. 베이컨이 많이 썼기 때문에 '베이컨적 수필'이라고 하는가 하면, 일반적·사회적인 문제에서 출발한 것이므로 사회적이며 객관적인 표현이 많고, '나'가 드러나 있지 않은 수필을 가리킨다.

보편적 논리나 이성으로써 짜여져 있는 글로서 소논문이나 소논설도 여기에 포함되는데, 사색적이고 지적인 문장으로, 학자라든지, 교육자, 사상가 등이 쓴 글에 많다. 우리나라에서의 문학 작품으로서 이런 류의 수필은 흔치 않은 게 사실이다.

이러한 종류의 수필은 박학다식(博學多識)해야 한다는 부담이 따르기 때문일 것이다.

허세욱(許世旭)은 <경수필(硬隨筆)과 그 문학성(文學性)>이라는 제목의 글에서 "대체로 현실의 비평류와 사유의 논설류로 양분되는데, 그 속엔 진정과 지성이 도도해야 문장이 활기를 얻고, 그 속엔 장미(壯美)와 일기(逸氣) 같은 미적 추구로서 여유를 찾고, 그 안엔 형상예술로서 감동의 폭을 넓혀야 한다."고 하면서 "설리에 급급하면 건조하기 쉽고, 비평에 날카로우면 화기가 번지고, 결론에 초조하면 설교나 구호에 전락한다."고 하였다.

천사만려(千思萬慮)해도 타당한 말이다. 여기에서 우선 관심이 가는 말은 '현실의 비평류'와 '사유의 논설류'다. 비평에 날카로와서 화기가 번지게 되면 공명정대(公明正大)할 수가 없다. 여기에는 상대방을 먼저 이해한 다음에 객관적으로 판단하여 주장을 펼 일이다. 여기에는 동양적 인간형으로서 미덕이 되는 호연지기(浩然之氣)의 마음 자세가 요구된다.

다음의 '사유의 논설류'는 진리에 근원을 드리우지 않으면 안 된다. 빈약한 결론을 성급하게 내리는 우를 범할 수 있으므로 사유(思惟)의 범주가 진리에 근원를 드리우고 있는지에 대해서 스스로 점검할 필요가 있다. 장대한 아름다움이라든지, 편안한 마음의 여유로움으로 메마르기 쉬운 문장을 매력있는 문장으로 활기를 불어 넣어야 한다.

행복, 인간의 존엄성, 희생, 사랑, 잘 산다는 것에는 상당히 많은 의미가 함축되어 있을 것이다. 내재적(內在的)인 것을 부인하고 실체(實體)만이 전부라 생각하는 오늘 우리는 분명히 뭣인가를 착각하고 있는 것이다. 죽음과 자신과 무관하다는 착각, 천년을 만년을 살 것 같은 착각.

옛날에는 가난했었다. 2차대전 말기(末期) 한창 나이 적에 한줌 남짓한 콩깨묵 섞은 밥으로 견디어야 했던 기숙사 생활, 수업을 중단하고 국채(國債)를 팔러 다녔고 구걸하고 다녀야만 했던 궁핍의 시대, 밀떡과 참외로 끼니를 때워야 했던 6·25 동란의 시기, 그 시대를 살아본 사람이면 궁핍의 참상을 체득했을 것이다.

하기야 오늘이라고 완전히 가난을 극복한 것도, 가난에서 해방된 것도 아니지만 아뭏든 내가 기억하는 어린 시절 농촌의 뒷간에는 종이 대신 지푸라기를 사용하였고, 동네 우물가에는 뜨물을 받기 위한 통이나 사기 같은 것이 놓여 있었으나 농촌에서는 물론 소도시에서도 북적대는 음식점 근처를 제외하면 쓰레기통 같은 것은 잘 눈에 띄질 않았다. 봄 가을이 되면 오줌 장군을 짊어진 농부들이 농촌 가까운 소도시까지 나와서 곡식이나 돈을 지불하고 인분을 걷어 가곤 했었다.

정글 속에 쓰레기가 없듯이 쓰레기가 거의 없던 시절, 심장의 고동처럼 정확하게 순환하는 자연에 순응했던 생활이었다 할까. 오늘을 살찐 진딧물이 배추잎에 군생(群生)하는 양상으로 비유하고 옛날을 허기진 나비들이 먹이를 찾아 방황하는 것으로 비유한다면 건설의 역군들은 이마에 핏대를 세울지 모르지만 결코 나는 과거에 연연하는 것도 향수(鄕愁)를 느끼는 것도 아니다. 다만 그 쓰라린 가난과 불편에서 눈부시게 비약한 오늘은 과연 천국인가 그것을 묻고 싶은 심정일 뿐이다. 인구도 증가했지만 양(量)에 있어서 방대해진 생명체를 전제한 물질의 질은 어떠한가.

지구(地球)의 정량 불변(定量不變) - 이미 깨졌으나 - 으로 본다면 질은 넓은 만큼 엷어졌을 것이란 생각, 아니면 종류가 줄어들었을 것이란 생각, 땅을 생각해 보자. 과대 생산(過大生産) 때문에 쇠약해졌고 쇠약한 것을 부추겨 세우느라 인공 영양제 남용으로 저항력을 잃은 땅에 밀생하는 악충(惡蟲) 그것을 구제한답시고 치사(致死)의 약물(藥物)을 끝없이 주입하고 있지 않은가. 그 땅에서 생산되는 병적인 것, 변질된 것을 우리는 풍요함을 찬양하며 먹는다. 그렇다. 우리는 방부제를 첨가한 그밖에도 비생명(非生命)의 것이 첨가된 것을 먹고 있다. 뿐이겠는가.

날로 산적되어 엄청난 쓰레기로 변하는 생명체는 땅의 숨통을 막아가는 것이다. 땅은 신음하며 쓰레기를 감당하고 인간은 그 쓰레기 위에 좌정해 있다면 전율을 느낄 것이다. 부패되지 않는 것은 도깨비 방망이 같이 견고하고 편리하기만 한 것인가. 한 사람 한 사람이 거시적(巨視的)으로 현실을 보지 않는다면 우리는 우리 주변에서 하나씩 하나씩 사라져 가는 생명, 그 대열에서 인간만 제외된다고 단언할 수 없을 것이다.

　　　　—박경리(朴景利)의 <풍요의 잔해로 신음하는 대지> 중 후반부

이 수필은 생명존중 사상에서 나온 글이다. 환경오염으로 인하여 우리 나라 뿐 아니라 이 지구촌 전체 인류가 죽어 간다고 아우성치는 요즈음에 특히 각성을 촉구하는 글이다. 여기에는 '나'가 들어있기는 해도 개인적인 신변잡사가 주제가 아니고 사회문제, 더 나아가서는 지구촌 인류의 생존에 관심하여 쓴 글이기 때문에 포멀 에세이(formal essay)로 간주해도 무방할 것이다.

빵의 문화는 개인주의 문화이며 정복의 문화이며 활동의 문화이며 상업의 문화이다. 빵이 있는 곳에 전쟁이 있었고 개척이 있었다. 그리고 자유로운 분리와 집을 떠나서, 고향을 떠나서 행동할 수 있는 사회

성이 있었다.

　밥의 문화는 한솥의 문화이다. 지붕 안에 고정되어 있고 정적이며 집을 떠나서는 살기 어려운 귀향자의 문화이다. 떠돌아 다닐 수 없는 문화이다. 그것은 평화의 문화이다. 정말 인간은 빵만으로는 살아갈 수 없다. 하지만 한국인은 밥만으로도 살아갈 수 있는 것이다. 왜냐하면 밥에는 단순히 배만을 채우는 그 물질만이 아니라 그 김처럼 정이 서려 있고 사랑이 배어 있기 때문이다.

— 이어령(李御寧)의 <밥과 빵> 중 일부

　이 수필은 작자 특유의 비교문화론적 발상에서 기인된 표현이다. 빵과 밥을 다양하게 비교하면서 그 문화적 성격을 가름하고 있다. 작자의 해박한 식견과 예리한 관찰 및 분석력, 폭넓은 어휘 구사로 하여 독자로 하여금 수긍하게 한다. 그는 빵과 밥의 차이점을 여러 가지 측면에서 갈파하고 있다.

　앞에서 소개한 박경리의 <풍요의 잔해로 신음하는 대지>가 현실의 비평이라면, 이어령의 <빵과 밥>은 사유의 논설적 성격을 띤다 하겠다. 이러한 류의 글은 소논문에 가까운 보편적 논리와 이성으로 체계적 격식에 접근하고 있음을 알 수 있다.

5. 수필의 문체

a. 간결체(簡潔體)

간결체 문장은 되도록 간단하게 요약한 문체를 말한다. 이 문체는 어구가 아주 적고 의미가 충실하며 여운이 많지만, 자칫하면 뜻을 모르게 된다. 이렇게 많은 내용을 근소한 어귀로 긴밀하게 압축하여 함축성이 있게 표현한 문장 스타일을 간결체 또는 간약체라고 하는데, 외형적인 면에 있어서는 만연체에 비해 말이 적고 센텐스가 짧으며, 문장의 구조도 단순하다.

간결체의 특징은 압축과 선택인데, 압축은 표현하고자 하는 내용 전체를 서술하여 독자로 하여금 세부를 상상하게 하는 방법이라면, 선택은 내용의 부분을 표현하여 그 전체를 상상하게 하는 것이므로 자칫하면 개념적인 문장이 될 수도 있어서 세련된 연마를 요한다.

나의 소년 시절은 은빛 바다가 엿보이는 그 긴 언덕을 어머니의 상여(喪輿)와 함께 꼬부라져 돌아갔다.

　　내 첫사랑도 그 길 위에서 조약돌처럼 집었다가 조약돌처럼 잃어버렸다. 그래서 나는 푸른 하늘 빛에 호져 때없이 그 길을 넘어 강가로 내려갔다가도 노을에 함북 자줏빛으로 젖어서 돌아오곤 했다.
　　그 강가에는 봄이, 여름이, 가을이, 나의 나이와 함께 여러번 다녀갔다. 까마귀도 날아가고 두루미도 떠나간 다음에는 누런 모래둔과 그리고 어두운 내 마음이 남아서 몸서리쳤다. 그런 날은 항용 감기를 만나서 돌아와 앓았다.
　　할아버지도 언제 난 지를 모른다는 마을 밖 그 늙은 버드나무 밑에서 나는 지금도 돌아오지 않는 어머니, 돌아오지 않는 계집애, 돌아오지 않는 이야기가 돌아올 것만 같아 멍하니 기다려 본다. 그러면 어느새 어둠이 기어 와서 내 뺨의 얼룩을 씻어 준다.
— 김기림(金起林)의 <길>

　　이 글은 수필이라기 보다는 차라리 산문시에 가깝거나 그 범주에 드는 글이라고 해야 타당할 것이다. 2백자 원고지 2매 분량의 짧은 글로서, 시적으로 이루어진 산문이라 할까, 산문시라 할까, 장르 구분은 모호하지만 시적인 요소가 풍부하여 은은한 감동을 주는 글이다. "나의 소년 시절은 은빛 바다가 엿보이는 그 긴 언덕을 어머니의 상여와 함께 꼬부라져 돌아갔다."는 첫 구절부터가 그렇다. "내 첫사랑도 그 길 위에서 조약돌처럼 집었다가 조약돌처럼 잃어버렸다."는 다음 구절도 시적인 압축을 보이고 있어서 간결체 문장의 함축미를 충분히 발휘하고 있음을 어렵지 않게 이해할 수 있을 것이다.

b. 만연체(蔓衍體)

　　만연체 수필은 많은 어구를 사용해서 섬세한 감정을 상세하게 나타내려고 하는, 문장의 흐름이 느린 문체를 말하는데, 그 내용에 비해 많은 말을 동원하므로 반복하거나, 설명, 수식 등을 써서 문장이 길어진 것을 가리킨다. 이 문체는 압축과 생략을 피하고 많은 어귀를 동원하여 반복하고 설명하고 수식하므로 문장의 긴밀성이 약하고 길어지게 된다. 만연체는 간결체와는 반대로 많은 어귀의 사용과 장문(長文)이라는 데에 있다. 이러한 문체는 군말이 많은 대신에 내용을 부드럽게 하고 예술성을 만들어 내는 장점도 있다.

말하기조차 어리석은 일이나, 도회인으로서 비를 싫어하는 사람은 많을지 몰라도, 눈을 싫어하는 사람은 아마 거의 없을 것이다. 눈을 즐겨하는 것은 비단 개와 어린이들 뿐만이 아니요, 겨울에 눈이 내리면 온 세상이 일제히 고요한 환호성을 소리 높여 지르는 듯한 느낌이 난다.

눈 오는 날에 나는 일찍이 무기력하고 우울한 통행인을 거리에서 보지 못하였으니, 부드러운 설편(雪片)이 생활에 지친 우리의 굳은 얼굴을 어루만지고 간지릴 때, 우리는 어찌된 연유(緣由)인지 부지중(不知中) 온화하게 된 마음과 인간다운 색채를 띤 눈을 가지고 이웃 사람들에게 경쾌한 목례(目禮)를 보내지 않을 수 없게 되는 것이다.

나는 겨울을 사랑한다. 겨울의 모진 바람 속에 태고(太古)의 음향을 찾아 듣기를 나는 좋아하는 자이기 때문이다. 그러나 무어라 해도 겨울이 겨울다운 서정시는 백설(白雪), 이것이 정숙히 읊조리는 것이니, 겨울이 익어가면 최초의 강설(降雪)에 의해서 멀고 먼 동경의 나라는 비로소 도회에까지 고요히 들어오는 것인데, 눈이 와서 도회가 잠시 문명의 구각(舊殼;케케묵은 제도나 관습)을 탈(脫)하고 현란한 백의(白衣)를 갈아입을 때, 눈과 같이 온, 이 넓고 힘세고 성스러운 나라 때문에 도회는 문득 얼마나 조용해지고 자그마해지고 정숙해지는지 알 수 없는 것이지만, 이 때 집이란 집은 모두가 먼 꿈 속에 포근히 안기고 사람들 역시 희귀한 자연의 아들이 되어 모든 것은 일시에 원시 시대의 풍속을 탈환한 상태를 정(呈)한다(보인다).(생략)

보라! 우리가 절망 속에서 기다리고 동경하던 계시는 참으로 여기 우리 앞에 와서 있지는 않는가? 어제까지도 침울한 암흑 속에 잠겨 있던 모든 것이, 이제는 백설의 은총(恩寵)에 의하여 문득 빛나고 번쩍이고 약동하고 웃음치기를 시작하고 있기 때문이다.

말라붙은 풀포기, 앙상한 나뭇가지들조차 풍만한 백화(百花)를 달고 있음은 물론이요, 괴벗은 전야(田野)는 성자의 영지(領地)가 되고, 그 정밀은 우리에게 안식을 주며 영원의 해조(諧調;잘 조화됨. 즐거운 가락)에 대하여 말한다.

이때 우리의 회의(懷疑)는 사라지고, 우리의 두 눈은 빛나며, 우리의 가슴은 말할 수 없는 무엇을 느끼면서, 위에서 온 축복을 향해서 오직 감사와 찬탄을 노래할 뿐이다.

눈은 이 지상에 있는 모든 것을 덮어 줌으로 의해서 하나같이 희게 하고 아름답게 하는 것이지만, 특히 그 중에도 눈에 덮인 공원, 눈에 안긴 성사(城舍), 눈 밑에 누운 무너진 고적(古蹟), 눈 속에 높이 선 동상(銅像) 등을 봄은 일단으로 더 흥취의 깊은 것이 있으니, 그것은 모두가 우울한 옛 시를 읽은 것과도 같이 배후에는 알 수 없는 신비가 숨쉬고 있는 듯한 느낌을 준다. 눈이 내리는 공원에는 아마도 늙을 줄을 모르는 흰 사람들이 떼를 지어 뛰어다닐지도 모르는 것이고, 저 성사(城舍) 안 심원(深園)에는 이상한 향기를 가진 알라바스터의 꽃이 한 송이 눈 속에 외로이 피어 있는지도 알 수 없는 것이며, 저 동상(銅像)은 아마도 이 모든 비밀을 저 혼자 알게 되는 것을 안타까이 생각하고 있을지도 모르기 때문이다.

그러나 무어라 해도 참된 눈은 도회에 속할 물건이 아니다. 그것은 산중 깊이 천인 만장(千刃萬丈)의 계곡에서 맹수를 잡는 자의 체험할 물건이 아니면 아니된다.

생각하여 보라! 이 세상에 있는 눈으로서는 여러 가지가 있을 것이니, 가령 열대의 뜨거운 태양에 쪼임을 받는 저 킬리만자로의 눈, 멀고 먼 옛날부터 아직껏 녹지 않고 안타르크리스에 잔존(殘存)해 있다는 눈, 우랄과 알라스카의 고원에 보이는 적설(積雪), 또는 오자마자 순식간에 없어져 버린다는 상부 이탈리아의 눈 등 — 이러한 여러 가지 종류의 눈을 보지 않고는 도저히 눈에 대해서 말할 수 없다고 아니할 수 없다.

그러나 불행히 우리의 눈에 대한 체험은 그저 단순히 눈 오는 밤에

서울 거리를 술집이나 몇 집 들어가며 배회하는 정도에 국한되는 것이
니, 생각하면 사실 나의 백설부(白雪賦)란 것도 근거 없고 싱겁기가 짝
이 없다 할밖에 없다.
— 김진섭(金晉燮)의 <백설부(白雪賦)> 중 일부

작자의 대표작으로 꼽히는 이 작품은 한 겨울에 순수무구(純粹無
垢)하게 내리는 흰눈을 도시인의 감회(感懷)로써 서정적으로 표현한
글이다. 이 수필에는 "천국의 아들이요, 경쾌한 족속이요, 바람의 희
생자인 백설이여! 과연 뉘라서 너희의 무정부주의를 통제할 수 있으
랴!"는 등의 구절이 절창(絶唱)을 이룬다. 여기에서는 '부(賦)'가 사
용되는데, 이 '부(賦)'란 원래 글귀 끝에 운(韻)을 달고 대(對)를 맞추
어 짓는 한문체의 한 가지임을 밝혀 둔다. 이 글은 만연체 문장의
좋은 본보기가 될 것이다.

c. 강건체(剛健體)

강건체 수필은 문장의 기세가 강직(剛直)하고 크고 거세며, 웅혼
(雄渾), 침중(沈重), 호방(豪放)하여 남성적인 문체로 나타나는 바 격
렬한 분노라든지, 앙양된 정열, 굳센 결의와 의지, 꿋꿋한 신념을 표
현하기 때문에, 박력이 있고, 격조가 웅장하며, 호흡이 다급한 특징
을 가지므로 현실을 비판한다거나 하여 치열성을 드러내게 된다. 박
종화(朴鍾和)의 <민족(民族)>에 실린 '서설(序說)'은 강건체 수필을
이해하는 데에 실감적으로 도움이 될 것이다.

조선민족은 하나요 둘이 아니다. 더구나 셋도 아니요 넷도 아니다.

조선 사람은 삼천만이나 조선민족은 다만 하나다. 아득하고 오래기 반만년 전 송화강반 백두산 아래 성스러운 천리천평(千里千坪) 신시(神市)의 때로부터 가까이 설흔 여섯해 동안, 뜻 아니한 왜노의 잔인한 압박과 구속 밑에서 강제로 동조동근(同祖同根)의 굴레를 뒤집어 씌우고 창씨와 개명까지 당했던 을유년 팔월 십사일 어제까지 조선 민족은 다만 하나요 둘이 아니다.

또 다시 앞으로 조선 민족은 억천 만년 백겁을 감돌아 '한밝'의 밝은 광명을 동방으로부터 세계에 부어 내리고, 삼천만 민족이 삼억 창생이 되는 때까지 조선민족은 다만 하나요 둘이 아니다.

민족은 조상을 같이 한다. 맥박에 뛰노는 핏줄이 본능으로 엉키니 하나요 둘이 될 수 없다. 말이 같고 풍속이 같으니 하나요 둘이 될 수 없다. 멀리 바다를 건너 동경, 하와이, 뉴욕, 런던에 외로운 그림자를 짝하여 달빛 아래 초연히 거닐어 보라. 만 가지 향수가 그대의 머리를 스치리라. 삼각산이 보이고 한강물이 그리워지리라. 모란봉이 떠오르고 대동강이 생각나리라. 다행히 남만격설지성(南蠻鴃舌之聲) 떠드는 외국사람 틈에 고향 친구를 만나 방아타령이나 아리랑타령 한 곡조를 들어 보라. 그대의 눈에 까닭 모를 더운 눈물이 주루루 흐르리라.

이것이 조국애요 민족애다. 조선 민족은 다만 하나요 둘이 아니다. 조선 민족은 운명을 같이 할 약속을 갖는다.(생략)

우리는 임진왜란 때 단신으로 기막힌 항전을 계속한 바다의 영웅 이순신 장군을 잊어서는 안 된다. 병자호란에 청나라에 잡혀가서 죽어도 청제에게 절을 아니한 삼학사를 잊어서는 안 된다. 을사조약에 목을 찌른 민영환(閔泳煥)을 잊어서는 아니된다.

대마도에서 굶어 죽은 최익현(崔益鉉)도 알아 두자. 할빈역머리에 이등박문을 쏘아 죽인 안중근(安重根)님께 고요히 묵도를 올리자. 삼천리 강산을 뒤흔들어 놓은 백수(白手)의 항전 삼일운동의 기억이 새롭구나 ─ . 귀여운 도련님과 아가씨의 광주학생사건도 눈물겨웁다.

이것은 모두 다 민족의 항전이요 투쟁이다. 조선민족은 하나요 둘이 아니다.

해방후(解放後) 서기(西紀) 1945년 10월 31일
　　　── 박종화(朴鍾和)의 <민족(民族)>의 '서설(序說)' 중 일부

d. 우유체(優柔體)

우유체 수필은 문세(文勢)가 부드럽고 온화하며 순한 편이다. 또한 청초하고 겸허하며 우아하여 다소의 미문조(美文調)를 띨 수도 있다. 강한 의지를 나타내기에는 연약한 문세 때문에 적합하지 않은 편이다.

  동생이 입학한 후, 첫 번째 맞이한 봄소풍 때의 일입니다. 김밥, 사탕, 과자, 과일 등 어머니는 동생 몫과 내 몫을 한 보자기에 싸주셨습니다. 보자기가 하나 뿐인 데다가 동생이 너무 어리기 때문에 점심 시간에 나보고 챙겨 먹이라시면서 그렇게 싸 주신 것입니다.
  동생의 손을 잡고 학교를 향해 팔랑팔랑 걸었습니다. 날아갈 듯이 즐거운 마음이었습니다. 그런데 학교에 도착해 보니 1학년과 3학년이 각각 다른 곳으로 소풍을 간다는 것입니다. 3학년은 1학년보다 조금 더 먼 곳으로 간다고 했습니다. 예측하지 못했던 일이었습니다. 난감했습니다. 도시락을 둘로 가를수도 없을 뿐더러 어린 동생을 혼자 보내는 것도 마음 놓이지 않았습니다. 어찌할 바를 모르고 발만 동동 구르다가 나는 결정을 했습니다. 저 어린 동생을 위해 오늘 하루 학부형이 되어야겠다고 말입니다. 담임 선생님께 말씀드렸더니 쾌히 승락하셨습니다.
  나는 먼저 출발하는 우리반 소풍 대열을 한참이나 바라보았습니다. 눈물이 나올려고 하는 것을 꾹 참고 동생네 소풍 대열을 따라 걷기 시작했습니다. 신입생들이라서 그런지 학부형들이 꽤나 많이 따라왔습니다. 1학년 아이들과 비교해도 별로 크지 않은 조그만 내가, 어머니들 사이에서 걷고 있으려니까 어머니들은 무척 궁금한 모양이었습니다. 몇 학년이니? 너는 왜 너네 학년 소풍 안가고 여기 왔니? 그렇게 물어볼 때마다 도시락 보따리가 왜 그리 부끄럽던지 감출 수만 있다면 어디에든 감추어 버리고 싶었습니다. 그런 마음 때문이었는지 도시락 보따리가 자꾸만 무겁게 느껴지기도 했습니다.

　목적지에 도착한 후, 동생을 솔밭 그늘로 데려와 점심을 먹였습니다. 동생은 언니인 내가 저를 따라온 것에 대해선 아무 생각도 없는지 재잘거리며 맛있게 먹었습니다. 점심을 먹은 뒤, 선생님의 호루라기 소리를 따라 동생은 다시 제 동무들 곁으로 갔습니다. 혼자 앉아서 도시락 보따리를 챙겨 싸는 내 눈에는 뿌우연 안개가 서려 왔습니다. 참았던 눈물 한 방울이 볼을 타고 흘렀습니다. 아, 이러면 안 돼, 난 오늘 학부형인데, 눈물 따위를 보이다니! 나는 눈물을 보이는 일이 부끄럽다는 생각이 들어 누가 볼세라 손으로 얼른 눈물을 닦았습니다.

　아름드리 소나무에 기대어 서서 동생네반 아이들이 뛰노는 것을 보고 있었습니다. 수건돌리기, 술래잡기, 보물찾기……즐겁게 웃는 동생의 모습이 아지랑이처럼 아롱거렸습니다. 솔밭 위 하늘엔 눈부시게 하얀 학들이 너울거리며 날아다녔습니다. 내 마음을 아는지 모르는지…….

　참으로 길고 긴 하루였습니다. 아홉 살의 소녀가 감당하기엔 너무나 힘겨웠던 봄소풍. 그런데 왜 가끔씩 그때가 그리워지는지 나도 모를 일입니다.

— 문혜영(文惠英)의 <어린 날의 초상> 중 후반부

　'봄소풍'이라는 부제가 붙은 우유체 수필이다. 이북에서 살다가 1·4후퇴 때 어머니의 품에 안겨 월남한 작자가 유복녀로 태어난 동생이 초등학교에 입학하여 소풍을 가게 되는데, 교편을 잡은 어머니가 동행할 수 없기 때문에 그 대신으로 학부형이 되어 주는 어린날의 추억담이 순후하게 내비치고 있다.

　여기에서는 어떤 가식이나 엄살이 보이지 않은 채 어린 날의 동심이 그대로 배어있어서 읽는 이로 하여금 감동어린 눈물을 자아내게 한다. 때묻지 않은 순수한 진실성이 감동을 준다는 사실은 아무리 강조해도 다함이 없을 것이다.

d. 건조체(乾燥體)

건조체 문장은 어떠한 미사여구(美辭麗句)나 수사(修辭)와는 상관 없이 말하고자 하는 의사를 전달하는 데 치중하는 문체로서 학술이나 보고서 등 실용을 본위로 하는 데에 적합하기 때문에 본격적인 문학 장르로서의 수필 문체로는 적합하지 않다.

이 건조체는 비유와 수식이 아주 미미하거나 전연 없는 문체이기 때문에 화려체와는 반대의 성격을 띤다. 가령 "그 호수의 길이가 6km"라면 건조체요, "그 호수의 물길이 시오리"라면 화려체가 된다.

학문이 실생활에 유용한 것도, 그 자체의 추궁(追窮)이 즐거움을 가져오는 것도, 모두가 학문이 다름 아닌 진리를 탐구하는 것이기 때문이다. 실용적이니까 또는 재미가 나는 것이니까 진리요 학문인 것이 아니라, 그것이 진리이기 때문에 인간생활에 유용한 것이요, 재미도 나는 것이다. 유용하다든가 재미가 난다는 것은 학문에 있어서 부차적으로 따라올 성질의 것이요. 그것이 곧 궁극적인 목적이라고까지 말함은 어떨까 한다.

학문의 목적은 진리의 탐구 그것에 있다. 이렇게 말하면 또 그 진리의 탐구는 해서 무엇하나 할는지 모르나, 학문의 목적은 그로서 족한 것이다. 진리의 탐구자로서의 학문의 목적이 현실생활과 너무 동떨어져서 우원(迂遠)함을 탓함직도 하다. 그러나 오히려 학문은 현실 생활로부터 유리(遊離)된 것처럼 보일 때, 가끔 그의 가장 풍부한 축복을 현실 생활 위에 내리는 수가 많다. 세상에서는 흔히 학문밖에 모르는 상아탑 속의 학구생활을 현실을 도피한 짓이라고 비난하기가 일쑤지만 상아탑의 덕택이 큰 것임을 알아야 한다. 모든 점에서 편리하여진 생활을 향락(享樂)하고 있는 소위 현대인이 있기 전에, 그런 것이 가능하기 위하여서도 오히려 그런 향락과는 담을 쌓고 진리 탐구에 몰두한 학자들의 상아탑 속에 있어서의 노고가 앞서 있었던 것이다. 그렇다고

남의 향락을 위하여 스스로는 고난의 길을 일부러 걷는 것이 학자도
아니다.

　학자는 그의 진리를 탐구하기 위하여 학문을 하는 것 뿐이다. 상아
탑이 나쁜 것이 아니라, 진리를 탐구하여야 할 상아탑이 제 구실을 옳
게 다하지 못하는 것이 탈이다. 학문에 진리 탐구 이외의 다른 목적이
섣불리 앞장을 설 때, 그 학문은 자유를 잃고 왜곡될 염려조차 있다.
학문을 악용하기 때문에 오히려 좋지 못한 일을 하는 수가 얼마나 많
은가? 진리 이외의 것을 목적으로 할 때, 그 학문은 한때의 신기루와
도 같아, 우선은 찬연함을 자랑할 수 있을는지도 모르나 과연 학문이
라고 할 수 있을까부터가 문제다.

　진리의 탐구가 학문의 유일한 목적일 때, 그리고 그 길로 매진할
때, 그 무엇에도 속박됨이 없는 숭고한 학적(學的)인 정신이 만난(萬
難)을 극복하는 기백(氣魄)을 길러줄 것이요, 또 그것대로 우리의 인격
완성의 길로 통하게도 되는 것이다.

　학문의 본질은 합리성과 실증성에 있고, 학문의 목적은 진리 탐구에
있다. 위무(威武)로써 굽힐 수도 없고, 영달(榮達)로써 달랠 수도 없는
학문의 학문으로서의 권위도 이러한 본질, 이러한 목적 밖에서 찾을
수 있는 것이 아니다.

— 박종홍(朴鍾鴻)의 <학문의 본질과 목적> 중 결말 부분

　사람은 자기를 속이면 마음 한 구석이 늘 불안하여 심적 동요가 생
기기 쉽다. 그러나 자기에 충실한 사람은 마음이 항상 편하므로 심적
동요가 생기는 일이 적다. 심적 동요가 생길 때는 겉에 드러나는 행동
도 안정치 못하고 혹동(或東)·혹서(或西)로 극단에서 극단으로 기울어
지기 쉽다. 그러나 마음의 안정을 얻은 사람은 행동에 있어서 견정(堅
定) 확고하고 광명정대(光明正大)한 기상을 보인다. 맹자(孟子)는 '직
(直)' '무자기(毋自欺)'의 수양을 오래 쌓은 사람에게는 일종의 남과 다
른 특이한 기개를 가진다 하였는데, 그것을 '호연지기(浩然之氣)'라 하
였다. '호연지기'는 지극히 위대하고 지극히 굳센 것으로서 천지(天地)
사이에 들어 찰 만한 것이라 하였다.

　공자는 '인자(仁者)는 불우(不憂)하고, 지자(知者)는 불혹(不惑)하고,

용자(勇者)는 불구(不懼)라' 하였거니와 불우(不憂)·불혹(不惑)·불구(不懼)하는 경지에 이르면, 저절로 호연지기(浩然之氣)가 생기는 것이다. 이런 호연지기를 가지는 사람이 맹자는 대장부(大丈夫)라 하여 대장부의 모습을 다음과 같이 묘사하였다.

"천하에서 가장 넓은 집(仁)에서 살고, 천하에서 가장 바른 자리(禮)에 올라 앉으며, 천하에서 가장 큰 길(仁義의 道)을 걷는다. 남이 알아서 써 주면 백성들과 함께 같이 그 길을 걷고, 알아 주는 사람이 없으면 홀로 그 길을 간다. 부귀도 그 뜻을 어지럽히지 못하고, 빈천도 그의 뜻을 움직이지 못하며, 위무(威武)도 그의 뜻을 굴복시키지 못한다.

이런 대장부는 세 가지의 낙(樂)이 있다. "부모가 계시고 형제가 다 무고함이 첫째 낙이요, 우러러 하늘에 부끄럽지 않고 굽어서 사람에게 부끄럽지 않음이 둘째 낙이요, 천하의 영재(英才)를 얻어서 가르침이 셋째 낙이다." 하였다. 이 대장부형(大丈夫型)의 인간이 동양의 이상적 인간형 중에서 하나의 커다란 영향력을 가진 인간형이다.

— 이상은(李相殷)의 <동양적 인간형> 중 결말 부분

e. 화려체(華麗體)

화려체 수필은 비유나 수식이 지나칠 정도로 많아서 문장이 찬란하고 화려한 인상을 주는 극단적인 미문(美文)을 가리킨다. 건조체가 이지적(理知的)이라면 화려체는 감정적인 문체로서 회화적(繪畵的) 색감과 음악적 운율을 갖게 되어 아기자기한 맛은 있지만 자칫하면 저속해질 위험도 있으므로 너무 지나치지 말아야 한다.

서울의 봄은 눈속에서 온다. 남산의 푸르던 소나무는 가지가 휘도록 철 겨운 눈송이를 안고 함박꽃이 피었다.

달아나는 자동차와 전차들도 새로운 흰 지붕을 이었다. 아스팔트 다진 길바닥, 평퍼짐한 빌딩 꼭대기에 백포(白布)가 널렸다. 가라앉는 초가집은 무거운 떡가루 짐을 진 채, 그대로 찌그러질 듯하다. 푹 꺼진 기와골엔, 흰 빈석이 디디고 누른다. 비쭉한 전신주도 그 멋갈없이 큰 키에 잘 먹지도 않은 분을 올렸다.

이 별안간에 지은 세상을 노래하는 듯이 바람이 인다. 은가루 옥가루를 휘날리며, 어지러운 흰 소매는 무리무리 덩치덩치 흥에 겨운 갖은 춤을 추어 제낀다. 길이길이 제 세상을 누릴 듯이.

그러나 보라! 이 사품에도 봄 입김이 도는 것을. 한결같이 흰 자락에 실금이 간다. 송송 구멍이 뚫린다. 돈짝만해지고, 쟁반만해지고, 댓님만해지고, 댕기만해지고, ……그 언저리는 번진다. 자배기만큼 검은 얼굴을 내놓은 땅바닥엔 김이 무럭무럭 떠오른다.

겨울을 태우는 봄의 연기다. 두께두께 언 청계천에도, 그윽한 소리 들려 온다. 가만가만 자취없이 가는 듯한 그 소리, 사르르사르르 이따금 그 소리는 숨이 막힌다. 험한 고개를 휘어 넘는 듯이 헐떡인다. 그럴 때면, 얼음도 운다. '찡'하며 부서지는 제 몸의 비명을 친다. 언 얼음이 턱 갈라진 사이로 파란 물결은 햇빛에 번쩍이며 제법 졸졸 소리를 지른다.

축축한 담 밑에는, 눈을 떠 이은 푸른 풀이 닷분이나 자랐다. 끝장까지 보는 북악에 쌓인 눈도 그 사이 흰 빛을 잃었다. 석고색으로 우중충하게 흐렸다. 그 위를 싸고 도는 푸른 하늘에는, 벌써 하늘하늘 아지랭이가 걸렸다. 봄이 왔다. 눈길, 얼음 고개를 넘어, 서울에 순식간에 오고 만 것이다.

— 노천명(盧天命)의 <서울의 봄>

외로운 설움에 주체 못하는 순간마다 사람인 나에게는 술과 담배가 있으니, 한 개의 소상 반죽(瀟湘斑竹;중국 소상 지방에서 나는 아롱진 무늬가 있는 대나무)의 연관(煙管;담뱃대)이 있어 무한으로 통한 청신한 대기를 속으로 빨아들여 오장 육부에 서린 설움을 창공에 뿜어내어, 자연(紫煙)의 선율을 타고 굽이굽이 곡선을 그리며 허공에 사라지는 나의 애수(哀愁)의 자취를 넋을 잃고 바라보며 속 빈 한숨 길게 그윽히 쉴 수도 있고, 한 잔의 술이 있어 위로 뜨고 치밀어 오르는 억제 못할 설움을 달래며 구곡 간장(九曲肝腸) 속으로 마셔들여 속으로 스며들게 할 수도 있고, 12현(絃) 가야금이 있어, 감정과 의지의 첨단적 (尖端的) 표현 기능인 열 손가락으로 이 줄 저 줄 골라 짚어, 간장에 어린 설움 골수에 맺힌 한을 음율과 운율의 선에 실어 찾아내어 기맥 이 다하도록 타고 타고 또 타, 절실한 이내 가슴 속 감정의 물결이 열 두 줄에 부딪쳐 몸부림 맘부림쳐 가며 운명의 신을 원망하는 듯, 호소 하는 듯 빌며, 땡기며, 부르며, 쫓으며, 잠기며, 맺으며, 풀며, 풀며, 맺 으며, 높고 낮고 길게 짧게 굽이쳐 돌아가며, 감돌아 가며, 감돌아 들 며, 미묘하고 그윽하게 구르고 흘러 끝 가는 데를 모르는 심연한 선율 과 운율과 여운의 영원한 조화미(調和美) 속에 줄도 있고 나도 썩고 도연(陶然)히(술에 취하여 느긋하게 마음이 풀어진 상태) 취할 수도 있 거니와 — 그리고 네가 만일 학이라면 너도 응당히 곡조에 취하고 화 하여 너의 가슴 속에 가득 답답한 설움과 한을 잠시라도 잊고 춤이라 도 한 번 덩실 추는 것을 보련마는 — 아아, 차라리 너마저 죽어 없어 지면 네 얼마나 행복하며 네 얼마나 구제되랴. 이 내 애절한 심사 너 는 모르고도 알리라. 이 내 무자비한 심술 너만은 알리라.
　　　　— 오상순(吳相淳)의 <짝 잃은 거위를 곡(哭)하노라> 중 일부

　노천명의 <서울의 봄>이 대자연의 흥기하는 모습에 경이감을 나 타내 보여준 작품이라면, 오상순의 <짝잃은 거위를 곡하노라>는 허 무적 낭만주의 경향을 보인 작품이라 할 수 있다. 우리가 어떠한 사물을 보고 그것이 무엇인지 인식하거나 감응하는 것은, 그 사물을 바라보는 나(주체적 자아)와 보게 되는 그 사물(대상) 사이에 동질적 인 요소, 또는 서로 닮아 있는 상사성(相似性)이 있어서 그게 가능하 게 된다. 이러한 인식의 논리로 보게 될 때, 그 울부짖는 짝 잃은 거 위의 소성은 이미 작자인 오상순 시인의 심층 세계에 내재되어 있었 던 것으로 볼 수 있다.
　따라서 짝을 잃은 거위의 구슬픈 울음 소리는 바로 작자 자신의 설움과 연민적 심상을 더하게 한다. 세상 모르고 운명에 순응하는 거위의 모습에서 지은이는 스스로의 심회를 토로하게 된다. 이 말을

바꾸어서 하자면, 작자 자신의 마음 속에 그러한 거위 같은 슬픈 요소가 자리하고 있었는데, 마침 울부짖는 짝잃은 거위를 발견하고 거기에서 수필 창작의 발단 동기를 활용하여 마침내 작품상의 효과음을 내게 된 것으로 볼 수 있다.

  감상적 낭만주의의 분위기가 짙게 드리워진 이 작품은 긴박한 호흡과 유려한 기교적 화려체 문장으로 응어리진 한을 풀어내면서 한껏 고조시키는데, 이는 1920년대 한국시의 주된 경향이었던 감상적, 또는 퇴폐적 낭만주의 문학의 허무주의적 풍향을 감안한다면 이해하기가 더욱 수월해질 것이다.

6. 수필의 기교

　수필에서는 시나 소설에서처럼 그렇게까지 특별한 기교를 요하지는 않는다. 그렇지만, 수필도 문학의 한 장르인 이상 표현을 위한 어떤 '무기교(無技巧)의 기교(技巧)'라고 할까, 특별한 수완을 부리는 것 같지 않으면서도 은연중에 갖게 되는 창작상의 기술은 필요하다.

　가령 집을 짓는다거나 음식을 만드는 경우에도, 건축 자재나, 식료품 같은 재료(소재, 또는 제재)가 갖추어지고, 건축 설계(구상, 또는 구성)가 짜여졌다 하더라도 집짓는 사람(창작자)이나 요리사(창작자)의 솜씨가 없이는 건축물이나 요리가 제대로 될 수 없는 것과 마찬가지로 수필 창작에도 기교는 매우 중요한 요소의 하나라 하지 않을 수 없다.

　기교란 창작을 통한 표현의 수단이기 때문에도 긴요하지만 작자가 표현하고자 하는 그 목적을 효과적으로 달성하기 위하여 구성하거나 묘사하는 수단으로도 필요하다. 물론 기교에 너무 치우쳐서 내용이 충실치 못한 글은 바람직하지 않지만, 적절한 기교의 활용은 좋은 글의 필요 불가결의 요소라 할 수 있다.

a. 의도와 표현

수필 작품을 이루려고 마음 속으로 꾀하는 생각을 의도라 한다면, 그 의도한 만큼 표현할 수 있느냐가 문제가 된다. 말로는 청산유수(青山流水)인데, 막상 글을 쓰려고 하면 마음 먹은대로 되지 않는 게 현실이기 때문이다.

'수필'이라는 언어 형태가 문학성, 또는 예술성을 지니기 위해서는 수필문장이 설명되기보다는 표현되어야 한다. 수필다운 수필이 되기 위해서는 문학성이라든지 예술성을 살려서 표현해야 한다는 얘기다.

수필이 왜 표현되어야 하는가. 설명하는 경우는 마치 보고서처럼, 개념의 전달에 그치지만, 표현하는 경우에는 구체적인 형상화가 이뤄져서 실감을 자아내기 때문이다. 작자의 사상 감정이 막연한 개념의 나열에 그치지 않고 구체적인 새로운 형태로 나타나기 때문이다.

시나 소설에서는 구체적인 형상화가 중요시되고, 수필에서는 그게 별로 필요 없는 것으로 여겨지는데, 수필도 문학인 이상, 수필 쓰는 행위 역시 창작이라 한다면, 수필은 사진 촬영처럼 사물이나 현실의 기계적 복사일 수는 없다.

구체적인 형상화란 어떤 사물에 대한 미적 표현을 위해 상상을 통해 형상화하는 것을 말한다. 그것은 수필도 구체적인 형(形)을 취한 상(像)을 그리는 일임을 말하는 데, 이는 마치 거미가 줄을 늘여 집을 짓듯이, 구체적으로 모양을 만들어내는 것을 뜻한다.

모든 예술, 모든 문학 작품 생산을 위해서는 상상이 필요 불가결의 것이다. 상상을 거치지 않은 예술이나 문학 창작은 있을 수 없다.

다만 여기에서 특히 간과할 수 없는 것은 '재생적 상상'과 '생산적 상상'에 관한 문제이다. 시나 소설의 경우는 재생적 상상을 지나서 생산적 상상을 시도하지 않으면 안 된다.

그러나 수필의 경우는 다르다. 경험의 잔상을 분해하고 결합하며 변화시켜서 얻어지는 생산적 상상을 통하지 않은 채 기억을 회상하는 정도의 재생적 상상만 가지고도 훌륭한 작품을 생산할 수 있다는 점이다.

의도한대로, 또는 의도한 만큼 표현하기 위해서는 재생적 상상이라 할지라도 그 상상력의 작용으로서 우선 마음 속에 형상을 그리는 의도(意圖)가 선행되어 구상되지 않으면 안 된다.

수필에는 어떠한 형식도, 어떠한 허구도, 어떠한 기교도 필요로 하지 않는다는 말을 더러 듣게 되는데, 우리가 아름다운 작품을 창작하려 할 때 완전한 객관적 사고가 가능할까? 아무리 객관적으로 그린다 할지라도 완전한 객관은 있을 수 없는 게 사실이다. 추억은 아무리 객관적으로 그린다 할지라도 자기도 모르는 사이에 윤색이 가해지기 마련이다.

소금을 뿌려놓은 듯한 밤하늘의 은하수와 별떨기들이 한꺼번에 쏟아져 내릴 것만 같은 그런 여름밤이었다. 아버지는 마당 가에 맷방석을 펴고, 할아버지는 그 곁에 모깃불을 피웠다. 소보록히 쌓아놓은 보릿대에 불을 붙인 다음, 쑥풀을 한 다발 얹어놓으면 파르스름한 실연기가 쑥풀 특유의 냄새를 풍기면서 피어오르다가 옆으로 퍼져나갔다.
할머니와 어머니는 옥수수와 감자를 쪄 내오셨다. 아버지는 이웃집 농부들과 더불어 얘기를 깊어가고, 할머니 무릎을 베고 누운 나는 밤하늘의 별을 헤아리다가 잠이 들곤 하였다. 잠결에 간간히 깨어 보면, 할머니는 염불을 하시면서 부채 끝으로 나의 팔이나 다리 부분 여기저기를 톡톡 치면서, 매운 쑥연기 사이로 날아드는 모기를 쫓곤 하였다.

자작 수필 <맷방석과 밤하늘> 중 서두 부분이다. 이 글은 기억의 잔상을 그대로 펼쳐놓았지만 무의식중에 윤색(潤色)이 가해졌다고 보지 않을 수 없다.

b. 수필과 상상

상상(想像)이란 현재의 지각에는 없는 사물이나 현상을 과거의 경험이나 관념에 입각하여 재생시키거나 만들어내는 마음의 작용을 말하는데, 여기에서의 '재생시키거나 만들어내는 것'을 주의 깊게 생각할 필요가 있다. '재생시키는 것'과 '만들어내는 것'의 차이는 무엇인가.

눈 앞에 없는 사물의 이미지를 만드는 정신능력을 상상력이라 하는데, 제임스 월리엄은 과거 감각의 모상(模像)을 그대로 다시 나타내는 재생적 상상과 과거 감각의 인상에서 추출(抽出) 결합하여 새로운 전일체를 구성하는 생산적 상상으로 구별했다. 제임스 월리엄은 앞에서 말한 바와 같이 상상을 재생적 상상과 생산적 상상 두 가지로 나누고, 지각(知覺)을 그대로 재현시키는 것을 재생적 상상이라 하고, 지각의 잔상(殘像)이나 기억된 심상을 분해하고 결합하며, 변화시켜서 얻어지는 것을 생산적 상상이라 하였다.

수필을 창작하는 경우에 있어서는 시나 소설에서처럼, 그렇게 생산적 상상을 필요로 하지는 않지만, 상상력이 필요하지 않는 것은 아니다. 우선 추억의 부스러기라고 할까 기억의 잔상으로 재배치, 재구성하는 일에도 어느 정도의 상상력은 요구되기 때문이다.

　　저녁을 먹고 나니 퍼뜩퍼뜩 눈발이 날린다. 나는 갑자기 나가고 싶은 유혹(誘惑)에 눌린다. 목도리를 머리까지 푹 눌러 쓰고 기어이 나서고야 말았다. 나는 이 밤에 뉘 집을 찾고 싶지는 않다. 어느 친구를 만나고 싶지도 않다. 그저 이 눈을 맞으며 한없이 걷는 것이 오직 내게 필요한 휴식일 것 같다. 끝없이 이렇게 눈을 맞으며 걸어가고 싶다. 이 무슨 저 북구(北歐) 노르웨이에서 잡혀 온 처녀의 향수(鄕愁)이랴.

눈이 내리는 밤은 내가 성찬을 받는 밤이다. 눈이 이제 제법 대지를 희게 덮었고, 내 신바닥이 땅에 잠깐 미끄럽다. 숱한 사람들이 나를 지나치고 내가 또한 그들을 지나치건만, 내 어인 일로 저 시베리아의 눈 오는 벌판을 혼자 걸어가고 있는 것만 같으냐.(생략)

사람은 영원히 외로운 존재인지도 모른다. 뉘 집인가 불이 환히 켜진 창 안에서 다듬이 소리가 새어 나온다. 어떤 여인의 아름다운 정이 여기도 흐르고 있음을 본다. 고운 정을 베풀려고 옷을 다듬는 여인이 있고, 이 밤에 딱따기를 치며 순찰을 돌아 주는 이가 있는 한 나도 아름다운 마음으로 돌아가야 할 것이다.

머리에 눈을 허옇게 쓴 채 고단한 나그네처럼 나는 조용한 내 집 문을 두드렸다. 눈이 내리는 성스러운 밤을 위해 모든 것은 깨끗하고 조용하다. 꽃 한 송이 없는 이 방 안에 내가 그림자 같이 들어옴이 상장(喪章)처럼 슬프구나.

창 밖에선 여전히 눈이 싸르르 내리고 있다. 저 적막한 거리거리에 내가 버리고 온 발자국이 흰 눈으로 덮여 없어질 것을 생각하며 나는 가만히 누웠다. 회색과 분홍빛으로 된 천정을 격해 놓고 이 밤에, 쥐는 나무를 깎고 나는 가슴을 깎는다.

— 노천명(盧天命)의 <설야산책(雪夜散策)> 중 일부

이 수필은 대부분 경험의 잔상이라 할까, 기억을 더듬어 재생해 내는 재생적 상상으로 쓰여진 수필이다. 그런데 마지막 결말 부분에 "쥐는 나무를 깎고 나는 가슴을 깎는다."고 되어 있는데, 이 구절은 재생적 상상에서 나왔다기 보다는 생각을 분해한다거나 결합한다거나 변화시켜서 재구성했다고 볼 수 있다. 이는 상상을 통한 기교의 활용을 의미한다. 수필에서는 주로 재생적 상상에 그치는 경우가 많지만 때에 따라서는 생산적 상상을 필요로 하는 경우도 더러는 있을 수 있겠다.

c. 산만성과 통일성

수필이 왜 산만하게 쓰여지는 것일까? 한 중심으로 모이는 통일된 글이 쓰여지지 못하는 그 까닭은 어디에 있는 것일까? 처음엔 제법 그럴듯하게 시작했는데, 글을 쓰다가 보면 엉뚱한 곳으로 빠져버리는 그 원인은 어디에 있는 것일까? 글의 짜임새가 제대로 짜여지지 못하고 왜 번번이 엉성하게 되는 것일까?

이러한 질문들은 수필의 습작기에 있는 이들에게서 흔하게 나온다. 수필이 산만하게 되는 첫째 요인은 우선 주제(主題)가 잡혀 있지 않기 때문이다. 주제가 잡혀 있지 않는 글은 행선지 없는 여행과 같이 정처가 없다. 아무리 무전여행을 한다 할지라도 일단 차를 타려면 차표를 사야 하는 데, "나 무전여행하는 사람인데 아무 곳에나 주세요."라고 할 수는 없는 노릇이다.

어떠한 글이거나 주제가 잡혀 있지 않을 때 산만하고, 의식(意識)이 과잉(過剩)되어 있을 때 산만하며, 문장이 너무 길 때 산만하다. 의식의 과잉 상태에서는 하고 싶은 말들이 서로 먼저 나오려고 치열한 경쟁을 벌이기 때문에 언어를 선택해서 사용해야 하는 작자가 언어를 취사하고 선택해서 적재적소에 구사하는 능력을 잃기 때문에 산만하게 된다.

그리고 문장이 필요 이상으로 길어지는 경우, 한 문장 안에 '…하고'의 반복이나 '…하며'의 반복을 보이게 되는 데, 이러한 경우는 한 문장을 둘이나 셋으로 토막내어 정리해야 한다.

과잉된 의식이란 마치 장마비에 넘치려는 댐의 수문(水門)과도 같다. 넘치려는 댐은 수문 조절을 잘 해야 하듯이, 과잉된 의식에는 마음을 누그러뜨리고 마치 산책이라도 하는 기분으로 천천히 쓰되 떠오르는 생각을 다 쓰려고 하지 말고 주제에 도움이 되겠다고 여겨지는 내용만을 써나가야 할 것이다. 그러기 위해서는 주제에 별로 도움이 될 것 같지 않은 글을 삼가는 것이 좋다.

이 말을 뒤집어서 다시 한다면, 글을 제대로 잘 쓰는 길은 쓰고자 하는 내용을 쓰기보다는 써서는 안 되는 글을 쓰지 않아야 한다는 점이다.

따라서 수필의 산만성을 지양하고 통일성을 지향하는 길은, 글을 쓰게 될 때는 반드시 주제가 잡혀있어야 하고, 과잉된 의식을 갖지 말며, 문장을 필요 이상으로 길게 늘여서 어디가 머리 부분이고 어디가 꼬리 부분인지 분간하기 모호하게 하지 말고, 센텐스를 짧고 명료하게 처리하는 게 바람직하다.

내가 보기에는 그만하면 다 됐는데, 자꾸만 더 깎고 있다. 인제 다 됐으니 그냥 달라고 해도 못 들은 체 한다. 차 시간이 바쁘니 빨리 달라고 해도 통 못 들은 체 대꾸가 없다. 점점 차 시간이 빠듯해 왔다. 갑갑하고 지루하고 인제는 초조할 지경이다. 더 깎지 아니해도 좋으니 그만 달라고 했더니, 화를 버럭 내며, "끓을 만큼 끓어야 밥이 되지, 생쌀이 재촉한다고 밥이 되나?" 하면서 오히려 야단이다.

나도 기가 막혀서, "살 사람이 좋다는데 무얼 더 깎는단 말이오? 노인장, 외고집이시구려. 차 시간이 없다니까……."

노인은 "다른 데 가 사우. 난 안 팔겠소." 하는 퉁명스런 대답이다.

지금까지 기다리고 있다가 그냥 갈 수도 없고, 차 시간은 어차피 늦은 것 같고 해서, 될 대로 되라고 체념(諦念)할 수밖에 없었다.

"그럼 마음대로 깎아 보시오."

"글쎄, 재촉을 하면 점점 거칠고 늦어진다니까. 물건이란 제대로 만들어야지, 깎다가 놓으면 되나?"

좀 누그러진 말투다. 이번에는 깎던 것을 숫제 무릎에다 놓고 태연
스럽게 곰방대에 담배를 담아 피우고 있지 않은가? 나도 그만 지쳐 버
려 구경꾼이 되고 말았다. 얼마 후에, 노인은 또 깎기 시작한다. 저러
다가는 방망이는 다 깎여 없어질 것만 같았다. 또 얼마 후에 방망이를
들고 이리저리 돌려 보더니, 다 됐다고 내준다. 사실, 다 되기는 아까
부터 다 돼 있던 방망이다.

차를 놓치고 다음 차로 가야 하는 나는 불쾌하기 짝이 없었다. 그
따위로 장사를 해 가지고 장사가 될 턱이 없다. 손님 본위(本位)가 아
니고 자기 본위다. 불친절하고 무뚝뚝한 노인이다. 생각할수록 화가 났
다. 그러다가 뒤를 돌아다 보니, 노인은 태연히 허리를 펴고 동대문의
추녀를 바라보고 있다. 그때, 어딘지 모르게 노인다워 보이는, 그 바라
보고 있는 옆모습, 그리고 부드러운 눈매와 흰 수염에 내 마음은 약간
누그러졌다.(생략)

옛날 사람들은 흥정은 흥정이요 생계는 생계지만, 물건을 만드는 그
순간만은 오직 훌륭한 물건을 만든다는 그것에만 열중했다. 그리고 스
스로 보람을 느꼈다. 그렇게 순수하게 심혈(心血)을 기울여 공에(工藝)
미술품을 만들어 냈다. 이 방망이도 그런 심정에서 만들었을 것이다.
나는 그 노인에 대해서 죄를 지은 것 같은 괴로움을 느꼈다. "그 따위
로 해서 무슨 장사를 해 먹는담." 하던 말은 "그런 노인이 나 같은 청
년에게 멸시와 증오를 받는 세상에서 어떻게 아름다운 물건이 탄생할
수 있담." 하는 말로 바꾸어졌다.

나는 그 노인을 찾아가 추탕에 탁주라도 대접하며 진심으로 사과해
야겠다고 생각했다. 그래서 그 다음 일요일에 상경(上京)하는 길로 그
노인을 찾았다. 그러나 그 노인이 앉았던 자리에 노인은 와 있지 아니
했다. 나는 그 노인이 앉았던 자리에 멍하니 서 있었다. 허전하고 서운
했다. 내 마음은 사과드릴 길 없어 안타까웠다. 맞은쪽 동대문의 추녀
를 바라보았다. 푸른 창공으로 날아갈 듯한 추녀 끝으로 흰구름이 피
어나고 있었다. 아, 그때 그 노인이 저 구름을 보고 있었구나. 열심히
방망이를 깎다가 유연히 추녀 끝의 구름을 바라보던 노인의 거룩한 모
습이 떠올랐다.(생략)

— 윤오영(尹五榮)의 <방망이 깎던 노인> 중 일부

윤오영의 대표작으로 알려진 수필이다. 손님이 아무리 바쁘다고 해도 허술한 물건을 내어줄 수 없다는 노인의 장인정신을 높이 사는 내용의 교훈적인 작품이다. 이 글은 방망이 깎던 노인에 대한 주제에 초점이 모아지고 있음을 알 수 있다. 그리고 과잉된 의식이 느껴지지 않은 채 차분히 전개되고 있음도 알 수 있다.

d. 무형식의 형식

수필의 특징 중의 하나는 '무형식(無形式)의 형식(形式)'이라 할 수 있다. 그것은 어떠한 일정한 틀에 얽매이지 않으면서도 그 나름대로의 골격을 갖춰야 하는 그런 장르에 해당되기 때문이다.

수필에 있어서, 읽는 이로 하여금 무엇인가를 느끼게 하고 감명을 준다거나, 무엇인가를 생각하게 하는 그 '무엇'을 가리켜 주제라 한다면, 그 주제를 효과적으로 나타내기 위해서 조립을 구상하게 되는 그 설계 작업을 구성이라 한다.

수필은 그 구성의 형태가 확연히 나타나는 것은 아니지만, 마치 사람의 몸 속에 있는 뼈가 거죽을 둘러싼 피부에 가려 보이지 않으면서도 중심을 유지하게 되는 것처럼, 수필은 일정한 형식이 없는 것 같으면서도 형식이 내재되는 형태로서 그 '무형식의 형식'이 요구되는 장르라 할 수 있다.

형식이 없는 것 같으면서도 그 가운데 엄연히 형식이 존재하는 그 무형식의 형식은 수필의 자연스러운 특질로서의 장점이 되면서도 동시에 단점이 되기도 한다. 그 단점 중의 하나는 형식에 대해서 무관심하기 때문에 자칫 여기(餘技)로서의 수필에 머물 수 있는 위험을 안고 있는 점이다.

그러므로 수필을 창작하는 마음의 자세는, 여기로서 가볍게 여기는 자세를 지양하고, 형식을 필요로 하지 않는 것 같으면서도 엄연히 형식이 아닌 것 같은 형식이 요구된다는 인식과 함께 그것을 가볍게 여기지 않는 그러한 자세가 요구된다.

한 가지 음식을 만들어 먹는 데에도 요리에 관한 그 방법과 기술이 요구되듯이 수필에도 역시 형식이 없는 것 같으면서도, 그리고 그것을 그렇게 필요로 하지 않는 것 같으면서도 엄연히 그에 따르는 형식이 상존한다고 하는 인식이 필요하다.

　'딸각발이'란 것은 '남산골 샌님'의 별명이다. 왜 그런 별호가 생겼느냐 하면, 남산골 샌님은 지나 마르나 나막신을 신고 다녔으며, 마른 날은 나막신 굽이 굳은 땅에 부딪쳐서 딸깍딸깍 소리가 유난하였기 때문이다. 요새 청년들은 아마 그런 광경을 못 구경하였을 것이니, 좀 상상하기에 곤란할는지 알 수 없다. 그러나 일제 시대에 일인들이 게다를 끌고 콘크리트 길바닥을 걸어다니던 꼴을 기억하고 있다면, '딸깍발이'라는 명칭이 붙게 된 까닭도 이해할 수 있을 것이다.①
　겨울이 오니 땔나무가 있을 리 만무하다. 동지 설상(雪上) 삼척 냉돌에다 변변치도 못한 이부자리를 깔고 누웠으니, 사뭇 뼈가 저려 올라오고 다리 팔 마디에서 오도독 소리가 나도록 온 몸이 곱아 오는 판에, 사지를 웅크릴 대로 웅크리고 꽁꽁 안간힘을 쓰면서 이를 악물다 못해 박박 갈면서 하는 말이 '요놈, 요 괘씸한 추위란 놈 같으니, 네가 지금은 이렇게 기승을 부리지마는, 어디 내년 봄에 두고 보자'하고 벼르더라는 이야기가 전하여 오지마는, 이것이 옛날 남산골 '딸깍발이'의 성격을 단적으로 가장 잘 표현한 이야기다. 사실로는 졌지마는 마음으로는 안 졌다는 앙큼한 자존심, 꼬장꼬장한 고지식, 양반은 얼어 죽어도 곁불은 안 쬔다는 지조(志操), 이 몇 가지가 그들의 생활 신조다.
　실상 그들은 가명인(假明人)이 아니었다. 우리 나라를 소중화(小中

華)로 만든 것은 어줍지 않은 관료들의 죄요, 그들의 허물이 아니었다. 그들은 너무 강직(剛直)하였다. 목이 부러져도 굴하지 않는 기개(氣慨), 사육신(死六臣)도 이 샌님의 부류요, 삼학사(三學士)도 '딸깍발이'의 전형(典型)인 것이다. 올라가서는 포은(圃隱) 선생도 그요, 근세로는 민충정(悶忠正)도 그다.②

　현대인은 너무 약다. 전체를 위하여 약은 것이 아니라, 자기 중심, 자기 본위로만 약다. 백년 대계를 위하여 영리한 것이 아니라, 당장의 눈 앞의 일, 코 앞의 일에만 아름아름하는 고식지계(姑息之計)에 현명하다. 염결(廉潔;청렴하고 결백함)에 밝은 것이 아니라, 극단의 이기주의에 밝다. 이것은 실상은 현명한 것이 아니요, 우매(愚昧)하기 짝이 없는 일이다. 제 꾀에 제가 빠져서 속아 넘어갈 현명이라고나 할까. 우리 현대인들도 좀 '딸깍발이'의 정신을 배우자. 첫째 그 의기(義氣)를 배울 것이요, 둘째 그 강직을 배우자. 그 지나치게 청렴한 미덕은 오히려 분간을 하여 가며 배워야 할 것이다.③

— 이희승(李熙昇)의 <딸깍발이> 중 일부

'딸깍발이'라는 별칭으로 표현된 조선 시대의 선비의 긍정적인 면과 부정적인 면을 구체적인 실례를 들어 표현해 감으로써 실감을 자아내게 하는 글이다. 여기에서는 조선 시대의 선비의 모습이 작자의 예리한 통찰력으로 묘사되고 있다. '남산골 샌님'의 인물상, 생활상 등이 실감있게 표현된 이 수필은 결국 자기 중심, 자기 본위로만 알고, 극단의 이기주의에 밝은 현대인들에게 의기(義氣)와 강직(剛直) 등의 '딸깍발이' 정신을 배우자고 역설하고 있다.

　그런데, 여기에 형식이 있는가? 얼핏 보아 아무런 형식도 없어 보이고, 그저 붓이 가는 대로 쓰여진 듯한 글이지만, 다시 보면 형식이 없는 것 같으면서도 엄연한 형식이 그 이면에 작용하고 있음을 알 수 있다. 우선 말할 수 있는 것으로, ①②③이 그것이다.

　①은 '딸깍발이'란 '남산골 샌님'의 별명이라는 소개요, ②는 딸깍발이의 인물상이라든지 생활상의 이모저모이며, ③은 '딸깍발이'의

정신, 즉 의기와 강직을 배우자는 주장으로 세 부분으로 되어 있다
는 형식이다. 이와같이 형식이 없는 것 같으면서도 엄연히 형식이
존재하는 무형식의 형식이야 말로 수필 문장의 특징이라 할 수 있
다.

e. 무기교의 기교

수필에는, 기교가 필요 없는 것 같으면서도 기교가 요구되는 '무
기교(無技巧)의 기교(技巧)가 따른다는 점도 이해할 필요가 있다. 자
기의 사상 감정을 자연스럽게 표현하는 수필에도 기교(기교가 아닌
것 같은 기교)가 요구되는 것은 그것이 문학의 한 장르에 해당되는
성질의 것이기 때문이다.

수필이 문학의 한 장르로서 존재하기 위해서는 그것이 설명의 나
열에 그쳐서는 안 되고 표현되어져야 하는 바, 그 효과적인 표현을
위해서는 기교가 없는 듯 하면서도, 실은 없는 듯한 기교가 내재되
어 있어야 한다는 얘기다.

수필에 있어서 기교가 두드러지게 밖으로 드러나 보이게 되면 수
필답지 못한 것으로 이해되어 왔다. 그것은 꾸밈이 없는 듯한 자연
스러움이 수필의 생명이요 강점으로 이해되기 때문이다. 기교가 없
는 것 같으면서도 그 속에 내재된 기교, 그것은 마치 자연스럽게 다
듬어진 홍도의 계란 같은 조약돌처럼, 사람의 마음을 편안하게 이끄
는 성격의 것이다.

기교가 없는 것 같은 기교가 내재되는 수필은 특별한 맛이 없는
듯 하면서도 은근한 방향(芳香)이, 즉 꽃다운 향기가 입술 속의 그
언저리에 감도는 듯한 차맛과도 같은 성격의 것이다.

나는 잔디 밟기를 좋아한다. 젖은 세사(가는 모래)를 밟기 좋아한다. 고무창 댄 구두를 신고 아스팔트 위를 걷기를 좋아한다. 아가의 머리칼을 만지기 좋아한다. 새로 나온 나뭇잎을 만지기 좋아한다. 나는 보드랍고 고운 화롯불 재를 만지기 좋아한다. 나는 남의 아내의 수달피 목도리를 만져 보기를 좋아한다. 그리고 아내에게 좀 미안한 생각을 한다.

나는 아름다운 얼굴을 좋아한다. 웃는 아름다운 얼굴을 더 좋아한다. 그러나 수수한 얼굴이 웃는 것도 좋아한다. 서영이 엄마가 자기 아이를 바라보고 웃는 얼굴도 좋아한다. 나 아는 여인들이 인사 대신으로 웃는 웃음을 나는 좋아한다.(생략)

고운 얼굴을 욕망 없이 바라다보며, 남의 공적을 부러움 없이 찬양하는 것을 좋아한다. 여러 사람을 좋아하며 아무도 미워하지 아니하며, 몇몇 사람을 끔찍이 사랑하며 살고 싶다. 그리고 나는 점잖게 늙어 가고 싶다. 내가 늙고 서영이가 크면 눈 내리는 서울 거리를 같이 걷고 싶다.

— 피천득(皮千得)의 <나의 사랑하는 생활> 중 일부

평범 속의 비범함을 본다. 기교가 보이지 않지만, 기교같지 않은 기교적인 요소가 모래밭에 섞여 있는 사금(砂金)처럼 도처에서 반짝이고 있다. 무기교의 기교의 극치다. 낱말의 선택과 그 낱말들의 적절한 활용이 자연스럽고도 유연하게 흐르는 글이다. 작자의 노후 생활 설계도라 할까, 희망사항이라 할까 아름답고 선량하게 살고자 하는 작자가 삶의 프리즘 빛깔을 다양하게 굴절시키며 펼쳐나가다가 점잖게 늙어가고 싶다고 귀결짓는, 약간은 산만하게 나열되어 있으면서도 선량하기 그지없는 소박한 꿈의 절창이라 할 수 있다.

f. 무질서의 질서

　수필 문장은 '붓 가는 대로' 쓰는 글이라는 통념으로 인해서 자칫 질서가 없는 것처럼 보이기도 하지만, 실은 질서가 없는 것 같으면서도 엄연히 질서가 존재하고, 또 그러한 무질서(無秩序)의 질서(秩序)가 요구되기도 하며, 논리에 구애됨이 없이 그저 붓이 나가는 대로 자연스럽게 쓰면 될 것 같으면서도 그 가운데에는 언어의 논리적인 질서가 요구된다는 점도 간과할 수 없다.

　수필뿐만이 아니라 모든 문학 형식은 언어의 질서화라 할 수 있다. 우리들의 일상적인 삶이란 잡다하고 무질서하기 이를 데 없다. 그 잡다하고 무질서한 사물이나 사건들을 어떠한 주제 아래 질서화하는 게 문학 형태라 할 수 있다. 수필 장르도 여기에 벗어나지 않는다. 다만 질서가 없는 것처럼 보인다거나 아예 질서를 필요로 하지 않는 것처럼 느껴지기도 하지만 질서가 존재한다는 얘기다.

　이는 마치 조립되어 세워진 조각품 속에 들어 있는 철근이 그 조각품에 가려져 보이지 않으면서도 그 조각품의 뼈대로서의 중심을 유지하는 것처럼 수필 역시 언뜻 보면 무질서해 보이지만 사실은 언어의 균형있는 논리적 질서 속에서 이루어진다.

　　가을을 안다는 것은 곧 그 가을과 겨울의 진실, 조락과 죽음, 그리고 그것을 넘어선 또 하나의 새로운 삶을 안다는 것이 된다. 아니 가을을 여름의 연장이나 변화로, 가을을 겨울이나 또 그 다음 계절의 전제로서 아는 것은 참 가을의 뜻을 아는 것이라 말할 수 없다. 가을 자체가 지닌 철리, 가을 자체가 하나의 엄연한 진실로서 우리에게 던져주는 아주 정확한 섭리를 아는 일이 우리에겐 필요하다.
　　이 가을은, 이러한 인생적인 진실을 말해 주고, 가을의 조락과 가을

의 그 물들음이 가져다 주는 정결하고 멋진 가을의 선물이 아닐 수 없
다.

— 박두진(朴斗鎭)의 <가을 나무> 중 결말 부분

시인과 농부를 겸할 수는 없을까? 그렇게 뛰어나게 산수(山水)가 고
운 곳이 아니래도 좋다. 수목이나 무성하여 봄 가을 여름 겨울로 계절
의 바뀜이 선명(鮮明)하게 감수(感受)되는 양지바르고 조용한 산기슭이
면 족하다. 이러한 곳에 나는 내가 내 손으로 설계한 한 일여덟 간쯤
의 간소한 집을 짓고 내 힘으로 지을만한 얼마쯤의 전지(田地)를 마련
해서 시업(詩業)과 농사를 겸한 생활을 해보고 싶다. 취미나 운치나 도
피나 은둔의 일시적인 허영으로가 아니고 좀더 투철하게 이것이 내 천
업(天業)이요 천직(天職)이니라 안심하고 조그만치의 억지나 부자유 부
자연이 없이 훨씬 편하고 건실하고 즐거운 심정과 청신 발랄한 탄력
(彈力)있는 의욕으로서의 詩·農一元살이를 해보고 싶은 것이다.

— 박두진의 <나의 생활설계도> 서두 부분

시를 창작하고 농산물을 애지중지 가꿔 키움으로써 어쩌면 나는 사
랑으로 이 우주를 지으시고 역시 사랑의 능력으로 이를 섭리 주재하시
는 하나님의 놀라우신 은총의 사업도 가장 가까운 데서 가장 생생하게
참여하여 찬앙(讚仰)할 수 있는 그러한 분외(分外)의 특권과 기쁨까지
를 누려볼 수가 있는 것이다. 땀을 흘리며 밭에 엎드려 일하는 쉰 일
참에 시원한 바람마저 나무그늘 밑에 앉아 도시 혹은 다른 먼데 벗으
로부터 보내 온 다정하고 도톰한 편지를 받아 뜯어보는 반가움이라든
지 잉크 냄새도 싱싱한 신간 문예물 잡지 단권 책들을 흙묻은 손으로
받아보는 그 맛은 지금 상상만 해 보아도 만족 이상의 것이다. 옥수수
나 감자나 쪄다 놓고 먹으면서 벌레 우는 여름 별 밤을 마당에 깔아는
멍석에 누워 같은 농사를 하는 이웃 친구들 혹은 노농(老農)들과 더불
어 띠엄 띠엄한 소박한 얘기들을 구수하게 깊여가는 맛은 또 어떠한
가. 냇물이 있으면 냇가에 나가 이들 농사하는 이웃 친구나 또는 멀리
서 가끔씩 찾아와 주는 도시의 벗들과 더불어 잠뱅이 하나로만 훌훌
벗어 버리고, 엇! 피리피리……엇! 붕어붕어……하고 이리 닫고 저리

따라 그물밑이 묵근하도록 물고기를 몰아 잡아 서늘한 숲그늘에서 천렵(川獵)놀이를 하는 맛도 또 어떨 것인가.

– 詩 · 農一元살이.

어쨌던 먼 인류들의 첫 고향은 수림(樹林)이요 들이다. 더구나 내가 자란 모향(母鄕)은 먼지와 기름때가 묻은 도회(都會) 구석이 아니라, 하늘이 참 맑고 바람이 많고 별이 많고 나무가 많고 물이 많은, 새들이 많고, 꽃이 많고, 풀벌레가 많은 저 넓고 푸른 시골들! 조용한 산기슭에 조용하게 자리잡고 살아가보고 싶다. 땀을 뻘뻘 흘리면서 일을 해보고 싶다. 손발이 톡톡 부르트도록 일을 해보고 싶다. 쩔쩔 끓는 들판에서 훅근훅근한 흙냄새에만 파묻히며 일을 해보고 싶다.

— 박두진의 <나의 생활설계도> 중 결말 부분

박두진 시인의 수필 <가을 나무>와 <나의 생활설계도>다. 질서가 없이 생각나는대로 쓰여진 글처럼 보여도 엄연히 질서가 정연한 수필이다. '무질서의 질서'라 할 수 있다. <가을 나무>는 경외의 눈으로 바라보면서 대자연의 천리(天理)를 깨닫는 내용을 사색적으로 토로한 글이다. 그가 주기적으로 순환하는 대자연을 겸허하게 받아들일 수 있는 것은 하나님의 섭리를 받아들이는 종교적 차원에 기인되는 것으로 보인다.

젊은 시절에는 가을을 부정적인 면, 가령 잎새가 떨어지고 긴 동면으로 죽음의 계절에 직면해 가는 그러한 진실에 대해서는 기피했던 그가 나이가 들자 나서 자라고 시들어 죽는 것, 죽음으로부터 부활과 성장을 거쳐 영원한 대자연의 법칙에 순응하는 실감을 갖는다는 요지의 글이다.

위에서 소개한 <나의 생활설계도>는 인간이면 누구나 원하게 되는 전원생활을 꿈꾸는 글이다. "시인과 농부를 겸할 수는 없을까?"라는 말로 시작하여 양지 바르고 조용한 산기슭에 스스로 설계한 집을 짓고 논밭을 마련하여 자작농산물로 생계를 유지하면서 시를 쓰고 싶다는 이야기다. 이 소박한 이야기 속에 사람은 자기가 하고 싶은 일을 하면서 살맛 나게 살아야 한다는 삶의 본질이 다루어지고 있다. 얼핏 보면 무질서하게 나열한 듯 보이지만, 서두와 결말의 동일성, 동시성으로 주제의 회귀 효과를 가져오는 등 질서화를 위한 여러 장치가 있음을 보게 된다.

g. 품위있는 문체

　수필에서는 품위를 매우 중요시한다. 수필에 있어서의 품위는 작자의 인격에 직결되기 때문이다. 시나 소설의 경우는 생산적 상상을 통하여 허구적 언어로써 집을 짓기 때문에 작자의 인격적인 문제와 직접적인 상관성이 확연히 드러나지 않지만, 수필의 경우는 생산적 상상으로 허구적 언어의 집을 짓는 게 아니라 심적 나상(心的裸像), 즉 마음의 옷을 벗는 것처럼 작자 자신의 신변잡사(身邊雜事)라든지 미묘한 심리 세계까지 적나라하게 드러나기 때문에 수필의 소재나 제재 등의 취사 선택에 따라서 작자에게는 치명적인 내용이 될 수도 있다.

　그렇게 아름다운 고궁의 뜰을 거닐기 위해서는 우선 의상(衣裳)부터가 우아(優雅)해야 하고, 걸음걸이는 덤비거나 허둥대는 법이 없이 여유있고 맵씨있게 걸어서 품위를 잃지 않아야 함은 말할 나위가 없을 것이다. 만일 요새 젊은이들처럼 배꼽이 드러나 보이는 배꼽티를 입고 흔들거리거나 건들거리면서, 또는 껌을 짝짝 씹기도 하고 뱉아가면서, 그렇게 히히덕거리면서 고궁의 뜰을 내달리는 식으로 수필을 쓴다면, 우선 품위를 잃기 때문에 독자로부터 외면당할 뿐 아니라 그 천박스러움이 작자의 인격에 치명적인 오점을 남기게 된다.

　그러므로 품위를 잃지 않기 위해서, 또 품위있는 수필을 쓰기 위해서는 품위있는 남의 글을 많이 읽어서 고상하고 품위있는 인품을 길러가면서 품위를 잃지 않는 글을 쓰고자 노력해야 한다.

　　"나는 가난한 탁발승(托鉢僧)이오. 내가 가진 거라고는 물레와 교도소에서 쓰던 밥그릇과 염소젖 한 깡통, 허름한 요포(腰布) 여섯장, 수건, 그리고 대단치도 않은 평판(評判) 이것 뿐이오."
　　마하트마 간디가 1931년 9월 런던에서 열린 제2차 원탁회의(圓卓會議)에 참석하기 위해 가던 도중 마르세이유 세관원에게 소지품을 펼쳐 보이면서 한 말이다. K.크리팔라니가 엮은 <간디 어록(語錄)>을 읽다가 이 구절을 보고 나는 몹시 부끄러웠다. 내가 가진 것이 너무 많다고 생각되었기 때문이다. 적어도 지금의 내 분수로는.
　　사실 이 세상에 처음 태어날 때 나는 아무 것도 갖고 오지 않았다. 살만큼 살다가 이 지상의 적(籍)에서 사라져 갈 때에도 빈 손으로 갈 것이다. 그런데 살다 보니 이것저것 내 몫이 생기게 된 것이다. 물론 일상에 소용되는 물건들이라고 할 수도 있다. 그러나 없어서는 안 될 정도로 꼭 긴요한 것들만일까? 살펴볼수록 없어도 좋을 만한 것들이 적지 않다.(생략)
　　우리들의 소유관념(所有觀念)이 때로는 우리들의 눈을 멀게 한다. 그래서 자기의 분수까지도 돌볼 새 없이 들뜨게 되는 것이다. 그러나 우리는 언젠가 한 번은 빈 손으로 돌아갈 것이다. 내 이 육신마저 버리고 훌훌히 떠나갈 것이다. 하고많은 물량일지라도 우리를 어떻게 하지 못할 것이다.
　　크게 버리는 사람만이 크게 얻을 수 있다는 말이 있다. 물건으로 인해 마음을 상하고 있는 사람들에게는 한 번쯤 생각해 볼 말씀이다. 아무 것도 갖지 않을 때 비로소 온 세상을 갖게 된다는 것은 무소유(無所有)의 역리(逆理)이니까.
　　　　　　　─ 법정(法頂)의 <무소유(無所有)> 중 서두와 결말 부분

　법정 스님의 대표작으로 꼽히는 이 글은 마하트마 간디의 어록을

소개하면서, 그리고 난(蘭)을 기르면서 매이게 되는 애착이 자신에게 속박이 된다는 그 깨달음의 과정을 잔잔한 필치로 토로한 글이다. 애착을 가졌었던 난분을 남에게 건네주고는 홀가분한 무소유의 해방감을 맛본다는 내용의 이 수필은 소유욕에 허덕이는 세속 인간들의 어리석음을 간접적으로 꾸짖는 셈이 된다.

산에서 살아보면 누구나 다 아는 일이지만, 겨울철이면 나무들이 많이 꺾이고 만다. 모진 비바람에도 끄떡 않던 아름드리 나무들이, 꿋꿋하게 고집스럽기만 하던 그 소나무들이 눈이 내려 덮이면 꺾이게 된다. 가지 끝에 사뿐 사뿐 내려 쌓이는 그 하얀 눈에 꺾이고 마는 것이다. 깊은 밤, 이 골짝 저 골짝에서 나무들이 꺾이는 메아리가 울려올 때, 우리들은 잠을 이룰 수가 없다. 정정한 나무들이 부드러운 것에 넘어지는 그 의미 때문일까. 산은 한겨울이 지나면 앓고난 얼굴처럼 수척하다.

사아밧티의 온 시민들을 공포에 떨게 하던 살인귀(殺人鬼) 앙굴리마알라를 귀의(歸依)시킨 것은 부처님의 불가사의한 신통력(神通力)이 아니었다. 위엄도 권위도 아니었다. 그것은 오로지 자비(慈悲)였다. 아무리 흉악무도한 살인귀라 할지라도 차별없는 훈훈한 사랑 앞에서는 돌아오지 않을 수 없었던 것이다.

바닷가의 조약돌을 그토록 둥글고 예쁘게 만든 것은 무쇠로 된 정이 아니라, 부드럽게 쓰다듬는 물결인 것을.
— 법정(法頂)의 <설해목(雪害木)> 중 결말 부분

이 수필은 노사(老師)로부터 들은 이야기로 서두를 장식한 다음, 부드러움이 만난(萬難)을 극복한다는 교훈을 주고 있다. 즉 노승(老僧)과 친분이 있는 사람이 '사람을 만들어 달라'는 글쪽지와 함께 망나니(자기 자식)를 보내었는데, 그 노승은 아무 말없이 몸소 저녁을 지어 먹인 뒤 대야에 따뜻한 물을 가득 떠다 주면서 씻으라고 하자, 그 더벅머리 소년은 눈물을 흘렸다는 이야기 끝에, 모진 비바람에도 까딱 않던 아름드리 나무들이 눈이 내려 쌓이면 꺾이곤 한다는 예를 들었다. 그는 살인귀를 귀의시킨 것은 어떤 신통력이 아니라 자비였다고 하면서 "바닷가의 조약돌을 둥글고 예쁘게 만든 것은 무쇠로 된 정이 아니라 부드럽게 쓰다듬는 물결인 것을." 하고 멋스러운 결구(結句)를 남기고 있는데, 이러한 수필을 많이 읽고 써보게 되면 품위있는 수필을 쓰는데 도움이 될 것이다.

h. 멋스런 문체

김광섭(金珖燮)은 그의 <수필문학소고(隨筆文學小考)>에서 다음과 같에 피력하였다.

수필은 단순한 기록에 그쳐서는 우리의 흥미를 진작시키지 못할 것이다. 거기에는 유머가 있어야 하겠고 위트가 있어야 한다. 전자는 무의식적 속성에서 피는 꽃 같은 미소요, 후자는 지혜와 총명의 샘 같다. 이 천성스런 유머와 보석 같은 위트는 수필의 본성같이 인식되어 일대(一代) 수필가 램이나 해즈리트에게서 빛나고 있다.

여기에서도 유머와 위트를 강조하면서 빛나는 작품을 말하고 있다. 그 빛은 마치 강변의 사금처럼 평범 속의 비범함으로 나타나는 경우가 많다. 그것은 정서적으로 스며든 따뜻한 심정이 흘러야 하고, 인생을 통찰하기도 하고 관조하기도 하는 시선과 미소가 있어야 하며, 중국요리의 톡 쏘는 겨자처럼 냉철한 비판정신과 함께 유머와 위트가 있어야 한다. 그러면서도 고상하고도 고결한 품위를 잃지 말아야 한다. 이러한 모든 요소를 종합할 때 결국은 우리 전래의 해학

(諧謔), 즉 익살스런 농담이라든지, 순간적인 기지(機智)라든지 재치 (才致) 등을 망라한 멋스런 문체로 활용할 수 있게 된다. 어떻게 하면 우리들은 매력이 넘치는 멋스런 문체를 구사할 수 있을 것인가? 다른 사람의 글들도 살펴볼 필요가 있을 것이다.

　　대체로 문명한 선진 제국민들은 무장한 군대가 앞선 뒤에 상인(商人)이 따라가거나 혹은 개개인이 피스톨, 그 밖의 호신용 무기를 몸에 지니고라야 외국 영지(領地), 특히 시베리아 같은 황야에 들어설 것인데, 조선인만은 조직체의 무력적 원호가 없을 뿐만 아니라, 그 몸에 아무런 보신 용구도 가진 것이 없이 다만 담뱃대 하나씩만 들고 편편 단신(片片單身)에 만주와 시베리아의 넓은 들을 횡행 활보(橫行闊步)하니 짐작컨대 그 담뱃대 속에는 반드시 비상한 장치가 있을 것이다. 평상시에는 담뱃대로 사용하나 일단 완급(緩急)한 경우에는 그 대 속에서 6연발 혹은 10연발의 탄환도 튀어나올 수 있도록 되었기에 저 담뱃대 하나만 스틱처럼 흔들면서 송화강을 오르내리고 바이칼 호를 넘나드는 것이 아니냐고 추측했더라 한다.
　　서양 제품(製品)의 활동사진을 한 번이라도 본 일이 있는 사람은 아라사 사람들에게 이만한 상상력이 있는 것도 별로 기이한 일이 아닌 것을 알 수 있다. 그러므로 저희들이 예리한 메스로써 담뱃대 하나를 해체(解體)하여 물뿌리, 대, 대꼭지의 세 부분을 세밀히 검토하여 보았다마는 예기하였던 발사장치는 기어이 찾아볼 수 없고 오직 악취 분분한 니코틴(댓진)만이 대 속에 차 있음을 발견하였을 때에 자못 실색(失色)하였더라고 한다. 듣고 다시 생각하면 과연 백의인(白衣人)들의 신천적 (信天的) 대담성도 놀랄만한 것이 없지 아니함을 스스로 깨닫는다. 우리의 무심한 담뱃대는 오랫동안 아라사 사람들에게 한 가지 수수께끼가 되었다.

— 김교신(金敎臣)의 <담뱃대> 중 전반부

　　우의(寓意)와 해학(諧謔)이 느껴지는 글이다. 아라사 사람들이 조선 사람의 담뱃대를 수상히 여겨 분해한 이야기로서 다분히 익살적인 이야기다. 조선 사람들이 담뱃대 하나만 든 채 겁도 없이 만주와 시베리아를 활보하는 것을 보고 아라사 사람들이 물뿌리, 대, 대꼭지, 이렇게 삼등분해 본 결과 그들이 예상하였던 발사장치는 볼 수 없었고, 악취 나는 니코틴(댓진)만이 대 속에 차있는 것을 보고 대경실색하였다는 이야기로서 경이감을 자아내게 하는 글이다. 그러면서도 어딘듯 한 편에는 평화 지향의 순박한 우리 겨레의 민족성 같은 것을 은연 중에 암유로 드리우고 있음을 알 수 있다.

　　나는 일찍이 어디선가 본 적이 있는 민화(民畵) 하나를 생각한다. 한 노옹(老翁)이 나무 밑에서 허연 배를 내놓고 낮잠을 자는데, 그 배 위에 까치 한 마리가 우뚝 서 있었다. 나는 신기한 그 상상화에 기쁨을 느꼈다. 민화란 어린 아이와 자유화(自由畵)같이 천진하고 기발한 데가 있어서 저런 재미있는 그림도 그려진다고 생각했다. 그러나 지금 저 까치들을 보고 그것은 기발(奇拔)한 상상이 아니요, 사실이었다는 것을 깨달았다.

　　예전에 이지봉(李芝峯)이 정호음(鄭湖陰)의 "산과 물이 바람에 소리치며, 강물은 거세게 울먹이는데, 달은 외로이 비쳐 있다."는 시를 보고 '강물이 거세게 이는데 달이 외롭게'라는 건 실경(實景)에 맞지 않는다고 폄(貶)했었다. 그도 그럴 것이 달이 고요히 밝은 밤 중에는 물결이 잔잔한 것이 보통이다. 그러나 김백곡(金柏谷)이 황강역(黃江驛)에서 자다가 여울 소리가 하도 거세기에 문을 열고 보니 달이 외롭게 걸려 있었다. 그래서 비로소 그 구가 실경을 그린 명구(名句)인 것을 알았다는 시화(詩話)가 있다. 나도 그 민화가 실경인 것은 모르고 기상(奇想)으로만 여겼던 것이다.

　　그 태고연(太古然)한 풍경의 민화 한 폭이 다시금 눈 앞에 뚜렷이 떠오른다. 나무 밑에서 허연 배를 내놓고 누워서 잠자는 노옹(老翁), 그 배 위에 서 있는 까치 한 마리.

— 윤오영(尹五榮)의 <까치> 중 결말 부분

시적(詩的)이면서도 풍류적(風流的) 멋스러움이 해학적(諧謔的)으로 스며있는 작품으로, 시각적(視覺的) 형태의식 내지는 색채의식을 연상하게 하는 글이다. 여기에서는 길조(吉鳥)로 상징되는 까치의 이모저모를 피력하다가 '까치집'을 유추하고, 달빛과 바람을 받는 그 소채(산뜻하고 깨끗함)한 까치집에서 쇄락하고 풍류스러운 시인의 거처를 연상한다. 그 다음으로 일찍이 본 적이 있는 민화(民畵)를 연상하여 그 태고연(太古然)한 풍경으로, 나무 밑에서 허연 배를 내놓고 낮잠 자는 노옹(老翁)의 배 위에 우뚝 서 있는 까치를 떠올림으로써 '까치'의 이미지를 시적 풍류로까지 승화시키고 있다.

> 사랑은 겨울에 할 것이다 겨울에도 눈 오는 밤에. 눈 오는 밤이어든 모름지기 사랑하는 이와 노변(爐邊:화롯가)에 속삭이는 행복된 시간을 가지라. 어떤 이는 사랑이 나란히 걷는 중에서 생장한다고 말하여 혹시 봄 밤의 꽃동산을 기리고 혹시 가을날의 단풍길을 좋다 하지마는, 나는 단연코 설야(雪夜)의 노변(爐邊)을 주장하는 자이다. 왜 그러냐 하면 아무리 사랑은 시간을 초월한다 하더라도, 겨울 밤의 기나긴 것은 어느 편이냐 하면 둘의 마음을 든든케 할 것이요, 더구나 노변의 그윽한 정조와 조용한 기분이며 설야에 다른 내방자가 없으리라는 자신이 서로의 마음을 가라앉게 하기 때문이다. 사랑은 선(禪)과 같이 침착하고, 태연하고, 유유해야 할 것이다.
>
> — 양주동(梁柱東)의 <사랑은 눈오는 밤에> 중 서두 부분

역시 은은한 멋스러움이 감도는 글이다. "사랑은 겨울에 할 것이다 — 겨울에도 눈오는 밤에. 눈오는 밤이어든 모름지기 사랑하는 이와 노변(爐邊)에 속삭이는 행복된 시간을 가지라." 이렇게 서두를 장식한 이 글은 사랑할 때는 화롯가의 그윽한 정조와 조용한 기분, 눈오는 밤에 다른 내방자가 없으리라는 자신이 서로의 마음을 가라앉게 하기 때문이라고 설야 노변(雪夜爐邊)의 사랑을 넌즈시 권장하

고 있다.

이제까지 수필의 이모저모를 그 작법과 관련해서 알아 보았다. 수필은 개성적인 문장이면서 무형식의 형식, 무기교의 기교적 문장이요, 따끔한 비평도 있어야 하는 동시에 심미적 사상적인 사색의 깊이를 요하는 문장이며, 제재가 다양한 문장이라는 것도 알게 되었다. 또한 자기의 생활과 밀접한 글이면서도 그 속에 철학이 있어야 하고, 자기를 적나라하게 드러내면서도 분명히 알 수 없는 여운과 함께 품위를 잃어서도 안 된다는 것도 알게 되었다. 따라서 수필은 누구나 쓸 수 있는 글이면서도 빼어나게 잘 쓰기란 그렇게 쉬운 일이 아니라는 사실도 이해할 수 있게 되었다.

7. 수필의 묘사

수필에 있어서도 묘사가 요구되는 이유는 무엇인가 대상을 표현해야 하기 때문이다. 물론 '설명'도 '묘사'일 수 있다. 그러나 설명에 그친다면 표현의 효과를 가져오기에는 부족함이 있을 수 밖에 없다. 따라서 수필에도, '무기교의 기교'라는 말과 같은 이치로 묘사에 별로 신경 쓰는 것 같지 않은 묘사가 요구된다 하겠다.

이는 마치 요란하게 화장을 하는 게 아니고, 화장하는 것 같지 않게 화장하는 여인처럼, 별로 묘사하는 것 같지 않은 묘사가 요구된다는 뜻이다. 왜냐하면, 수필은 어떤 요란한 엄살이나 가식을 필요로 하지 않는 진솔성의 문학이기 때문이다.

묘사(描寫)란 대상을 있는 그대로 감각적으로 그리는 서술 양식의 일종인데, 대상을 묘사한다는 것은 세부(細部)의 전부를 열거한다는 뜻이 아니라, 전체와 부분이라든지, 부분과 부분의 관련을 가지고 유기적인 통일체로 표현한다는 뜻이다.

묘사는 체제(모범적인 유형이나 양식)와 조성(組成)을 고려해야 하는데, 체제(pattern)는 세부를 질서화하여 전체적 통일을 이루는 것이요, 조성은 세부 상호간의 밀접한 관계를 가지게 하는 것이다. 묘사의 특징은 구체성과 감각성이며, 묘사의 종류에는 '설명적 묘사'와 '암시적 묘사'의 두 가지가 있다.

a. 설명적 묘사(說明的描寫)

　겨울철에 보리밥을 먹고 보리도 떨어지면 시래기 죽을 끓여 먹고 와서는 이밥이나 두둑히 먹고 온 듯이 목소리를 높여 글을 가르친다. 서너 시간 동안이나 칠판 밑에 꼿꼿이 서서 선머슴 아이들과 소견 좁은 계집애들과 아귀다툼을 하고 나면 상체의 피가 다리로 내려 몰리고 허기가 심해져서 나중에는 아이들의 얼굴이 돋보기 안경을 쓰고 보는 듯하다고 한다. 그러한 술회를 들을 때, 그네들을 직접으로 도와 줄 시간과 자유가 아울러 없는 나로서는 양심의 고통을 느낄 때가 많다.

　표면에 나서서 행동하지 못하고 배후에서 동정자나 후원자 노릇을 할 수밖에 없는 처지에 놓여 있기 때문에 곁의 사람이 엿보지 못할 고민이 있다. 그네들의 속으로 벗고 뛰어들어서 동고동락을 하지 못하는 곳에 시대의 기형아인 창백한 인텔리로서의 탄식이 있다.(생략) 적지않이 탈선이 되었지만 백 가지 천 가지 골이 아픈 이론보다도 한 가지나마 실행하는 사람을 숭앙하고 싶다. 살살 입술발림만 하고 턱 밑의 먼지만 톡톡 털고 앉은 백 명의 이론가, 천 명의 예술가보다도 우리에게는 단 한 사람의 농촌 청년이 소중하다. 시래기 죽을 먹고 겨우내 '가갸 거겨'를 가르치는 것을 천직으로 의무로 여기는 순진한 계몽운동자는 히틀러, 뭇솔리니만 못지 않은 조선의 영웅이다. 나는 영웅을 숭배하기는 커녕 그 얼굴에 침을 뱉고자 하는 자이다. 그러나 이 농촌의 소영웅들 앞에서는 머리를 들지 못한다. 그네들을 쳐다볼 면목이 없기 때문이다.

— 심훈(沈薰)의 <조선의 영웅> 중 일부

심훈 하면 <상록수>라는 소설과 <그날이 오면>이라는 시를 쉽게 떠올리게 된다. 그만큼 이 글의 작자는 1930년대 농촌 계몽운동을 위해서 혼신을 다한 열혈 청년임을 짐작하게 된다. 피압박 민족의 빈곤과 무지를 청산해야 한다는 당면 과제를 직시하는 지식인의 목소리가 참신하고 건강하다.

작자는 "겨울철에 보리밥을 먹고 보리도 떨어지면 시래기죽을 끓여 먹고 와서는 이밥이나 두둑히 먹고 온 듯이 목소리를 높여 글을 가르친다."고 농촌 계몽을 위해 야학을 열고 희생적인 봉사를 아끼지 않는 청년들에게 마음 깊이 우러나오는 찬사를 아낌없이 보내면서도 그들과 함께 동고동락하지 못하는 시대의 기형아인 창백한 인텔리로서의 탄식을 토로하고 있다.

"살살 입술발림만 하고 턱밑의 먼지만 톡톡 털고 앉은 백 명의 이론가, 천 명의 예술가보다도 우리에게는 한 사람의 농촌 청년이 소중하다."고 역설하는 그는 나약한 자아의 성찰과 비행동적인 예술가 부류를 비판하고, 소위 농촌의 소영웅이라고 일컫는 실천가로서의 농촌 계몽자들에 대한 찬사를 아낌없이 보냄으로써 건전한 삶의 태도와 함께 민족주의적 신념을 설명적 묘사로 내비치고 있다.

b. 암시적 묘사(暗示的描寫)

참새들은 앉기가 무섭게 다시 피곤한 나래를 쳐야 한다. 어디를 가도 '우여, 우여'가 있다. '꽝꽝'이 있다. 참새들은 쌀알 하나 넘겨 보지 못하고 흑사병(黑死病) 같은 '우여, 우여' '꽝꽝'속을 헤매는 비운아(悲運兒)들이다. 사실 애놈들도 고달플 것이다.

나와 내 당나귀는 이 광경을 한참 바라보고 있었다. 나는 나귀 등에서 짐을 내려 놓고 그 속에서 오뚝이 하나를 냈다.

"애들아, 너들 이리 와 이것 좀 봐라." 하고 나는 '오뚝이'를 내들고 애놈들을 불렀다. 애놈들이 모여들었다.

"애들아, 이놈의 대가리를 요렇게 꼭 누르고 있으면 요 모양으로 누운 채 있단 말이다. 그렇지만 한번 이놈을 쑥 놓기만 하면 요것 봐라, 요렇게 발딱 일어선단 말이야."

나는 두 서너 번 오뚝이를 눕혔다 일으켰다 하였다.

"이것을 너들에게 줄 테다. 한데 씨름들을 해라. 씨름에 이긴 사람에게 이것을 상으로 주마."

애놈들은 날래 수줍음을 버리지 못한다. 어찌어찌 두 놈을 붙여 놓았다. 한 놈이 '아낭기'에 걸려 떨어졌다. 관중은 그 동안에 열이 올랐다. 허리띠를 고쳐 매고 자원하는 놈이 있다. 사오 승부(勝負)가 끝났다. 아직 하지 못한 애놈들은 주먹을 쥐고 제 차례 오기를 기다렸다. 승부를 좋아하는 저급한 정열은 인류의 맹장(盲腸) 같은 운명이다.

결국 마지막 한 놈이 이겼다. 나는 씨름의 폐회(閉會)를 선언하고 우승자에게 오뚝이를 주었다. 참새들은 그 동안에 배가 불렀을 것이다.

이리하여, 나는 천석꾼의 벼 두 되를 횡령(橫領)하고 재산의 7전(錢) 가량을 손(損)하였다. 천 마리의 참새들은 오늘 밤 오래간만에 배부른 꿈을 꿀 것이다.

― 김상용(金尙鎔)의 <백리금파(百里金波)에서> 중 후반부

벼가 잘 익어서 온 들판이 황금빛 물결로 뒤덮여 있는 평야지에서 당나귀를 타고 가던 작가는 소년들에게 쫓기어 쌀알 하나 넘겨 보지 못하고 헤매는 새떼를 위하여 소년들에게 씨름을 붙여 새들로 하여금 포식하게 한다는 이야기다. 실로 시인다운 마음에서 유로된 언행이 아닐 수 없다. 여기에서의 새떼는 힘없이 쫓기는 어떤 이들을 상징하는 것으로 유추할 수 있는 암시적 묘사로 되어 있지만, 바람직한 감상을 위해서는 너무 따질 게 아니라 이 정도에서 끝내고 상상의 여지를 남겨 두는 게 바람직하겠다.

봄의 새벽은 준엄한 정결성보다는 식물성적(植物性的)인 윤기를 간직하고 있다. 말하자면 복숭아꽃이나 오얏꽃 가지 사이로 열리는 새벽은 부드러우면서도 찬란하다. 하지만 여름은 부드러움보다는 시원하게 찬란한 것이라 할 수 있다. 그러나 가을의 새벽은 부드럽거나 시원하기보다는 투명하게 아름답다. 하지만 겨울의 새벽은 식물성적인 그것이기보다는 광물성적(鑛物性的)인 것으로서 냉혹하리만큼 정결한 광휘(光輝)와 찬란함을 지니게 되는 것이다.

정신의 장미여
너의 이마를
무수한 보석으로
장식하였다.

이것은 겨울 새벽을 노래한 시구이지만, 과연 겨울의 새벽은 다이아몬드의 그것에서 발하는 그와 같은 찬란함의 차갑고도 빛나는 광명성을 가지게 되는 것이다. 그것은 정신적인 공간에 서리는 밝음의 정결성을 간직하고 있다.

— 박목월(朴木月)의 <겨울 새벽> 중 일부

그것은 나의 삶의 가장 밑바닥에 흐르는 서러움의 물길이다. 이 물길 위에 배를 띄우듯 어줍잖은 몇 편의 시…… 그것이 나의 숨쉬는 시의 세계일 것이다. 가로등이 비쳐주는 이러한 빛의 둘레를 완전히 벗어날 때 앞이 아득한 암흑의 벽을 느끼며 어두운 앞길에 또 하나의 가로등을 찾아보는 것이다. 그러나 아무리 보아도 가로등이 없을 경우 아득한 어둠은 영원한 어둠이 아닐까보냐. 이것은 나의 마지막이다.
나의 일생은 언제나 적당한 거리에 가로등이 켜 있는 길이었다. 그리고 돌이켜 보면 지나온 그 길 위에 그것은 열을 지어서 스크린의 어느 한 장면처럼 끝없이 뻗쳐 있다. 또한 나의 미래도 설사 아무리 절망하기로서니 늘 가로등이 대목마다 켜 있는 길일 것이다. 내가 마음속에 신을 잃지 않는 한, 혹은 시(詩)를 놓치지 않는 한, 그래서 나는 창백한 이마에 가로등의 그 쓸쓸한 불빛의 키스와 축복을 받으며 외롭게 흐뭇한 밤길을 가게 될 것이다.

— 박목월(朴木月)의 <가로등> 중 결말 부분

박목월의 <겨울 새벽>과 <가로등>을 살펴보았다. <겨울 새벽>의 경우, 작자는 봄, 여름, 가을, 겨울이라는 사계절 새벽의 성격을 피력한 다음, 주로 '겨울 새벽'에 대하여 찬탄을 금치 못하고 있다. 봄의 새벽은 식물성적 윤기를 간직하므로 부드러우면서도 찬란하거니와 여름의 새벽은 시원하게 찬란하며, 가을의 새벽은 투명하게 아름답고, 겨울의 새벽은 광물성적인 것으로서 냉혹하리만큼 광휘와 찬란함을 지니게 된다고 하면서, 특히 겨울 새벽은 다이아몬드에서 발하는 찬란함의 차갑고도 빛나는 광명성을 가지게 되는 것이라고 극찬하고 있다. 시인의 시적 감수성에서 감지되는 심미안의 감각과 통찰력이 놀라운 글이다.

다음 <가로등>은 작자의 시적인 언어로 서정성 높게 표현한 글이다. 그는 '가로등'을 '꿈의 등불'이라고 표현하면서 낭만성을 도출시키고, 자기 인생에 대한 신선한 해석을 내린다고 할까 새로운 의미를 부여하고 있다. 그것은 "나의 일생은 언제나 적당한 거리의 가로등이 켜 있는 일이었다."에서 도출시켜 새로운 의미를 부여하며 암시적 묘사로 결말짓는데, 그의 이 두 편의 수필은 겨울 새벽과 겨울 밤이라는 시간이 선택되어 있어 작자의 겨울 애호 취향을 은연중에 반영하고 있기도 하다.

c. 자연환경 묘사(自然環境描寫)

　　사람으로서도 아름다운 사람이 되려면 반드시 사람 사이에 살고, 사람 사이에서 울고 웃고 부대껴야 한다고 생각한다. 그러나 이러한 때, 푸른 하늘과 찬란한 태양이 있고, 황홀(恍惚)한 신록이 모든 산, 모든 언덕을 덮는 이 때, 기쁨의 속삭임이 하늘과 땅, 나무와 나무, 풀잎과 풀잎 사이에 은밀히 수수(授受)되고, 그들의 기쁨의 노래가 금시라도 우렁차게 터져 나와 산과 들을 흔들 듯한 이러한 때를 당하면, 나는 곁에 비록 친한 동무가 있고, 그의 재미있는 이야기가 있다 할지라도, 이러한 자연에 곁눈을 팔지 않을 수 없으며, 그의 기쁨의 노래에 귀를 기울이지 아니할 수 없게 된다. 그리고 또, 어떻게 생각하면, 우리 사람이란 세속에 얽매여, 머리 위에 푸른 하늘이 있는 것을 알지 못하고, 주머니의 돈을 세고, 지위를 생각하고, 명예를 생각하는 데 여념이 없거나, 또 오욕 칠정(五欲七情)에 사로잡혀, 서로 미워하고 시기하고 질투하고 싸우는 데 마음에 영일(寧日)을 가지지 못하는 우리 사람이란, 어떻게 비소(卑小)하고 어떻게 저속한 것인지, 결국은 이 대자연의 거룩하고 아름답고 영광스러운 조화를 깨뜨리는 한 오점(汚點) 또는 한 잡음 밖에 되어 보이지 아니하여, 될 수 있으면 이러한 때를 타서, 잠깐 동안이나마 사람을 떠나, 사람의 일을 잊고, 풀과 나무와 하늘과 바람과 한 가지로 숨쉬고 느끼고 노래하고 싶은 마음을 억제할 수가 없다.

　　그리고 또, 사실 이즈음의 신록에는, 우리의 마음에 참다운 기쁨과 위안을 주는 이상한 힘이 있는 듯하다. 신록을 대하고 있으면, 신록은 먼저 나의 눈을 씻고, 나의 머리를 씻고, 나의 가슴을 씻고, 다음에 나의 마음의 모든 구석구석을 하나하나 씻어낸다. 그리고 나의 마음의 모든 티끌 ― 나의 모든 욕망과 굴욕과 고통과 곤란이 하나하나 사라지는 다음 순간, 별과 바람과 하늘과 풀이 그의 기쁨과 노래를 가지고 나의 빈 머리에, 가슴에, 마음에 고이고이 들어앉는다.

― 이양하(李敭河)의 <신록예찬(新綠禮讚)> 중 일부

이 글은 작자의 대표적인 수필로서 자연의 아름다움을 마음껏 예
찬한 글이다. 가령 "푸른 하늘과 찬란한 태양이 있고, 황홀한 신록이
모든 산, 모든 언덕을 덮는 이 때, 기쁨의 속삭임이 하늘과 땅, 나무
와 나무, 풀잎과 풀잎 사이에 은밀히 수수(授受)되고 그들의 기쁨의
노래에 귀를 기울이지 않을 수 없게 된다."거나 "신록이 먼저 나의
눈을 씻고, 나의 머리를 씻고, 나의 가슴을 씻고, 나의 마음의 모든
티끌, 별과 바람과 하늘과 풀이 그의 기쁨과 노래를 가지고 나의 빈
머리에, 가슴에, 마음에 고이고이 들어앉는다."는 점충적 열거법적
표현이 바로 그것이다. 대자연의 사물들이 서로 상대기준을 조성하
여 잘 주고 잘 받는 수수작용을 전개한다고 하는 여기에 아름다움의
조화의 미로서의 극치가 나타난다.

　　늙어갈수록 더욱 싱싱한 윤기를 뿜고 노기(老氣)나 추태보다 어딘지
　더욱 유현(幽玄)하고 고귀한 운치를 띤 것이 소나무다. 불국사나 통도
　사 같은 고찰의 입구나 경내 꽤 연치(年齒)를 먹은 소나무 숲을 볼 수
　있다. 용이라도 타고 올라가는 듯 비늘을 틀고 몇 굽이 완만하게 휘어
　솟은 큼직한 소나무, 정상(頂上)에서 온몸의 모든 정기를 활짝 다 펴낸
　듯이 하늘의 신성을 모두 떠받치고 있는 모습은 탈속한 운기(韻氣)를
　더해 준다.
　　얼마 전에 강릉에 간 일이 있다. 시내에서 경포대로 가는 도로변에
　는 소나무를 가로수로 심었다. 가로수라고 하면 플라타나스, 포플러,
　남쪽으로 내려가면 시다나무 — 이런 것을 연상하게 되지만 이곳 가로
　수 소나무는 해풍 때문에 잘 자라지는 않았으나 예닐곱 살쯤 먹은 듯
　한 소나무가 띄엄띄엄 길 양쪽으로 늘어서 있는 모습은 확실히 한국적
　인 정경의 한 단면임이 틀림없다.
　　동구나 인적이 드문 길가의 언덕바지에 푸른 긴 가지를 늘어뜨리고
　서 있는 노송은 흔히 볼 수 있는 풍경이다. 그 밑에 한 덩어리 유석(庚
　石)이 있고 그 돌 위에 가끔 마을 노인네들이 앉아 쉬어 가곤 한다. 휘

늘어진 낙락장송, 그 가지 위에 몇 마리의 학이 날아 앉을 때에는 선기(仙氣)가 감도는 한 폭의 동양화다.

옛 가사나 시조에는 비록 사군자(四君子)에는 들지 못했으나 소나무를 읊은 것이 많다. "기암은 층층, 장송은 낙락, 에이 굽으러져 광풍에 흥을 겨워 우줄우줄 춤을 춘다"는 유산가(遊山歌)의 한 대목이다. "창창송백은 납설(臘雪)을 띄어 있고"는 사시풍경가의 한 대목이다. 이 모두 소나무의 홍취와 멋을 읊은 것이다.

"이 몸이 죽어가서 무엇이 될고 하니 봉래산 제일봉에 낙락장송 되어있어 백설이 만건곤할 제 독야청청하리라"는 성삼문(成三問)의 절의가가 아닌가. 흔히 송백의 높은 절개를 의미하는 취죽송백(翠竹松柏)을 찬양하고 있지만, 옛 선비, 옛 사람은 소나무에서 절의(節義) 아니면 죽음도 불사하는 절개를 배웠던 것이다. 사람은 자연에서 배우는 것이 많지만, 특히 소나무에서 인간으로서의 가장 고귀한 덕을 배운다.

그러나 무엇보다도 소나무는 한국인의 벗이다. 화려한 사람을 유혹하는 꽃도 없고, 굶주린 사람을 배부르게 하는 과일도 없지만, 보면 볼수록 친밀감을 갖게 한다. 소나무는 우리 민족과 더불어 영원히 숨쉬고 영원히 자라고 푸름을 유지한 채 민족의 얼을 상징하는 친구로 남을 것이다.

— 문덕수(文德守)의 <소나무> 중 후반부

소나무를 좋아하는 작자는 이 나무를 가리켜 '한국의 나무'로 지칭해 마지 않을 정도로 칭송해 마지 않는다. 사람은 늙으면 추해지기 쉽지만, 늙어 갈수록 더욱 싱싱한 윤기를 뿜고 더욱 유현하며 고귀한 운치를 더하는 소나무는 탈속한 운기를 더한다거나 죽음도 불사하는 한국인의 절개, 의지, 지조, 영혼, 그리고 예술적 아름다움을 표상한다고 그 의미를 부여하고 있다. 여기에서는 소나무와 관련된 자연 환경을 묘사하면서, 소나무는 한국인의 벗으로서 영원히 푸르름을 유지한 채 언제까지나 함께 산다는 상징적 존재 의미를 부여하고 있다.

d. 사회환경 묘사(社會環境描寫)

　12월 28일 ─ . 피난 열차가 영등포를 떠나 사흘째 되는 날 첫 새벽에 경북 왜관역에 다았다. 이미 그 전날 내 앞에 앉았던 어느 어머니의 품에서 난 지 백일 남짓한 어린아이 하나가 얼어 죽었다.

　왜관에 닿은 기차는 두 시간이 가고 세 시간이 지나도 떠날 생각을 않는다. 사람들은 기차에서 내려서 솥과 남비에다 쌀을 담아 밥들을 짓는다. 먹어야 산다는 이 절실한 상식이 에누리없이 전개되는 장면이다. 해가 지도록까지 진종일을 기차가 거기 머무는 동안에 밥을 지은 솥과 남비의 수효는 아마 5, 6백으로도 못다 헤었을 것이다. 역전에 우물 하나가 있었다. 별로 크지 않으나 깊이는 서너길 남짓 ─ 워낙 많은 사람들이 길어 내는 통에 그래도 처음에는 맑던 물이 나중엔 시뻘건 황토물이 되었다. 그 시뻘건 물로 밥을 짓고 국을 끓였다. 그러나 내 이야기는 그런 피난 스켓치가 아니다. 그날 이후 우물 가에서 내가 본 슬픈 광경 하나가 염두를 떠나지 않는다.

　처음 물을 길을 때 역 부근 민가에서 두레박을 빌려서 썼다. 얼마 안 되어서 서로 먼저 쓰겠다고 다투던 끝에 어느 사나이 손에 쥐어졌던 두레박줄이 미끄러져서 물 속에 떨어졌다.

　그 사내는 "줄이 있어야 건지겠는데 ─ "하고 슬그머니 그 자리를 떠나더니 차가 움직일 때까지 두 번 다시 나타나지 않았다. 그까짓 책임 추궁 보다는 사람마다 물쓰기가 바쁜지라 두레박을 제 손으로 만들어 쓰게 되었다.

　바께스에 줄을 단 것, 깡통에 구멍을 뚫어서 급조(急造)한 것, 남비 손잡이에다 끈을 맨 것, 별의별 두레박이 다 나왔다. 피난 가는 이들의 짐 속에서 웬 끈들은 그렇게 나오는 것인지. 승마줄, 보자기를 싸매었던 헝겊끈, 가다가는 어디에서 생긴 것인지 전등에 쓰는 코드며 철사들이 두레박 끈으로 등장했다.

　한 가지 특색은, 제가 만든 두레박은 절대로 남에게 빌려 주지 않는다는 점이다. 두레박 없는 이들이 열 번 스무 번 애걸복걸해도 물 한 바가지를 얻어 볼 수 없다. 할 수 없이 단념하거나, 제 손으로 두레박을 새로 만들거나 — 그러나 그렇게 해서 만들어진 두레박도 역시 그 한 사람이 쓰고는 가져가 버린다.

나는 넋 잃은 사람처럼 우두커니 서서 그 광경을 어이없이 쳐다보고만 있었다. 두레박 하나만 있으면 만 사람이 쓰고도 남을 것이다. 떨어뜨릴 염려가 있다면 우물 가에 있는 기둥에다 끈을 매어 두면 될 것이다.

— 김소운(金素雲)의 <두레박> 중 전반부

e. 인물 및 성격 묘사(人物·性格描寫)

우리 고향에서는 댁(宅)을 떡이라고 한다. 닭실떡이란 우리 마을에 사는 구십 넘은 노인의 택호(宅號)이다. 본래 그가 닭실이라는 마을에서 우리 마을로 시집을 왔는데, 지금은 그 부락을 유곡(酉谷)이라 부르지만 우리 클 때만 해도 닭실이라 불렀다. 닭실떡은 얼굴이 가무잡잡한 데다 허스키한 목소리를 가졌기 때문에 요즘 사람들이 마이크떡이라고도 한다.

우리가 한창 개구장이 시절에 닭실떡을 보고, "마이크떡 진지 잡슈시깃는기라우."하고 꿈쩍 장난기처럼 인사를 하면 닭실떡은 화가 나서, "이 개좃 가랭이를 짝 잡아 찢을 놈이, 어떤 문뎅이 겉은 년이 조런 개자식을 내질렀어!" 하고 고래고래 고함을 지르며 돌멩이나 막대기를 던지면서 쫓아왔다. 닭실떡은 욕을 참 잘 한다. 욕을 해도 육두문자로 여자답지 않게 잘 한다.

내가 어렸을 때 그 집 아들을 때려 눈두덩이 부어 있었다. 닭실떡은 파르르 화난 얼굴로 입가에 거품을 튀기며 우리 대문을 들어서더니, "종태 이놈 어디 갔어. 속곳가랭이다 잡아넣고 오줌을 질근질근 쌀놈의 자식, 응 어디갔어?" 하고 우리 마당 가운데에 와서 고래고래 악을 썼다.

저녁 밥을 짓던 우리 어머니는 영문도 모르고, "닭실댁 왜 그리어……." 하고 말했다.

"왜 그리어고 개좆이고 내새끼 눈깔을 보랑개. 응, 요놈의 자식 생기기는 호롱딱쟁이 겉은 것이 이리 나와! 이놈아!" 하고 더욱 살기등등하게 고함을 질렀다. 나는 그때야 방문을 열고 나와 마루 난간에 서서 겁에 질린 채 닭실떡을 바라보고 있었다.

나를 보던 닭실떡은 우루루 달려들며 "이놈! 왜 내 새끼를 때렸어 응. 이 좆대가리에 못을 박을 놈아." 라고 나의 멱살을 잡으려는 순간 나는 잽싸게 닭실떡의 가랭이 사이로 빠져 도망을 쳤다.

그때 닭실떡은 마당 가운데 바쳐있던 줄작대기를 들고 나를 향해 땅바닥을 치며 "저놈이 조 내 씹가랭이 속으로 빠져 나가네. 조! 기름에 튀긴 생쥐같은 놈이! 어뜬 놈이 좆대가리를 내둘러 저런 문둥이 콧구멍같은 놈을 내질렀어……" 라고 한바탕 소란을 피워 온동네가 떠들썩 했다.

나는 빙게빙게 뒷산으로 도망가 어스름이 져서야 다시 집으로 내려왔다. 그때 우리 할아버지는 늦게 쇠깔망태기를 느르추분하게 맨채 소를 앞세우고 들어왔다. 만약 할아버지가 그 광경을 보았다면 늘 하시던 버릇으로 종아리 열 대는 맞았을 것이다.

지금 생각하면 닭실떡은 닭실떡대로 참 재미있는 인간미를 가지고 있기도 했다. 욕을 잘하고 성질이 화닥해서 그렇지 때로는 다정하기도 했다. 내가 밑타진 중우를 입고 다닐 때 나의 고추 자지는 늘 나와 있었다.

닭실떡은 간혹 내 고추자지를 만지작거리며, "요놈 씨자지가 방아고 같이 잘 생겼어." 하고 닭실떡 특유의 웃음으로 킥킥거리며 말했다. 아닌게 아니라 나는 어머니 배속에서부터 포경이 되어 있었다. 그래서 그런지 나는 아들 삼형제나 두었으니 그때 닭실떡이 말한대로 씨자지 잘 생긴 값을 한 셈이다.

닭실떡을 일명 보쌈떡이라고 부른다. 그것은 닭실떡이 지닌 기구한 운명이기도 하다. 본래 닭실떡은 닭실에서 아랫마을 구씨네 집으로 시집을 왔었다. 체구도 건장하고 키도 날씬하여 시집 오자마자 구씨네 집에서 사랑을 받았다. 얼굴이 예쁜 편은 아니지만 하는 행동에 재미가 있어 남성을 매혹하는 매력이 있었다. 그러나 그녀에게도 기구한 운명은 어쩔 수 없었다.

어느 해 여름, 남편을 사별한 것이다. 열 아홉 살에 시집와 사년 사이에 남매를 낳고 스물 한살 꽃다운 청춘에 과부가 된 것이다. 그녀는 오년 동안을 홀로 살아 왔다. 그러던 그 해 겨울에 우리 마을 서씨네 집에서 보쌈을 해왔다.

— 김종태(金鍾太)의 <닭실떡> 중 전반부

'닭실떡'에 대한 인물 및 성격 묘사가 구체적이어서 실감을 자아내게 하고 있다. 닭실떡에 대한 용모, 풍채, 언행, 성격 등이 적나라하게 펼쳐지고 있어서 재미를 주지마는 거침없는 욕설의 표현으로 품위를 감안하는 데에는 문제가 있다. 그러나 어느 한 쪽이 두드러지면 다른 면이 그 반대급부로 나타난다는 점을 감안한다면 이러한 수필은 다양성이나 개성적인 면에서 살펴볼 필요가 있을 것이다.

f. 철학적 사색(哲學的思索)

긴 수필로 볼 수도 있고, 수필문체로 쓴 소설로 볼 수도 있는 일본의 유명한 나쓰메 소세끼(夏目漱石)의 <풀베개(草枕)>를 살펴 보고자 한다.

산(山)길을 오르면서 이렇게 생각했다.

이지(理智)로 움직이면 모가 나고, 감정에 치우치면 흘러버린다. 고집을 세우려면 막혀버린다. 여하간에 세상은 살기가 어렵다.

살기가 어려워지면, 살기 좋은 곳으로 이사하고 싶어진다. 그러나 어디로 이사를 해 보아도 살기가 어렵다고 하는 것을 깨달았을 때 거기에서 시가 생기고 그림이 그려진다.

세상을 만든 것은 신(神)도 아니고 귀신도 아니다. 역시 근처에 사는 허술한 사람들이다. 허술한 사람들이 만들어 낸 세상이 살기 힘들다고 해서 찾아갈 나라도 없을 것이다. 그런 나라가 있다며는 사람이 아닌 것들의 나라로 갈 수 밖에 없다. 사람이 아닌 것들의 나라는 사람의 세상 보다도 더욱 살기가 어려울 것이다.

이사할 수 없는 세상이 살기 어려워지며는 살기 어려운 곳을 어느 정도 고쳐서 잠시 동안의 생명을 잠시 동안이라도 살기좋게 할 수 밖에는 없다. 여기에서 시인이라고 하는 천직(天職)이 생기고, 여기에서 화가라고 하는 사명이 주어진다. 모든 예술인들은 이 세상을 너그럽게 만들고, 사람의 마음을 풍부하게 하기 때문에 귀중하다.

— 나쓰메 소세끼(夏目漱石)의 <풀베개(草枕)> 중 서두 부분

철학적 사색의 흐름이다. 소설에서 즐겨 다루는 행동적인 면은 보이지 않은 채 관념이 나열되어 있다. 이 글은 인생의 길잡이가 될 정도로 교훈적이며 박식하기 때문이 애독되고 있다. 수필이면서 소설이요, 소설이면서 수필이다. 이 짤막한 서두의 한 부분만을 살펴 보아도 작자가 인생에 대하여 얼마나 깊이 생각하고 있는지, 그리고 충실한 삶을 통한 예지를 피력하고 있는지를 짐작하게 될 것이다.

g. 서정적 행동

내가 잠시 낙향(落鄕)해서 있었을 때의 일.

어느 날 밤이었다. 달이 몹시 밝았다. 서울서 이사 온 웃마을 김군을 찾아갔다.

대문은 깊이 잠겨 있고 주위는 고요했다. 나는 밖에서 혼자 머뭇거리다가 대문을 흔들지 않고 그대로 돌아섰다.

맞은편 집 사랑 툇마루엔 웬 노인이 한 분 책상다리를 하고 앉아서 달을 보고 있었다. 나는 걸음을 그리로 옮겼다. 그는 내가 가까이 가도 별 관심을 보이지 아니했다.

"좀 쉬어가겠습니다." 하며 걸터앉았다. 그는 이웃 사람이 아닌 것을 알자,

"아랫마을서 오셨오?" 하고 물었다.

"네, 달이 하도 밝기에……."

"음! 참 밝소." 허연 수염을 쓰다듬었다. 두 사람은 각각 말이 없었다. 푸른 하늘은 먼 마을에 덮여 있고, 뜰은 달빛에 젖어 있었다. 노인이 방으로 들어가더니, 안으로 통하는 문소리가 나고 얼마 후에 다시 문 소리가 들리더니, 노인은 방에서 상을 들고 나왔다. 소반에는 무청 김치 한 그릇, 막걸리 두 사발이 놓여 있었다.

"마침 잘 됐소, 농주(農酒) 두 사발이 남았더니……." 하고 권하며, 스스로 한 사발을 쭉 들이켰다. 나는 그런 큰 사발의 술을 먹어 본 적이 일찍이 없었지만 그 노인이 마시는 바람에 따라 마셔 버렸다.

이윽고 "살펴 가우." 하는 노인의 인사를 들으며 내려왔다. 얼마쯤 내려오다가 돌아보니 노인은 그대로 앉아 있었다.

— 윤오영(尹五榮)의 <달밤>

앞에서 소개한 나쓰메 소세끼의 글이 수필로 쓴 소설이라면, 이 윤오영의 <달밤>은 소설로 쓴 수필이라 할 수 있다. 그만큼 이 글에는 행동적인 면이 두드러진다. 시적인 정밀(靜謐)한 분위기에서의 서정적 행동이 전개되고 있다. 시적 움직임과 극적 구성이 고요함의 극치를 이룬다. 2백자 원고지로 서너 장밖에 되지 않는 짧은 글이다. 달 밝은 시골 밤 풍경을 배경으로 노인과의 짧은 만남이 짧은 대화와 함께 농주를 마시고 헤어지는 데서 오는 어떤 정밀감을 통해 시적이면서도 선풍적(禪風的)인 멋스러움으로 살아나고 있다.

제3부 수필문학의 감상과 비평

1. 작가론 · 작품론

a. 한흑구(韓黑鷗)의 수필세계

인간의 마음 속에 내재된 지(知) · 정(情) · 의(意)는 진(眞) · 미(美) · 선(善)으로 표로(表露)되기 마련이다. 그러므로 이 지 · 정 · 의가 내적(內的)이요 원인적(原因的)이라면, 진 · 미 · 선은 외적(外的)이요 결과적(結果的)이라 할 수 있다. 그런데 사람에 따라서 지 · 정 · 의의 강도(强度)와 작용이 일정치 않으므로 진 · 미 · 선의 표로 역시 천차만별로 나타나게 마련이다. 따라서 여기에 독특한 개성의 특수성이 주어지게 된다.

이러한 전제를 두고 보게 될 때 한흑구(韓黑鷗)의 경우, 선명한 지 · 정 · 의를 고루 갖추고 있으면서도 정적(情的)인 면과 의적(意的)인 면에 더욱 강한 정신적 에너지원(源)을 지니고 있는 것으로 보인다. 그 정(情)과 의(意)는 미(美)와 선(善), 즉 아름다움과 진실을 추구하게 된다. 내적인 정에서 표로된 사물인식(事物認識)을 통한 진실의 추구가 바로 그것이다.

그의 자연에 대한 찬탄은 <바다> <진달래> <눈> <흙> <석류> 등의 작품에서 볼 수 있고, 의지적인 작용에서 나타난 사물인식은 <보리>라든지, <노목(老木)을 우러러보며> 등의 작품에서 보게 된다.

그러나 이것은 어디까지나 인과론적인 견해에 입각해서 그 성격을 파악하기 위한 시도에서 구분한 것이며, 정과 의, 미와 선이 독립되어 있는 것은 아니다. 아름다움과 진실은 불가분의 관계로서 함께 용해되어 있기 마련이지만, 이를 구분한다면 앞에서 말한 대로 어느 정도는 그 설명이 가능하다고 보게 된다.

한흑구의 문학을 살펴보게 될 때 놀라운 것은, 어쩌면 그렇게도 그의 필명과 작품과 생활이 숙명처럼 딱 맞아 떨어지느냐 하는 점이다.

그는 정말 검은 갈매기처럼 암담했던 일제(日帝)의 질곡(桎梏)에서 외롭게 방랑했고 대자연의 신비세계를 관조했다. 거짓으로 가득찬 인간의 세계에서 거짓이 없는 자연의 세계로 시선을 돌렸고, 은둔도사(隱遁道士)처럼 유유자적(悠悠自適)하게 살다 갔다.

여기에서 인간과 자연의 상사성(相似性)을 생각하게 된다. 인간이 자연과 접하게 될 때 인간은 자연이 지닌 바의 그 소성을 닮아가게 된다고 하는 그 상사법칙(相似法則)을 두고 하는 말이다. 그런데 여기서 한 가지 간과할 수 없는 것은, 우선 관심되는 사물을 관조하게 되고, 역시 관심 안의 사물을 닮게 된다는 점이다.

그러므로 한흑구가 관심을 둔 사물은 바로 그 자신의 일부 분신이라 해도 좋을 것이다. 그렇다면 그가 가장 관심을 둔 사물은 무엇이며, 성공한 작품은 어떠한 것인가.

그것은 보리요, 노목이요, 흙이요, 눈이요, 새벽이요, 제비요, 동해(東海) 등이었다. 이 가운데서도 특히 그의 작품 <보리>와 <노목을 우러러보며>는 대표작이라 할만하다.

가령 <보리>의 경우, 그가 선택한 '보리'라는 사물은 가장 한국적이면서 서민적이고, 애틋한 사랑으로 훈훈하게 덮혀 주면서도 억센 의지로서의 희망을 일깨워 주었다. 한흑구는 보리 얘기를 하기 위해서 '보리'라는 사물을 선택한 게 아니고, 어디까지나 추운 겨울을 견디어 내는 보리처럼, 굽히지 않는 의지와 인고로써 조국 광복이라고 하는 영광된 그 한 날을 기다리는 우리 겨레의 억센 삶을 나타내기 위해서 차용했던 것이다.

  보리.
  너는 차가운 땅 속에서 온 겨울을 자라왔다.
  이미 한 해도 저물어, 벼도 아무런 곡식도 남김 없이 다 거두어들인 뒤에 해도 짧은 늦은 가을 날, 농부는 밭을 갈고, 논을 잘 손질하여서, 너를 차디찬 땅 속에 깊이 묻어 놓았었다.
  차가움이 응결된 흙덩이들을, 호미와 고무래로 낱낱이 부숴가며, 농부는 너를 추위에 얼지 않도록 주의해서 굳고 차가운 땅 속에 깊이 심어 놓았었다.

한흑구의 수필 <보리> 중 앞 부분이다. 보리가 추위에 얼지 않도록 씨앗을 차가운 땅 속 깊이 심는 농부의 마음은 바로 그 자신의 마음인 동시에 살아 숨쉬고 있는 우리의 민족혼(民族魂)인 것이다. 그가 도산사상(島山思想)에 영향 받았다는 것을 고려한다면 이 수필을 이해하는 데 도움이 될 것이다.

  너 보리는 그 순박하고, 억세고, 참을성 많은 농부들과 함께 자라나고, 또한 농부들은 너를 심고, 너를 키우고, 너를 사랑하면서 살아간다.
  보리, 너는 항상 순박하고, 억세고, 참을성 많은 농부들과 함께, 이 땅에서 영원히 사라지지 않을 것이다.

작품 <보리> 중의 마지막 부분이다. 여기에서 마지막 결구, 즉 "보리, 너는 항상 순박하고, 억세고, 참을성 많은 농부들과 함께 이 땅에서 영원히 사라지지 않을 것이다."는 바로 한흑구의 의도를 잘 나타내고 있다. 그는 소재 선택에도 성공하고 있을 뿐 아니라 내용에서도 어떤 가식이나 엄살이 없이 자연스럽게 묘사하고 있다.

한국 문단에 서경문학(敍景文學)의 한 전형을 이룬 것으로 평가될 정도로 한흑구의 수필에는 서경 묘사가 많다. 그러나 그의 수필이 모두 서경 묘사로만 일관되어 있는 것은 아니다. 그의 주요 작품인 <보리>나 <노목을 우러러보며> 등은 서경적인 작품이라기 보다는 서정적인 작품이라 할 수 있기 때문이다.

인간과 관계가 없는 자연은 없겠지만, 비교적 인간의 처지를 주로 하여 관심이 깊은 작품이 서정적이라면, 자연 그대로에 관심을 둔 작품은 서경적이라 할 수 있겠는데, 서정적인 작품은 서경적인 작품에 비하여 주관적인 농도가 짙은 게 사실이다.

구부러진 가는 가지마다가 얼마나 많은 비바람에 휘갈김을 견디어 냈으며, 얼마나 많은 찬 서리에 굵은 가지들이 울툭불툭한 가죽과 같은 껍데기로서 씌워졌을까. 어린 나무에게서는 찾아볼 수도 없는 이 거칠고, 꽉꽉한 껍데기들은 이 늙은 나무의 괴로움과 슬픔의 정(情)이 솟구쳐 나와서 말라붙은 흔적이나 허물이 아닌지. …中略…

시간의 흐름을 탓하고, 운명의 슬픔을 아프게 생각하는 것보다도, 나는 저 노목이 아무 말도 없이 높이 서 있으면서, 다만 그늘만을 잔디 위에 덮어 주는 하나의 사명만을 갖고 있다는 사실을 부러워하지 않을 수 없다. 나도 죽고, 저 노목도 언젠가는 죽어야 한다. 그러나 저 노목은 다 썩어서 구멍이 뚫리고, 다람쥐가 드나들어도, 그냥 속임수 하나 없이, 서늘한 그늘만 드리우는 사명 하나만을 갖고서도 저렇게 오래 살 수가 있다.

수필 <노목을 우러러보며> 중 중간 부분과 결말 부분이다. 우리는 이 작품을 통해서 작자의 심정이라든지 의지를 알 수 있게 되는데, 그는 모진 풍상을 겪어낸 연후에 얻어지는 인격의 완성에 관심하고 있다. 여기에서 우리는 선이 굵고 건강한 삶의 의지(意志)를 보게 된다.

한흑구의 수필 세계는 의지적(意志的)인 진실 추구와 정적(情的)인 미(美)의 추구로 가름할 수 있겠고, 서정성과 서경성으로 가름할 수도 있을 것이다. 의지적인 진실 추구는 <보리>에서 보여준 바와 같이 작자의 의지가 상징적으로 나타나 있다. 또한 그에 있어서 수필의 소재는 주로 자연물인데, 그것을 서정적으로 활용하는가 하면, 적당한 거리를 두고 서경적으로 촬영하는 경우로 나타나기도 한다. 그의 작품을 가리켜 서경수필이라고 하는 경우는 여기에서 후자에 해당된다.

> 그들은 새맑은 해가 떠오르는 장미색 아침을 좋아하고, 서늘한 바닷바람이 불어오는 오후를 즐긴다. 그들은 높이 드리우는 황혼의 바다를 감상하고, 흰 달빛 아래서 반짝거리는 은물결들의 신비를 노래한다.
> — <동해산문(東海散文)> 중 일부

> 나는 나무를 사랑한다.
> 아침에 떠오르는 해를 온 얼굴에 맞으며, 동산 위에 홀로 서서, 성자인 양 조용히 머리를 수그리고 기도하는 나무.
> 낮에는 노래하는 새들을 품안에 품고, 잎마다 잎마다 햇볕과 속삭이는 성장(盛裝)한 여인과 같은 나무.
> 저녁에는 엷어 가는 놀이 머리 끝에 머물러 날아드는 새들과 돌아오는 목동들을 부르고 서 있는 사랑스런 젊은 어머니와 같은 나무.
> 밤에는 잎마다 맑은 이슬을 머금고, 흘러가는 달빛과 별 밝은 밤을 이야기하고, 떨어지는 별똥들을 헤아리면서 한 두 마디 역사의 기록을

암송하는 시인과 같은 나무.

— <나무> 중 일부

한흑구의 수필을 가리켜 <유화(油畵)와 같은 수필>이라고 쓴 평문도 있음을 알고 있거니와, 필자는 유화라기보다는 차라리 식물적인 수채화 쪽으로 생각하고 싶다. 왜냐하면 그의 수필에는 끈적끈적한 기름기가 없을 뿐 아니라 야채처럼 신선한 데다가 동양적 여백의 미까지를 생각케 하기 때문이다. 서정적인 수필 몇 편을 제하고는 대부분 서경적인 수필인데, 그 서경수필들은 유화하고는 거리가 멀다고 보기 때문이다.

우리는 그가 예리한 관찰력의 소유자라는 것을 쉽게 알 수 있다. 그것은 <제비>라든가 <석류> 등의 수필에 잘 나타나 있다. 수필 <제비>의 경우, 제비의 성장 과정이 세밀하게 부각되어 있다.

관념의 세계에 있어서 움직이는 카메라를 지닌 그는 작품상의 구도(構圖)에 초점을 맞춘 다음 셔터를 눌러댄다. 작품에 따라서 망원렌즈를 끼우기도 하고 현미경을 끼우기도 한다.

그가 미적 직관의 셔터를 눌러댈 때마다 신비로운 빛살이 굴절한다. 흔히들 한흑구의 수필을 가리켜 '수필로 쓴 시' 또는 '시적 수필'이라고도 하는데, 과연 그러한가. 작자 본인도 "수필은 시의 정신으로 씌어져야 한다"고 말했거니와 실제에 있어서도 그의 수필에는 시적 분위기라든지, 또는 그런 어휘가 풍부하게 스며 있다. <한여름 대낮의 움직임과 고요>라는 제목의 작품 속에는 다음과 같은 구절이 있다.

파리 한 마리가 귀 밑을 윙 하고 지나가면서 태초의 고요를 깨뜨린다.
소금쟁이 한 마리가 고요한 수면 위에 S자를 그린다.

어느새 깜백이 위에도 빨간 고추잠자리 한 마리가 날아와 앉아 있
다.
갈대잎 그늘 속에 사지를 **활짝** 벌리고 큰 개구리 한 마리가 두 눈
을 헤드라이트같이 불룩 뜨고 죽은 듯이 떠 있다.

깜백이가 움직인다.
잠자리가 날아서 뜬다.
깜백이가 고요해진다.
잠자리는 그 위에 또 와서 앉는다.
깜백이가 움직이고, 또 잠자리가 날아간다.

여기에서 가장 시적인 어휘는 1행과 2행이다. 파리 한 마리가 태
초의 고요를 깨뜨린다는 구절이나, 소금쟁이 한 마리가 수면 위에 S
자를 그린다는 구절은, 정중동(靜中動)으로서 고요함 속의 움직임에
대한 극치를 이루는 시어(詩語)임에 틀림이 없다.

따라서 여기에서는 그의 시적 어휘가 수필을 도와주고 있다. 그런
데 그 다음 연인 "깜백이가 움직인다"부터는 시행의 형태로 별행(別
行)을 이루어 놓았으나 시적 감흥이나 시적 차원은 오히려 앞의 1, 2
행에 비해 떨어지고 있다. 이러한 예로 보아서 그의 시어는 수필에
윤색을 가해주고 있으나 형태적으로 별행을 만든다든가 두둑보리밭
처럼 연과 연을 이루는 것은 별로 도움을 주지 못하고 있다.

다시 말해서 한흑구의 시적 수필은 언어 자체에서 효과가 살아나
기는 해도, 행간이나 연간이라고 하는 형태에서 가져왔다고 보이지
는 않는다.

한흑구의 작품에 왜 서경수필이 많을까 하는 의문이 생기기도 하
는데, 이는 유유자적하게 인생과 우주를 관조(觀照)하고 탈속(脫俗)
한 도인(道人)처럼 넌즈시 암시하고 지나가는 시적 수필풍에서 연유
된 것이 아닌가 한다.

물 아래 그림자지니 다리 우희 중이 간다
저 중아 거기 서거라 너 어듸 가노 말물어보자
손으로 흰구름 가리치고 말 아니코 가더라

한흑구의 수필세계를 논하는 차제에 이 시조*가 떠오르는 것은 웬일일까. 손으로 흰구름 가리키고 가듯, 그는 수필이라는 형식을 빌어서 자연을 통한 인생과 우주를 얘기하고 갔다.

동해의 검은 갈매기로 불리어져 온 그는 자연(自然) 속에 은거(隱居)한 선풍도골(仙風道骨)의 도인(道人)이었고, 말씨 고운 신사(紳士)였고, 풍류(風流)의 멋을 지닌 선비였으며, 항일운동(抗日運動)에 투신한 애국자였고, 은둔(隱遁)의 사색가였으며, 소탈한 인품의 문사였다.

손으로 흰구름 가리키듯, 시적 차원에서 한국 문단에 서경수필의 한 전형을 제시한 그의 수필 세계는 후학들에게 좋은 가르침이 될 것이다.

---

*김교헌(金喬軒)이 엮고 1908년(융희 2년)에 간행된
가집(歌集) <대동풍아(大東風雅)>에 수록된
무명씨(無名氏)의 시조.

b. 김규련(金奎鍊)의 수필세계
― 禪과 情恨의 모자이크

하이데거는 말하기를, 우리는 신(神)의 언어(言語)의 집에서 살아야 한다고 했다. 신의 언어의 집, 그것은 여과(濾過)된 언어요 순화(醇化)된 언어이다. 이러한 언어는 잘 익은 술처럼 순수하게 걸러진 언어이다. 이러한 언어의 발성은 작위적으로 꾸며지는 성질의 것이 아니다. 그것은 어디까지나 마음에 고인 언어를 자연스럽게 떠내는 것이다. 그러기 위해서는 언어 이전의 인격(人格)이 요구되고, 문학 이전의 인간(人間)됨이 요구된다.

수필가 김규련(金奎鍊)은 가슴으로 얘기하는 문사(文士)다. 가슴으로 얘길 한다는 것은 심정적 감성에 호소한다는 의미도 있지만, 고여 있는 심성을 떠내 준다는 뜻도 된다. 따라서 그의 발성은 머리로 전하는 발성이 아니라, 가슴으로 전해 주는 뜨거움의 발성이다.

그는 선적(禪的) 달관(達觀)의 경지(境地)에서 인생(人生)과 우주(宇宙)에 관해 얘기를 깊이해 간다. 그의 얘기에 양질의 영양이 자르르 흐르는 것은 선적(禪的)인 내용과 달관(達觀)에서 오는 프리즘의 굴절에서 연유된다.

그는 여백의 공간미를 즐기는 동양적(東洋的) 선풍(禪風)을 지닌 까닭에 채우려고 덤비는 일이 없다. 그러면서도 할 얘기는 다하고, 차지할 것은 다 차지한다. 그는 맑은 상(想)이 고이기 전에 떠내지 않는다. 그러므로 그의 언어는 언제나 제 맛을 잃는 법이 없다. 언제나 좋은 작품을 쓰려는 자세로 집필에 임하는 그는 마치 시를 낭송하듯, 낮은 음으로 작품을 엮어 나간다.

오늘 아침 출근길에 문조(文鳥) 한 마리가 죽어서 길섶에 버려져 있
는 것을 보았다. 무서리가 내린 강변에 어린 물새 한 마리가 죽어 쓰
러진 것을 보고 치마폭에 싸다가 양지에 묻어 주던 소녀가 생각난다.
이듬해 봄에는 그 무덤을 찾아가 풀꽃을 뿌려 주던 그 천사의 동심이
오늘 황량한 내 가슴에 강물로 출렁인다.

이는 <강마을>의 서두 부분이다. 그가 관심하는 사물(事物)은 사
물 그 자체부터 모자이크군(群)으로 반짝이는 특정한 사물이다. 길섶
에 죽어 있는 문조(文鳥), 물새를 묻어주던 소녀(少女), 어느날 새벽
쩡하고 나룻터 빙판에 금가는 소리, 금조개 빛깔, 잠에서 깨어난 물
고기, 물 위에 띄우는 나무껍질로 만든 배 등등 어느 것 한 가진들
새로운 빛깔로 반짝이지 않는 것이 없다. 그는 관심가는 사물을 반
짝이게 하면서 "……훗날 뿔뿔이 흩어져 저마다 삶의 길목을 고달프
게 걷다가, 어느날 밤 가슴 속에 흐르는 강물 소리를 듣고 문득 향
수에 젖으리라.……"고 토로한다.

어느 산기슭에 울먹이며 물새 한 마리를 묻어 주던 소녀도 이제는
불혹(不惑)의 유역(流域)을 흐르고 있을 것이다. 낙엽으로 지는 세월
속에서 얼마나 많은 애환의 기슭이며 영욕의 여울목을 그녀는 지나갔
을까.

김규련의 수필에는 리듬이 온다. 작은 리듬은 수시로 오고, 큰 리
듬은 가끔씩 온다. 마치 수시로 일렁이는 파도와 두 차례씩 들고 나
는 밀물과 썰물처럼. 이 <강마을>의 경우만 보아도 수필의 전체가
리듬을 타고 흐를 뿐 아니라, 큰 리듬이 서두와 결말 두 차례에 걸
쳐 반복되고 있다. 서두에 있어서 죽은 물새를 묻어 주던 소녀의 리
듬이, 결말에 가서는 불혹의 여인으로 반복되어 나온다.

그는 <까치밥>을 가리켜 향수의 열매요, 기도와 소망의 열매라고 규정짓고 있다. "까치소리를 듣고 방비를 든 채 마루에 나와 선 할머니는 시집 간 딸이 외손녀를 등에 업고 호개떡(친정 부모님을 뵈러 올 때 빚어 오는 떡)을 양 손에 들고서 돌담길을 걸어 들어올 것만 같아 금시 눈시울이 젖어든다."고 하는 여기에도 애틋한 정서가 풍윤하게 흐르고 있다. 그리고 마지막엔 인생의 새로운 해석을 내리고 있다.

> 종교는 있어도 기도는 없고, 언어(言語)는 있어도 대화(對話)는 없으며, 저주할 줄은 알아도 감사할 줄은 모르며, 향락은 바라면서 희열과 감격을 모르는 이 슬픈 풍토가 나의 가슴을 허물어뜨리고 번져 들어오는 날, 나는 마음의 창가에 빨간 까치밥을 달아 두리라. 까막까치의 밥이 되어 상처 투성이로 쭈그러든 까치밥은 차가운 북풍이 휘몰아치는 어느 날 땅 위 어딘가에 떨어져서 새로운 또 하나의 질서를 위하여 조용히 그 자취를 감출 것이다.

토속적(土俗的)인 정서(情緖)가 저류(底流)에 흐르는 수필 <칠안 저고리>에는 한국적 순수모정(純粹母情)을 보여주고 있다. 칠안 저고리에 얽힌 사연과 함께 어머니의 정한(情恨)과 뜨거운 기도를 떠올리고 있다. 여기에 산문정신이 대두된다. 투철한 에스프리의 작가가 사물에 이념을 부여하는 경우, 그 사물은 그때부터 새로운 의미가 주어진다. 다른 작품에서도 그러하지만 특히 <칠안 저고리>는 사물에 새로운 의미를 부여하고 있음을 볼 수 있다. 그것은 "<칠안 저고리>는 어머니의 비원(悲願)이 담긴 모정(母情)의 상징(象徵)"이라든지, "향수가 깃든 모정의 거울이요, 고향"이라는 구절에도 단적으로 나타나 있다.

그리고 이를 통해 물질주의와 편리주의, 합리주의에 밀려서 사라

져가는 사물에 대한 향수를 자아낼 뿐 아니라, 그의 글은 무엇인가
은연중에 교훈을 암시하는 잠세어군(潛勢語群)을 거느리고 있다.

칠안 저고리는 어머님의 기도! 문득 어린 시절이 뇌리를 스친다. 35
년 전 중학 입학시험을 치르려고 처음으로 어머니 품을 떠나 멀리 타
향으로 가야 했던 그날 아침, 어머니는 새벽같이 일어나서 정화수(井
華水) 한 그릇을 소반 위에 떠놓고 여명(黎明)의 동녘 하늘을 우러러
보시며 천지신명(天地神明)께 아들의 장도(壯途)를 두 손 모아 빌었다.
10여 년간이나 남몰래 소중히 간직해 뒀던 칠안 저고리를 그날 아침
비로소 꺼내어 나의 속옷에 꿰매 주시지 않았던가. 언제 빚었는지 김
이 모락모락 오르는 찹쌀떡을 입에 넣어 주시고 "이걸 먹어야 시험에
붙는다"하시며 아들의 떡먹는 모습을 대견스레 바라보시던 어머니. 어
머니는 이미 타계(他界)하셨어도 어머니의 그 애절한 기도는 칠안 저
고리에 담기어 지금도 내 마음의 창가에 걸려 있는 것이다.

그의 작품 가운데 <정한(情恨)의 예술>을 지나칠 수는 없다. 이
글에는 담배밭을 갈고 있는 화전민 부부를 바라보면서 인간의 삶의
모습을 조명함으로써 서럽도록 사무친 향수에의 감동을 불러일으키
고 있다.

이들에게는 농우(農牛)가 없는 모양이다. 그래서 아내가 소의 역할
을 맡았다. 여인은 지게를 지고 거기에 소의 멍에를 걸었다. 그리고 머
리를 숙이고 허리를 꾸부린 채 연신 산바람을 가르며 앞으로 나아가고
있다. 남편은 쟁기를 밀며 묵묵히 뒤따르고 있다. 멍에와 쟁기를 잇는
두 가닥 타줄은 팽팽하게 평행선을 이뤄 가다가 때로는 느슨하게 드리
워지기도 한다. 타줄이 팽팽할 때는 아내가 남편의 힘을 덜어준다. 타
줄이 느슨할 때는 남편이 아내의 연약한 어깨를 생각한다고 할까. 이
들의 가슴 사이엔 눈에 보이지 않는 또 한 가닥의 타줄이 있다. 이 타
줄을 타고 쉴새 없이 오가는 소박한 애정의 역학을 보고 나는 괜히 콧

날이 찡해지는 것을 느낀다.

　서한체 수필인 <산골소식>은 자연의 경관을 섬세한 감성적 언어로 표현하면서도, <무정설법(無情說法)>이라는 불교적 언어가 암시(暗示)하고 있듯이, 그 언어 뒤에 여운으로 흐르는 섭리(攝理)라 할까 범상치 않게 감돌아 흐르는 게 있다.

　　산골의 겨울은 길고도 춥습니다. 불타오르는 단풍을 조용히 완상할 틈도 없이 초겨울을 맞게 됩니다. 그러나 어느날 문득 휘날리는 낙엽을 보고 저마다 나름대로 무엇인가를 느끼게 됩니다.
　　　　　　　　　　　　　　　　　　　　── <산골 소식> 중 일부

　여기에 나타나 있는 언어 말고, 그 언어 뒤에 따라가는 언어 잠세어(潛勢語)를 포착하게 된다.

　　자연의 목소리를 듣는 데도 철따라 다를 것입니다. 빗물처럼 창에 와 부딪쳐 쏟아지는 뻐꾸기 소리는 눈으로 듣고, 사방을 요란하게 뒤흔드는 매미 소리는 귀로 듣고, 가을의 뭇 풀벌레 소리는 피부로 듣고, 겨울의 문풍지 소리는 마음으로 들어야 실감이 날 것 같습니다.
　　　　　　　　　　　　　　　　　　　　── <산골 소식> 중 일부

　다음으로, <거룩한 본능>은 무섭게 추워지는 산골 날씨에도 쭉지 부러진 짝을 버리고 혼자 남쪽으로 갈 수 없는 황새가 슬프게도 서로 목을 감고 죽은 정경을 그렸고, <화전민(火田民)의 한 소녀(少女)>에서는 퇴락됨이 그지없는 산골 소녀의 애틋한 정서를 나타내고 있는 바, 그 분위기와 빛깔에서도 작자의 내면세계를 엿보게 된다.
　그가 관심을 갖는 환경은 주로 산골이나 농어촌이었고, 인물(人物)들은 어머니나 소녀 혹은 황새·물새·뻐꾸기·기러기 등 연약한 것이었으며, 이러한 사물들의 피침성(被侵性)에서 정서는 정한(情恨)으로 나타나게 되고, 이 정한(情恨)은 강물, 여울목 등의 언어로서 모음변화(母音變化) 내지는 모음조화(母音調和) 현상을 나타낸다.

　이제까지 살펴본 그의 몇몇 작품만 보아도 그가 얼마나 불교적 소양의 바탕 위에 선적(禪的)인 멋이 흐르는 문사(文士)인가를 쉽게 알 수 있을 것이다. 그는 언제나 프리즘의 눈으로 반짝이는 사물들을 선택하여 훌륭한 모자이크를 구성하는 재주를 타고났다. 하나의 돌 옆에 또 다른 빛깔의 돌을 수놓아 가는 그의 작품 세계는 밤하늘의 별떨기 같이 오순도순 찬란하게 반짝인다. 고난을 선량하게 극복하여 작품화하는 지(志)와 재(才)를 겸비한 문사(文士) 김규련(金奎鍊)은 끝없는 샘물을 길어 올리듯, 언제나 참신하게 반짝이는 언어의 석공(石工)인 동시에 수필의 조각가임에 틀림이 없다.

c. 박연구(朴演求)의 수필세계

1

수필을 얘기하기 위해서는 우선 그 기준(基準), 혹은 척도(尺度)부터 설정해야 한다. 보편 타당한 척도가 정해지지 않은 채 작품을 논한다면 객관성을 잃게 마련이기 때문이다. 객관성을 상실한 비평은 주관적 비판에 불과하다. 자기 나름대로의 견해는 사람마다의 개성이라든지 어떤 취향에 따라서 얼마든지 다를 수 있다. 그러므로 여기에서는 그 기준으로서의 전제조건을 찾아 세운 다음에 박연구의 수필 세계를 살펴보고자 한다.

이 세상에는 여러 종류의 꽃이 있듯이 여러 개성의 인류가 존재한다. 장미꽃이든 라일락이든 풀꽃이든 어떤 꽃을 막론하고 그 꽃마다 특색이 있고 가치가 있듯이 개성적인 인간이란 어느 누구를 막론하고 특색이 있고 가치가 있기 마련이다.

그러므로 꽃을 얘기할 때 장미꽃은 좋고 라일락은 나쁘다거나 라일락은 좋고 풀꽃은 나쁘다는 식의 논리는 옳지 않다. 그것은 일종의 자기 취향에서 나온 말이지 꽃에 대한 올바른 해석이 될 수는 없다. 그 꽃에 대한 객관적 해석이란 어디까지나 이미 주어진 꽃나무의 가치를 일단 인정하는 입장에서 보아야 할 것이다.

정목일(鄭木日)은 박연구를 가리켜 "시골에 낙향(落鄕)한 선비같이 고요한 풀꽃"이라 했는데, 그 풀꽃은 풀꽃대로의 존재목적과 존재가치가 있는 것이다.

따라서 수필에 있어서 작품론(作品論)이나 작가론(作家論)을 시도하기 위해서는 우선 간섭해야 할 부분과 간섭해서는 안될 부분을 구

분할 줄 알아야 한다. 간섭할 수 있는 부분이란 표현 기법에 관한
면이요, 간섭해서는 안되는 부분이란 작자의 개성에 관한 면이다.

인간은 어디까지나 개성적(個性的) 존재(存在)이기 때문에 저마다
의 수필이 가능하고 예술이 가능하다. 그러므로 우선은 누구든지 이
개성진리체(個性眞理體)로서의 인간을 존중해야 한다. 그 개성 자체
를 부정한다면 그것은 이미 객관성을 잃은 주관적 감정 표현에 불과
하기 때문이다.

박연구의 수필에 대한 독자의 반응은 크게 보아 두 가지로 나타
나고 있다. 그 하나는 긍정적인 반응으로서, 그의 정교한 필치로 인
한 치밀한 세공작업의 성공을 들겠고, 다른 일면은 부정적인 반응으
로서 신변잡기 운운하는 사람들의 인식을 들 수 있겠다.

찰스 램의 수필이 어떻고, 몽떼뉴와 베이컨의 수필이 어떻고 하면
서 수필은 이래야만 한다는 식으로 생각하는 사람들의 도식적인 사
고방식이 재단비평의 과오를 범하게 된다. 우리는 그러한 것을 참고
하는 것은 무방하겠지만, 그게 무슨 수필문학의 경전이라도 되는 것
으로 착각해서도 안 된다.

우리가 어떤 수필 세계를 이해한다거나 확인하기 위해서는 이 두
가지의 면 가운데 어느 한 면에만 치우쳐서는 안 된다. 어느 한 곳
에만 편벽된 현미경의 눈과 함께 전체의 망원경적 눈을 동시에 지니
지 않으면 안 된다. 이러한 동시적인 원근법(遠近法)은 앞으로의 건
강한 수필문학의 발전을 위해서 유익하다.

얼핏 보면, 박연구의 수필은 신변잡기라는 말을 들을만치 그 소재
(素材)가 일상(日常)의 신변(身邊)에서 취한 것이 많다. 물론 이러한
미셀러니 풍은 비단 그에게만 해당되는 것은 아니고, 우리나라 전체
수필 면적 대부분을 차지하고 있기도 하지만, 여기에서는 어디까지
나 소재를 두고 하는 말이다.

여기에서 우리는 일상의 신변적인 소재를 취급한 수필은 모조리 신변잡기라고 할 수 있는가 하는 물음에 부딪치게 되는데, 필자는 그렇지 않다고 생각한다.

수필 뿐 아니라 모든 문학 형태는 무엇(소재)을 쓰느냐 보다는 어떻게(표현) 썼느냐가 더욱 중요한 요소로서 문학성 여하가 판가름되기 때문이다.

박연구는 아무리 일상적인 신변잡사에 불과한 소재라 할지라도 이것을 신변잡사 그대로 두지 않고 수필이라는 형태로 직조함으로써, 신변잡사적인 소재를 가지고도 좋은 수필을 쓸 수 있다고 하는 가능성을 수필 작품으로 보여주고 있다.

그는 자기의 체질에 맞는 소재를 선택하여 정교한 문체로 보여줌으로써 어떤 가식이나 엄살을 모르는 까닭에 은연중 많은 독자를 가지고 있다. 아무튼 박연구의 수필에 대해서 왈가왈부하는 사람도 그의 수필을 수필이 아니라 할 수 없고, 그를 수필가가 아니라고 할 수는 없을 것이다. 혹 다른 사람이면 몰라도 그에게는 그게 통하지 않는다. 그것은 그가 수필로만 일생을 살아온 수필의 주인이기 때문이다.

2

수필 덩어리로 뭉쳐진 약체(弱體)의 문사(文士), 박연구의 수필 세계를 단적으로 말한다면, 한(恨)과 환(幻)으로 대별(大別)할 수 있을 것이다. 이것을 좀 더 세분(細分)해서 말할 것 같으면, 이루지 못한 첫사랑의 한(恨)과 여성에의 환적(幻的) 신비의식(神秘意識), 그리고 사물(事物)에서 도출(導出)되는 향수(鄕愁)와 생활의 부조화(不調和)에서 오는 갈등 등으로 가름할 수도 있을 것이다.

그런데 이 가운데에서 가장 뚜렷한 색감(色感)으로 주조(主調)를 이루고 있는 것은 잃어버린 첫사랑으로부터 비롯된 한적(恨的) 요소이다. 이 한적 요소는 그의 작품 도처에 내재되어 있다.

박연구의 수필 작품들 가운데서 사랑의 배반자(背反者)로 등장되는 K양을 떼어낸다면 그의 작품 세계가 공허해질 정도로 그녀는 관념 세계의 노른자위를 점하고 있다.

세월이 가면 옛날의 시골 모기소리까지도 그리워질 때가 있듯이, 박연구에 있어서 그 배반자는 이미 증오의 대상이 아니다. 그는 야멸차게 떠나간 여인의 영상(映像)을 붙들고 조소(嘲笑)하는가 하면, 감초(甘草)를 씹듯이 체념(諦念)을 토로(吐露)하기도 하지만, 그러면 그럴수록 그녀는 오히려 역설적(逆說的)인 미의식(美意識)으로 살아나게 된다.

하나의 굴광성 식물(屈光性植物)도 어떠한 장애물이 햇빛을 차단하는 경우, 반드시 그 장애물을 피하여 다른 방향으로 향일(向日)하여 뻗어 나가듯, 그에게 있어서 첫사랑의 단절(斷絶)은 문학이라고 하는 새로운 향일성(向日性)의 전이(轉移)로서 소생하게 된 것이다.

이는 마치 현실 세계에서 행복할 수 없는 무녀(巫女)가 영(靈)의 세계에서 관념(觀念)의 꽃이나 나비로 환각(幻覺)되는 사랑에 취하여 춤을 추는 것처럼, 그는 이루지 못한 첫사랑의 꿈을 문학(수필)이라고 하는 상상(想像)의 현실(現實)에서 실현코자 했던 것이다.

첫사랑으로부터 배반당한 아픔이 깊고 큰 만큼 그 반동으로 일어난 문학에의 집념 또한 강하고 끈질긴 까닭에 그의 수필은 언제나 유연(柔軟)하면서도 한번 붙들면 감겨 떨어질 줄 모르는 접착성(接着性)을 지닌다.

그 끈끈한 접착성으로 하여금 단념해야 할 것을 쉽사리 단념하지 못하게 될 때 그 의식의 흐름은 새로운 방향으로 전이(轉移)되기 마련이다.

이러한 의식의 흐름이 작품으로 표현되는 경우를 살펴본다면 다음과 같은 어휘를 끌어올릴 수 있겠다.

> "나는 언제나 사랑하는 여인에게 편지를 보내는 심정으로 수필을 써 왔다."(어느자유)
>
> "내 수필 가운데 자주 등장하는 회상 속의 K양은 바로 친구 K군의 누이가 된다. '위대한 개스비'의 주인공 개스비가 변심한 연인 데이지에게 다그쳐 물었을 때 '너는 좋지만 가난하기 때문에 싫다'고 하였던 것처럼, K양도 분명 비슷한 말을 하여 나로 하여금 절망의 늪을 헤매이도록 만들었던 것이다."(20년이라는 세월)
>
> "사랑스런 소녀와 멋진 연애를 해볼 수 없었던 나의 그 당시의 처지가 지금도 한으로 남아 있다고 하는 것이 더 정확한 심경의 표현일 것 같다."(딸과 수학여행)

이상의 글에 나타난 사랑의 한적(恨的) 요소는 성년심리(成年心理)라든지, 정신분석학적 메스를 가하지 않더라도 쉬이 단념하지 못하는 미의식(美意識)의 표출(表出)임을 용이하게 알 수 있다.

그것은 소월(素月)이 읊었던 "저만치 홀로 피어있는 꽃"으로서, 붙들려고 할 때 사라지고, 체념(諦念)하거나 관조(觀照)할 때 오히려 되살아나는 성질의 것으로서 미감(美感)을 제공하는 마법(魔法)의 등불이다.

또한, 현실적으로 실현되지 못한 첫사랑의 단절(斷絶)에서 나타난 반동적 심리는 그 문학적 상상의 세계에서 여성을 숭배(崇拜)하는 환적(幻的) 미의식(美意識)으로 나타나기도 한다.

<보두엥 부인(夫人)의 초상(肖像)>이나 <편지 이야기>, 그리고 <어느 페미니스트의 독백(獨白)>이라든지 <안도(安堵)>, <어느 인연> 등등의 작품에서 여성미(女性美)의 집착(執着), 그 주술적(呪術的)

환(幻)의 세계(世界)를 엿볼 수 있다.

그리고 사물에 대한 소박하고 겸허한 바램으로서 일종의 접착성을 지닌 그의 발성(發聲)은 체질적으로 페이소스적인 향수(鄕愁)를 불러일으킨다. <글을 쓰는 기쁨>이나 <해당화는 피었건만>, 또는 <나를 확인해 준 기쁨>, <우리 모두 동행자(同行者)인데> 등의 작품에서 노스탤지어의 시청각적(視聽覺的) 색채(色彩)와 음향의식(音響意識)을 발견하게 된다.

상상(想像)의 현실 세계에서 활발하게 나래를 파닥이던 그의 여러 의식형태(意識形態)는 저공비행(低空飛行)에서 만나게 되는 현실적인 산악(山岳)에 부딪쳐 갈등(葛藤)을 표로(表露)하기도 한다.

> "엿장수가 강냉이장수로, 가위소리가 마이크소리로 바뀌었다고 들었는데 이제 번데기장수의 '뻔'하는 소리마저 사라지게 되었으니……. 동심을 살찌우게 하는 소리들이 사라지고 난 이 도시의 골목길에는 귀청을 째는 자동차의 경적소리 아니면 쥐약장수의 마이크소리만 골목길을 메우게 될 터이니 이런 기억만 지니면서 자라난 우리들의 아들 딸들에게 풍부한 인간 정서를 기대하기는 어렵게 되고 만 셈이다."(우리 모두 동행자인데)

> "직장생활을 하면서 숱하게 비위 상하는 꼴과 대면하게 되는 것이지만 목구멍까지 치밀어오는 구역질을 '가장'이라는 진토제(鎭吐劑)가 그때마다 잘도 효험을 보여주어 연자매를 돌리는 소처럼 사역을 감내하고 지내왔을 따름이다."(바다의 선물)

3

이제까지 박연구(朴演求)의 수필을 몇 가지 유형별(類型別)로 살펴보았다. 목화(木花)를 말리는 가을날의 햇살같이 잔인정이 많은 그의 수필은 포근한 정(情)의 미학(美學)으로서 잔잔한 향기를 지닌다.

그의 정교(精巧)하게 세공(細工)하는 언어(言語)의 조립능력(組立能力)은 본받을 만하다. 그리고 또한 오로지 수필로만 살아온 그의 장인기질(匠人氣質)도 본받을 만하다.

특히 수필(문학)을 명예의 일환으로 따 걸치기 좋아하는 사람들이나 너절한 감투 같은 것을 훈장이나 악세사리 걸치듯 주절주절 걸치기를 좋아하는 사람들은 시골 선비 같이 초연한 그의 수필 쓰는 자세도 본받을 만하다.

필자는 그의 일점일획(一點一劃)도 가감(加減)할 수 없는 정교성(精巧性)에서 그 이상의 새로운 단계의 변화를 욕심부리고 싶지만, 이는 마치 금반지 만드는 사람에게 힘겨운 조각이나 건축공사를 주문하는 것만큼이나 격에 맞지 않는 주문이라고 생각한다.

그러므로 앞에서 이미 전제한 바와 같이, 개성적 존재로서 정교(精巧)한 세공능력(細工能力)을 인정받고 있는 그에게는 앞으로 자기 세계의 심화(深化)와 확대(擴大)만이 박연구다운 수필문학의 한 전형을 이루는 첩경(捷徑)이 될 것이다.

이 평론을 쓴 지 15년만에 그의 '선우명 수필선' <매원수필>을 읽게 되었다. 매원(梅園)은 그의 아호(雅號)다. 아호를 표제(表題)로 내걸었다는 것은 대표되는 책이라는 점을 짐작케 하므로, 관심이 가는 작품을 좀 더 살펴보았다. 여기에는 생소한 수필도 있었고 낯익은 수필도 있었다.

> 이 시간, 아내는 차를 끓인다. 누군가의 수필이 아니라도 먼 산이 불려나온 듯이 가깝게 다가서고, 산들산들 부는 맑은 바람 속에서는 낙엽 타는 냄새가 고소하게 나는데…. 그윽한 향기가 콧속으로 스며드는 커피 맛을 즐길 수 있다고 하는 것은 가을이 아니면 맛보기 어려운 정취가 아닌가 한다.(생략)

책방 순례를 하는 것은 기쁜 일과 중의 하나다. 자신이 보고 싶은 책들을 사기 위해 책방을 순례하는 것도 기쁜 일이지만, 아이들이 부탁한 책을 사기 위해 책방을 순례하는 것은 더욱 기쁜 일이다.

그 책을 사들고 나올 때에는 음악에 리듬이라도 맞추는 듯 발걸음이 사뭇 경쾌하게 느껴진다. 지금의 나는 우리 집 아이들의 가을 연주(演奏)를 위한 매니저일 따름이다.

— <가을 연주를 위해> 중 중간 부분과 결말 부분

연꽃을 바라보고 있으면 마음이 정화(淨化)되는 것을 느낀다. 그럴 때에 행복감을 잊지 못한다. 목련꽃을 바라보면서도 똑같은 행복감을 느낀다. 연꽃이 뿌리에서 온갖 오탁한 환경을 극복하는 식물이라면, 목련은 나무 줄기에서 온갖 오탁한 환경을 극복하는 식물이 아닌가 한다.(생략)

목련나무는 나에게 많은 것을 시사해 준다. 꽃눈이 겨울 추위를 견디는 것 하나만 가지고도 그러하다. 나 또한 겨울 추위, 아니 겨울 추위 같은 세파의 모진 바람을 견뎌내기 위해 마음을 다지지만 때로는 실의하고 좌절한다. 그래도 겨울이 가고 봄이 왔을 때 아름답게 핀 연인 같은 목련꽃을 바라보기에 부끄럽지 않도록 자신을 부단히 채찍질하면서 산다.

— <나의 연인같은 목련꽃이여> 중 중간 부분과 결말 부분

이 두 편의 수필에서는 정밀(靜謐)한 잔재미를 느낀다. 인생에 있어서 '잔재미'가 진짜 재미다운 재미라는 것을 터득한 듯하다. 이 두 편의 수필은 모두 중간과 결말 부분에 힘이 주어져 있다. '아이들의 연주를 위한 매니저'라는 것과 '목련꽃을 바라보기에 부끄럽지 않도록'이라는 구절이 그것이다.

다음으로 거론할 <초상화>와 <변소고(便所考)>는 앞의 작품에 비하여 치열함이 노골적으로 드러난 작품이다.

　　나는 S지의 원고료를 받아 넣고 나오는 길에 광화문에 있는 어느 초상화 집에 들러 어머니의 초상화를 부탁했다. 내가 굳이 원고료를 가지고 어머니의 초상화를 맡긴 데는 이유가 있다.

　　군에서 제대하고 나와 취직도 못하고 밤늦도록 원고를 쓰고 있자니까 옆에 계신 어머니가 그걸 써내면 돈이 되어 나오느냐고 물으셨다. 나는 고개를 끄덕여서 그렇다고 대답해 드렸던 것인데 그 글이 발표되기도 전에 53세밖에 아니된 연세로 이승을 떠나버리신 일이 뼈에 사무치게 한(恨)이 되었다.(생략)

　　유복자로 자라 어린 나이에 시집 오셔서 가난한 집 살림살이를 꾸려가시기에 너무 고생만 하다가 돌아가신 어머니 생각이 문득문득 나실 때마다 아버지는 사진틀을 내려서 없는 먼지도 닦고닦고 하신 것 같다.

— <초상화> 중 중간 부분과 끝부분

　　남녀노소 할것 없이 한 줄로 서서 차례를 기다려야만 된다. 평소에도 미장원을 잘 모르고 사는 빈민가의 여인들이라 머리를 매만지지도 않고 그냥 나온 까닭에 그런 여자 뒤에라도 서게 되는 아침이면 그날 하루 기분은 잡치게 마련이다. 시아버지와 며느리가 섞여 서서 기다리는 때도 없지 않을 것이지만 어쩌다 부부간에라도 변소 앞에서 같이 차례를 기다려야 하는 것처럼 쑥스러운 일도 흔치 않을 것이다.(생략)

　　근래에 나는 변비증이 생겨서 더욱 고난을 겪는다. 한 번씩 배변을 하려면 분만 쉽게 하는 여자보다도 고생을 한다. 그러자니 용변 시간이 길 수밖에 없는데 바깥에서는 빨리 나오라고 성급한 여자는 문짝을 쾅쾅 치기까지 하는지라 일껏 배설되려던 것이 놀라서 그만 도로 들어가버리는 수도 있었다. 들어가버린 그것은 나올 생각을 않고 밖에서 발을 동동 구르는 것이 설사라도 난 모양이라 빨리 비켜 주어야 되겠는데, 그냥 나오자니 2원이 아까운 생각을 안 할 수가 없었다.(생략)

　　나는 공중변소를 어느 창부 같다고 생각해 본다. 아내도 애인도 없는 사내들이 찾아와서 카타르시스를 하면 다소곳이 받아주고 또 기다리는 그러한 너그러운 창부 말이다. 어느 땐가는 그들이 자기만의 애인이나 아내를 찾아 떠나가기를 기도하는 자세로 있는 것이다.

— <변소고(便所考)> 중 중간 부분과 결말 부분

제3부 수필문학의 감상과 비평　177

이 두 편의 작품은 앞의 두 수필에 비하여 치열한 의식이 노골적으로 표면에 드러나 있다. 그러면서도 앞의 두 작품과 마찬가지로 중간 부분과 결말 부분에 힘이 주어져 있음을 알 수 있다. 중간과 결말 부분에 힘이 주어져 있다는 애기는 마치 산허리 휘어돌아 감기면서 머무르기 전에 두어번 힘이 주어지다가 머무는 명당(明堂)과도 같은 형국이다.

자유중국 국립역사박물관에는 옥으로 만든 배추벌레가 있다. 옥으로 아로새겨진 그 배추잎에 역시 옥으로 미세하면서도 정교한 배추벌레를 보기 위해서 수많은 사람들이 확대경을 들여다보듯이 우리들은 박연구의 수필을 읽는다. 그 배추벌레에 어떠한 사연이 있는 줄은 잘 모르지만, 특별한 이야기가 있는 것 같지도 않은 그 배추벌레를 옥으로 정교하게 아로새겼다는 그 이유 하나만으로 바라보듯이 그렇게 우리들은 박연구의 수필을 가끔씩 웃으면서 읽는다.

2. 수필문학의 이모저모

a. 수필문학의 자주독립
— 그 주제와 제재를 중심으로

태초에 말씀이 있었다는 성경구절(聖經句節)은 문학에 있어서 본래에 주제가 있었다는 논리와 동일한 언어 구조를 이룬다. 수필 창작에 있어서 주제와 제재와 기교 중 어느 것이 더 중요하냐는 물음에 앞서서 어느 것이 선행되느냐 하는 문제는 여기에서 거론할 만한 가치가 있다고 본다. 앞에서 이미 성구를 들어 전제한 바와 같이 모든 문학에는 우선 주제가 선행된다. 물론 소재나 제재가 선행될 때도 있는 것처럼 보일 수도 있다. 그러나 엄밀하게 분석하면 결국 제재보다 주제가 선행되어 있음을 알 수 있다.

우리가 어떠한 사물을 보고 그 사물에 대해 인식한다고 할 때에는 그 대상적 사물 이전에 보는 이의 눈이 있었고, 보는 이의 눈동자에는 이미 그 대상적 사물이 지닌 바의 소성이 내포되어 있었기 때문에 보는 이의 눈동자에 내포된 소성과 대상적 사물이 지니는 소성, 이 두 동질요소의 만남에서 인식이 가능하게 되는 것이다.

가령, 한강에 해가 뜨는 광경을 보았다고 가정해 보자. 강물 속에서 올라오는 태양이 강물에 떠있는 목선에 머물고 있다고 가정해 보자. 이 때의 그 대상적 사물을 보게 되는 우리들의 눈동자에는 이미 태양과 강물과 목선의 소성이 내포되어 있기 때문에 그 두 동질 요소의 만남에 의해서 인식이 가능하게 된 것이다.

이러한 존재론적 인식의 논리는 수필의 주제와 제재간의 관계양상에 있어서 언어구조의 논리정립을 가능케 할 수 있는 중요 요소를 내포하고 있다. 왜냐하면 이러한 인식의 논리는 혼미한 수필문학의 경지정리(耕地整理)를 가능케 하는 가치기준이 될 수 있다고 보기 때문이다.

이러한 인식의 논리는 결국 인식의 근거를 사물을 보는 주체자와 사물과의 관계양상에 둔다는 결론을 이끌어 낸다. 즉 사물을 바라보는 작자가 자체적으로 지닌 만큼 사물을 인식할 수 있다는 논리다. 그러므로 사물을 접할 수 있는 작자 자신의 인식능력이 문제된다.

수필문학의 경지정리는 수필의 문학으로서의 장르의식을 바르게 수립하기 위해서도 긴요하다. 수필에 있어서 그 장르 의식을 확고히 하기 위해서는 우선 수필다운 수필, 흔히 일컬어지고 있는 소위 '문학적 명수필'이란 어떠한 수필을 가리키는가 하는 수필문학의 가치 척도가 정해져야 한다.

이게 제대로 수립되지 않고는 언제까지나 혼미를 거듭할 수밖에 없다. 따라서 수필도 문학의 한 장르로서의 자주독립을 꾀하기 위해서는 그 영토에 대한 가름이 서야 한다. 수필의 영토가 넓다거나 특별한 형식이 없다는 얘기는 누구나 손댈 수 있다는 장점을 지니는 동시에 그로 인해서 오히려 알뜰히 가꾸기 힘들다는 단점도 된다.

수필은 이 단점을 보완해야 한다. 시조와 함께 시가 있고, 동요·

동시·동화를 포함한 아동문학이 오롯하게 어려있듯이, 수필도 역시 하나의 문학 장르로서 확고한 자리매김이 필요하다. 그러기 위해서는 문학적 수필에의 경지정리를 시도해 나가야 할 것이다.

이를 위해서는 문학으로서의 수필과 여기로서의 잡문의 감식능력을 길러 나가야 하겠고, 문학으로서의 가치가 있는 수필을 옹호하고 향상시키는 작가적 양식이 길러져야 한다. 여기에 정직한 충고와 친절한 조언자로서 등불 들고 길을 밝혀 주는 평론이 요구된다.

> 수필가의 문필적 소양과 양식은 어떠해야 하는가?
> 수필을 여기(餘技)로 만족해 하는 안일한 자세는 지양될 수 없는가.
> 수필의 희박한 장르 개념을 선명하게 할 수는 없을까?
> 수필에 있어서의 치열성의 결여는 영원 불변의 성질인가?
> 수필의 문학성과 비문학성은 어떻게 가름하는가?

이와같은 여러 의문에 대한 체계적 정리는 우선 어떠한 수필이 문학성 예술성이 높은 수필인가를 제시하는 일에서부터 시발되지 않으면 안 된다. 수필이 하나의 문학 장르로서의 위치를 확고히 다지기 위해서는 그 문학성을 떠나서 얘기될 수 없기 때문이다.

따라서 수필이 문학 장르로서 확고한 자리를 굳히기 위해서는 기쁨을 주는 높은 차원의 쾌락성과 교훈을 주는 교시성을 동시에 가져야 하는 것은 당연하다. 그리고 이러한 요소의 심화와 확대는 수필의 문학성을 높이는 데 필요 불가결의 것이다.

여기에서의 심화라는 말은 인생에 있어서 새로운 해석일 수도 있고, 가치 추구의 높은 차원일 수도 있다. 따라서 작가는 이러한 뭉뚱그려진 생각을 균형있는 조화를 유지하면서 자기의 관심사를 개성적으로 찍어 발라야 한다.

여기에서 찍어 바른다는 말을 뒷받침하기 위하여 '태초의 말씀'에 관한 성구를 상기해 두고자 한다. 작자에게는 애초에 주제가 있었다. 그가 하고 싶은 이야기가 있었다. 그 하고 싶은 이야기를 그대로 설명하게 되면, 그것은 단순한 이야기이지 문학은 될 수 없다. 그 하고 싶은 이야기를 가지고 문학(수필)이 되게 하기 위해서는 설명해서는 안 되고 표현해야 한다.

따라서 그 효과적인 표현을 위해서 새로운 사물, 새로운 언어를 차용하게 된다. 이때 새로이 차용하는 것, 빌려오게 되는 것이 바로 작품의 소재이며 제재이다. 제재는 주제를 위해서 동원시키는 재료이다. 주제를 위해서 동원된 이 재료를 가지고 요리하는 게 기교다. 따라서 제재와 기교는 주제를 위해서 동원되는 요소들이다. 이 세 요소는 거의 동시적으로 이루어지는 것처럼 보이지만 엄밀히 나누면 태초의 말씀처럼, 애당초의 주제에서 비롯된다.

화가가 물감을 찍어 발랐을 때 그 물감이라는 재료와 찍어 바르는 완급의 속도에서 나타나는 점과 선, 유연한 형선의 미 등등은 애당초의 생각과 거의 동시에 이루어지는 것 같지만, 이도 역시 애초에 있었던 생각의 구체적인 형상화인 것이다.

그러므로 수필에 있어서도 좋은 수필을 쓸 수 있는 일차적인 관심사는 작자가 말하고 싶어하는 내용이다. 그 말의 내용이 어떠한 차원의 것이며, 어떠한 용기를 차지함으로써 가치가 주어지느냐가 관심사라 할 수 있다.

본래의 옷감이 무명인가 광목인가 삼베인가. 아니면 명주인가 모시인가 항라인가. 아니면 밍크인가 모직인가 나일론인가에 따라서 의상의 품위가 달라지게 된다. 그러므로 우선 기본적으로 중요한 것은 작자의 품위있는 생각과 고상한 언어인 것이다.

이러한 이치를 빤히 알면서도 왜 좋은 수필을 생산해 내지 못하는 것일까. 작자의 수필 창작 과정을 누에가 실을 늘여 집을 짓는 과정으로 비유할 때 윤오영의 '양잠설'은 일리있는 착상이라 하지 않을 수 없다.

주제와 제재와 기교는 거의 동시적으로 이루어지며, 모든 요소가 다 중요시되지만, 좋은 수필을 쓴다는 전제를 위해서는 적합한 제재를 선택해서 조화롭게 배치할 수 있는 작자의 개성과 능력이 문제된다.

요즈음도 이상 야릇한 제재, 특이한 제재를 찾아 헤매며 고심하는 사람들을 보게되는 데, 이는 좋은 수필을 쓸 수 있게 하는 올바른 처방이 되지 못한다.

제재란 물론 주제에 기여하기 위해서 동원되는 것은 사실이지만, 주제가 빈약한 상태에서의 제재 편중주의는 재사(才士)의 문인, 장색적(匠色的) 수필가를 낳게 한다.

알맹이 없는 상태에서 제재를 선택하여 기묘하게 다듬어 놓는 것은 글재주에 불과하기 때문이다. 훌륭한 수필가는 글재주꾼을 말함이 아니다. 좋은 수필을 쓰려면 문(文)과 지(志)를 겸해야 한다. 문(文)이 없는 지(志)는 거칠고, 지(志)가 없는 문(文)은 황홀할 따름이다.

인간 정신의 자양으로서 보다 좋은 수필, 보다 훌륭한 수필을 위해 반드시 갖추지 않으면 안 되는 것이 그 내용과 형식이다. 내용은 인간의 내적 자양으로서 종교, 철학, 윤리 또는 정서적 요소를 용해하고 있다면, 형식은 문학성 내지는 예술성이 강조되는 요소라 말할 수 있다.

깊은 우물에서 시원한 샘물을 길어 올리듯, 깊은 생각에서 수필다운 수필은 탄생된다. 생각이 깊지 못하고 천박하면 아무리 많은 글을 써낸다 하여도 질 좋은 비단같은 언어가 짜여져 나올 리 만무하다. 많은 수필들을 접하게 되지만 로댕전에서 받은 충격 같은 감동을 받는다거나, 그러한 깊은 울림을 듣기는 힘들다.

마음 속 깊은 곳으로 깊이깊이 얘기하는 그 떨림과 울림을 수필에서 맛볼 수 있다면 이것은 하나의 축복이다. 이제는, 연지 찍고 분 발랐다고 해서 무조건 미인이 아니듯이, 화려하게 치장을 했다고 해서 좋은 수필이라고 할 수는 없다는 자각을 해야 한다.

여기에 자아 성찰이 요구된다. 자기를 돌아보고 자기의 마음이 어떠한 마음인가를 확인하는 일이다. 새로운 언어를 심기 위해서는 마음의 밭을 갈아 엎고 밑거름을 착실히 하여 비옥한 마음밭을 가꾸어야 한다. 그래야 수필다운 수필을 경작할 수 있다.

따라서 좋은 수필 창작을 위해서는 우선 많은 독서와 습작, 경험, 사색 등이 요구되고, 사물을 혜안(慧眼)으로 볼 수 있는 수양이 요구된다. 이것은 실로 어려운 주문이다. 그러나 좋은 수필을 위해서는 이러한 구비조건들을 외면할 수는 없다. 많은 사람들이 이러한 요소를 갖추려고는 하지 않은 채 좋은 수필을 쓰겠다고 의기양양하게 덤비지만, 이는 실로 웃지 못할 넌센스라 하지 않을 수 없다.

물론 작자가 모두 철인(哲人)일 수는 없다. 또 반드시 철인이어야 할 까닭도 없다. 그러나 적어도 좋은 글을 써보겠다는 사람이라면 철학적 사고, 철학적 사색은 필요한 것이다. 훌륭한 생각이 결여된 작품 생산은 기대할 수 없기 때문이다.

품위 있고 고상한 생각, 이것이 어느 정도 정돈되어 잡혀 있느냐가 문제된다. 그것은 마치 인절미와도 같은 성질의 것이다. 잘된 떡밥에 콩고물이 들어붙듯, 훌륭한 주제의식에 적합한 제재, 그리고 기교라는 세련된 솜씨가 따라붙어야 명수필은 탄생된다.

뭉뚱그려진 생각, 그 관념의 벽돌 하나하나를 쌓아 올리는 언어의 집짓기, 그 준공을 검사하고 평가하는 평론의 부재현상은 수필세계의 취약점이다. 그것은 수필 영역의 방치되어 온 자유천지, 무풍지

대인 동시에 잡초지역이다.

적어도 수필문학의 길을 밝혀 주어야 할 평론이라면 잡초 같은 잡문을 명수필이라고 추켜 세우는 어리석음을 범해서는 안 된다. 칭찬에 인색하지 않은 것은 미덕이면서도 한 편으로는 자칫 옥석을 가리지 못할 위험이 따르게 된다.

잡지들이 명수필이라고 실어놓은 수필들이 과연 명수필이냐 하면 그렇지 못한 게 현실이다. 그런데도 단평 월평에는 한결같이 칭찬 일색이니 수필이 철들 리 만무하다.

수필평은 사랑의 매에 인색해 왔다. 그래서 월평은 가지각색 제멋대로다. 괜히 원수질 필요 없이 적당히 듣기 좋은 소리로 윤색을 가하여 서로 선심쓰고 위로 받으며 사는 풍토, 여기에서 콩나물은 자랄지 몰라도 풍악(風岳)을 견디는 소나무와 해풍(海風)을 이겨내는 측백나무가 자라지는 못한다.

각설(却說)하고, 이제까지 수필의 주제와 제재를 중심으로 수필문학의 자주독립에 관련된 점들을 피력하였다.

아무튼 결국 수필문학의 자주독립을 위해서는 문학으로서의 명수필 창작에 관한 방법론과 함께 잡문을 배제하고 문학성 높은 수필을 옹호하여 보다 장르 의식을 높이는 건전한 비평 풍토가 조성되어 나아가야 할 것이다.

b. 허구성(虛構性) 문제

우리나라 수필문단에서 수필의 허구성에 관한 문제로 논쟁을 벌인 때가 있었다. 수필이 문학이기 위해서는 허구가 필요하다는 쪽과 수필이 수필답기 위해서는 허구가 끼어들어서는 안 된다는 쪽으로 갈라져서 논쟁을 벌였는가 하면, 그 논쟁 자체를 탐탁찮게 여기는 이들도 있어서 한번쯤은 짚고 넘어가야겠다고 생각한 적이 있었으므로 이 기회에 정리해 두고자 한다.

수필에 허구가 끼어들어서는 절대로 안된다고 주장하는 측에서는, 만일 수필에 소설처럼 허구가 끼어들면 그건 소설이지 수필이 아니라고까지 하였다. 얼핏 들으면 그럴듯하게 들리는 말이다. 그러나 다시 생각해 보면, 그 말은 지나친 억지라는 것을 알 수 있다.

수필가는 소설가가 즐겨 쓰는 그런 허구는 차용하지 않는다는 점을 놓쳐서는 안 된다. 수필을 쓰는 사람은 사실을 근거로 수필을 쓰기 마련이다. 그리고 처음부터 소설가처럼 그렇게 허구를 끌어들이지도 않는다.

수필에는 허구가 절대로 끼어들어서는 안 된다고 주장하는 측에서는, 만일 수필에 허구가 끼어들면 그것은 거짓이지 진실이 아니라고 주장한다. 수필가가 거짓말을 쓸 수도 없고 또 써서도 안 된다는 것이다.

이 말도 얼핏 들으면 일리있는 말로 들릴 수 있다. 그런데 허구는 거짓인가 하는 문제를 생각해 보아야 한다. 허구는 사실이 아니기는 해도 진실이 아니라는 데에는 문제가 있다.

문학이란 사실을 얘기하기 위해서 창작하는 것도 아니요 사실을 알기 위해 읽는 것도 아니다. 문학이란 사실이건 허구건 삶의 진실을 창작하거나 읽음으로써 누리게 되는 성질의 것이다. 그러므로 수필은 작자가 경험한 사실을 근거로 쓰되 그 사실 이상의 어떤 진실을 말하기 위해서 거짓이 아닌 허구적 방법을 차용할 수도 있을 수 있다.

이러한 경우, 여기에서의 허구는 소설가가 즐겨 다루는 그런 허구와는 전혀 다른 성질의 것이다. 소설가는 처음부터 상상의 집을 지어나가지만, 수필가는 사실적인 이야기를 쓰되 질서화하는 과정에서 필요에 따라 차용하는 허구이므로 문학의 본질상 이 점은 어쩔 수 없는 숙명이다. 이야기를 좀 더 구체적으로 하기 위해서 필자의 수필을 인용하고자 한다.

> 외출을 했다가 용돈 쓸 일이 있어서 집에 와 보니 장농 속에 걸려 있어야 할 코트가 보이질 않았다. 아차! 하고 번개처럼 스쳐가는 생각에 옥상으로 올라가 보니 방금 빨아 널은 코트가 빨래줄에 추욱 널려 있는 게 아닌가.
>
> 코트 안 호주머니에 손을 넣어 보니 똘똘 뭉쳐진 저금통장이 척척하게 집혀진다. 나는 봄볕이 눈부시게 내리비치는 옥상에서 마치 빈대떡처럼 납작하게 뭉개진 저금통장을 조심스럽게 펴보았다. 한 장 한 장 펼 수는 없어도 다행스럽게도 내 이름자와 번호는 그대로 나타났다. 나는 무슨 몹쓸 죄라도 지은 사람처럼 슬그머니 집을 빠져나갔고, 은행으로 달려가서 새로운 통장으로 바꾸게 되었다.
>
> 아내의 세탁기 속에 익사했다가 나의 손에 의해서 구사일생으로 살아난 새 통장을 받아들고 돌아오는 길에 이런 생각을 했다.
>
> 이 세상에서 가장 아름다운 여성은 남편의 용돈을 지니고 사는 여성이라는 것을. 그리고 또 생각했다. 이 세상에서 가장 행복한 남성은 저금통장이 필요 없는 남성일 것이라고.
>
> — <용돈> 중 결말 부분

독자는 이 글을 무리없이 읽었을 것이다. 그리고 허구가 있는지 없는지 전혀 느끼지 못한 채 읽었을 것이다. 나는 월급을 내자에게 주고 원고료로 용돈을 쓰는데, 원고료도 아내에게 맡겨두면 여간해서 되돌려 받을 수 없기 때문에 하는 수 없이 나대로의 저금통장을 이용하다가 불편한 일을 겪게 되어 이런 수필을 쓰게 되었다.

이러한 경험을 근거로 수필을 쓰게 된 것은 사건이 일어난 때로부터 많은 시간이 흐른 후의 일이었다. 그리고 그러한 경험을 할 때에는 경황이 없어서 용돈에 관해 이렇게 까지 생각하지 못했었다. 아니 그저 살아갈 뿐 이런 생각을 할 필요도 없었다.

더군다나 "이 세상에서 가장 행복한 남성은 저금통장이 필요없는 남성일 것이라고" 생각하게 된 것은 세월이 얼마를 흐른 후 원고 청탁을 받고 무슨 글을 어떻게 쓸 것인가를 궁리하고 집필에 들어가면서였다.

이렇게 보면, 수필에는 허구가 절대로 끼어들어서는 안 된다고 주장한 쪽에서 하는 말대로, 나는 이미 거짓말을 한 거짓말쟁이다. 왜냐 하면, 새 통장을 만들어 받아들고 은행 문을 나올 때는 "이 세상에서 가장 행복한 남성은 저금통장이 필요없는 남성일 것"이라는 말을 하지 않았고, 그러한 생각도 한 적이 없다.

그 말은 내가 <용돈>이라는 수필을 쓰는 순간에 떠올린 생각이다. 그렇다면 독자를 속이고 나 자신을 속인 것일까? 나는 그렇게 생각하지 않는다. 수필은, 문학은 사실을 기록하는 게 목적이 아니다. 사실을 차용하건 허구를 차용하건 그것들은 진실을 말하기 위한 주제(전체목적)를 위해서 동원된 것이다.

수필에는 허구가 절대로 끼어들어서는 안 된다고 주장하는 측에서는 글을 쓰는 순간에 떠오른 그대로를 쓰면 되지, 구태여 은행문을 나올 때 말한 것처럼 쓸 필요가 있느냐고 반박할 지도 모른다. 그러나 그런 방식은 일기에서나 가능한 일이다. 문학의 가치는 창조성에 있다. 수필문학이 시나 소설에 비하여 창조성이 떨어지는 까닭이 어디에 있다고 보는가.

"나는 무슨 몹쓸 죄라도 지은 사람처럼 슬그머니 집을 빠져나갔고, 은행으로 달려가서 새로운 통장으로 바꾸게 되었다."고 썼는데, 지금 다시 생각해 보면 그때 나는 은행으로 '달려가지'않고 보통걸음으로 걸어 갔었다. 글을 쓰다 보니 그리되었다. 이걸 가지고 독자를 속였느니 우롱했느니 할 수 있는가.

내가 여기에서 말하고 싶은 것은 문학(수필)은 진실을 말하기 위해서 사실에 근거하거나 허구를 차용할 수 있는데, 소설은 주로 허구를 차용하고 수필은 주로 사실에 근거할 따름이라는 것이다. 진실을 말하기 위해서 여러 요건이 요구되는데, 수필은 특히 사실을 근거로 진실을 추구한다는 게 특징이라 하겠다.

그리고 이러한 장르적 관념도 현재의 통념이지 앞으로 수 백년, 수 천년이 지나면 어떻게 변개될 지 알 수 없는 일이다. 수 천년 전의 장르 개념과 오늘의 장르개념을 비교해 보면 이해하고도 남음이 있을 것이다.

c. 한국 수필의 문제점

우리나라 수필의 문제점 중의 하나는 수필은 '붓가는 대로' 쓰면 된다는 뜻의 그 진의를 제대로 이해하지 못한 채 경험한 사실만을 적당히 쓰면 문학(수필)이 되는 것으로 잘못 이해하는 풍조로 인해서 상상력의 빈곤이라든지, 주제나 구성보다는 지나친 소재주의로 인해서 수필다운 품위를 잃어가는 게 아닌가 한다.

수필에서는 허구가 허용되지 않기 때문에 시나 소설의 경우처럼 그렇게 생산적 상상력을 통해서 주제를 위해 동원돼야 하는 소재 또는 제재를 마음껏 재구성, 재창조할 수가 없다. 수필 창작에 있어서는 시인이나 소설가들에 비하여 그 점에 결정적인 제약을 받고 있다.

수필에도 작법이 있을 수 있다. 물론 시인이나 소설가들처럼 그렇게까지 허구를 끌여들여 재구성할 수는 없지만, 그 창작에 관한 방법을 창출하지 않으면 안 된다.

수필에 있어서의 소재는 일상적이요 평범한 삶의 이야기이면 충분하다. 문제는 이야기 그 자체가 아니라 그 평범한 이야기 속에서 어떻게 비범한 이야기, 즉 인생에 대한 어떤 새로운 해석을 내림으로써 신선한 충격을 줄 수 있느냐가 문제된다.

가령 세수를 하려다가 문득, 세수대야에 떨어진 단풍잎을 보았다고 가정하게 될 때, 그 하찮은 단풍잎 하나를 가지고 섭리적인 우주의 순환이라든지, 가을이라는 계절이 암시하는 인생과 우주의 해석도 나름대로 내려볼 수 있을 것이다.

수필의 매력은 단풍잎을 단풍잎 하나로 끝내고 마는 게 아니라 어떤 종교적 상상력이라든지, 철학적 인식이라는 사색의 과정을 통해서 비범한 작품으로 승화시킬 수 있다는 데에 있다.

이를 위해서는 상상력을 차단할 게 아니라 열어 나가야 한다. 수필에서는 시나 소설에서 거들떠보지도 않는 신변잡사 같은 하찮은 소재를 가지고도 반짝반짝 빛을 내는 훌륭한 문체로 엮어낼 수 있는 묘미를 활용할 수 있는 면도 있다.

> 마고자는 마괘자와 비슷도 아니한 딴 물건이다. 한복에는 안성마춤으로 어울리는 옷이지만, 중국 옷에는 입을 수 없는, 우리의 독특한 옷이다. 그리고 그 마름새나 모양새가 한국 여인의 독특한 안목과 솜씨를 제일 잘 나타내는 옷이다. 그 모양새는 단아(端雅)하고 아취(雅趣)가 있으며, 그 솜씨는 섬세하고 교묘하다. 우리 여성들은 실로 오랜 세월을 두고 이어받아 온 안목과 솜씨를 지니고 제게 맞는 제 옷을 지어냈던 것이다. 만일 우리 여인들에게 이런 전통이 없었던들, 나는 오늘 이 좋은 마고자를 입지 못할 것이다.
>
> 문화의 모든 면이 다 이렇다. 전통적인 안목과 전통적인 솜씨가 있으면, 남의 문화가 아무리 거세게 밀려든다 할지라도 이를 고쳐서 새로운 제 문화를 이룩하는 것이다. 송자(宋瓷)에서 고려(高麗)의 비취색

(翡翠色)이 나오고, 고전(古篆) 금석문(金石文)에서 추사체(秋史體)가 탄생한 것이 우연이 아니다.

　귤(橘)이 회수(淮水)를 건너면 탱자가 된다는 말이 있다. 예전엔 남의 문물(文物)이 해동(海東)에 들어오면 해동문물(海東文物)로 변했다. 그러나 그것은 탱자가 아니라 진주(眞珠)였다. 그런데 근래에는 반드시 그렇지만은 않은 것 같다. 남의 것이 들어오면 탱자가 될 뿐 아니라, 내 귤(橘)까지 탱자가 되고 마는 것 같아 안타까울 때가 있다.
　　　　　　　　　— 윤오영(尹五榮)의 <마고자> 중 후반부

　일상적인 평범한 소재를 비범하게 쓴 작품이다. 평범 속의 비범, 여기에 수필의 묘미가 있다. 외래문화가 잡다하게 판을 치고 있는 요즈음, 한국적 정서와 전통문화를 지키고 향상시켜야 한다는 자성과 자각을 일깨우는 글이다. 중국에서 전래된 마괘자(馬掛子)가 한국 여인의 뛰어난 안목과 솜씨에 의하여 우리의 '마고자'가 된 것처럼, 외래문화를 제대로 수용하여 민족문화를 계승 발전시켜야 한다는 주장이 깔려 있는 글이다.

　한 집안, 한 마을, 한 사회, 한 시대의 다양한 길들의 구조와 내용들은 각기 다양한 인간들의 삶을 표상한다. 화초로 잘 꾸며진 정원 길에서 삶의 재미를 느끼며, 시골 샘터로 가는 들꽃 무리진 길에서 소박하나 알뜰하고 따뜻함을 감각한다. 산과 들을 일직선으로 뚫은 고속도로에서 인간의 끈기를 느낀다면, 들로 산골짜기로 꼬부라진 철로에서 삶의 승리감을 맛본다. 봄 꽃 필 무렵, 산을 넘는 길은 마치 미소(微笑)와도 같이 밝다. 이처럼 길들이 삶의 긍정적 밝은 면을 채색(彩色)한 화폭(畵幅)일 수도 있지만, 거기에는 또 고통과 슬픔이란 삶의 그늘이 져 있다. 한여름 뙤약볕에 소를 몰고 읍내로 가는 길은 너무도 멀고, 일손을 마치고 무거운 지게를 지고 집으로 돌아오는 농부에게는 그가 가야 하는 험한 산골짜기 저녁 길은 너무도 고달픈 언덕길이다. 고향을 떠나 서울로 일을 찾아가는 젊은이들에게는 그가 밟고 가야 할 신작로가 너무도 거칠고 불안하다. 그리하여 가지가지 길들은 그것대로 삶의 희노애락(喜怒哀樂), 희망과 좌절, 활기와 실의(失意)의 각양 각색의 삶의 자국을 남긴다.(생략)

산천을 누비어 꿈을 꾸는 듯한 한국의 산골들을 이어 놓은 한국의 옛 길들에서 우리는 극히 인간적인 것을 느낀다. 철도, 이스팔트가 깔리고 플라타너스에 그늘진 한국의 신작로는 아직 인간적인 호흡을 담고 있다. 그러나 바쁘고 부산한 고속도로, 큰 도시의 실꾸러미처럼 엉킨 길에서 우리는 인간의 자연스러운 박자로 맞출 수 없는 비인간화(非人間化)된 삶의 형태를 체험한다. 그렇다면 인간적 체온이 풍기는 길을 잃어 갈 때, 우리는 인간을 잃게 되는지 모른다. 그러기에 큰 도시의 네거리에서 복작거리다가도 잠시나마 버드나무 그늘진 시골 논 길을, 냇물이 돌조각 사이로 흐르는 개천길을 걸어 보고 싶어지게 된다. 명상적이면서도 청청한 노랫가락 같은 한국의 길에서 우리는 논과 밭, 산과 개천, 구름과 나무, 하늘과 땅, 인간과 자연과의 친근하고 조화로운 관계를 체험하고, 그리하여 진정한 의미에서의 마음의 자유를 느끼게 되기 때문이다.

한 사회, 한 시대의 생활 양식의 변천과 더불어 그 사회, 그 시대의 길도 달라지게 마련이다. 옛날 길들에 마음이 끌리고 유혹을 느낀다면, 그것은 잃어버린 것에 대한 낭만적 향수나 진보에 대한 거부심(拒否心)에 기인(起因)되는 것만은 아니다. 그것은 자연과 남들과의 조화로운 만남 속에서, 살아있는 인간으로 남아 있기를 바라는 마음 때문이다.

— 박이문(朴異汶)의 <길> 중 일부

여기에서도 평범한 소재를 통해 날카로운 성찰을 이끌어내는 비범함을 볼 수 있다. 이 글은 여러 종류의 길을 인간의 언어에 연결시키고 있다. 그 길의 범위를 점차 확대하면서 다양한 인간들의 삶을 표상한다. 그러면서 그 길이 지니는 의미를 정서적으로, 또는 의지적으로 표현하면서 인생의 의미를 캐고자 하는 것을 알 수 있다.

앞에 소개한 <마고자>와 <길>, 이 두 편의 수필만 살펴보아도 효과적인 이미지에 의해서 상상력을 유발하게 하는 느낌을 알 수 있다. 상상력을 유발하는 이미지의 효과에서 실감으로 이어지게 되는데 수필에서는 이 점을 중요시할 필요가 있다.

어떤 사물에서 수필이 될 수 있는 주제나 착상이 떠올랐을 때 문제되는 것은 그것을 어떠한 방법으로 작품화 하느냐다. 따라서 표현하는 방법이 주제의 가치를 결정하게 된다.

결국 앞의 두 작품에 나타나 있는 것처럼, 평범한 소재를 비범한 주제로 승화시키기 위해서는 상상력을 통한 이미지의 기법의 효과적인 활용이 요구된다는 점을 알 수 있다.

다음으로 간과할 수 없는 것으로, 형상화나 의미화 작업을 말하지 않을 수 없다. 수필도 훌륭한 문학 작품이 되기 위해서는 시나 소설처럼 그런 허구를 차용할 필요는 없지만, 수필은 수필대로의 작법이 필요하지 않을 수 없다. 수필도 언어의 형상화 과정이라든지 의미화 과정을 거치지 않을 수 없기 때문이다.

이러한 요소의 본보기로서 한흑구의 <노목(老木)을 우러러보며>와 이광수의 <우덕송(牛德頌)>, 그리고 이태준의 <고완(古翫)>을 살펴보고자 한다. 식물성과 동물성, 그리고 광물성이라는 각기 다른 성질의 사물들을 작자들은 어떻게 보고 어떤 방법으로 표현하고 있는지 주의 깊게 살펴보는 것도 바람직할 것이다.

　　나는, 오늘 보경사(寶鏡寺) 앞 뜰에 앉아서, 하늘 높이 솟아오른 느티나무 노목 하나를 쳐다본다. 오백 년이나 넘어 살았다는 이 노목은 시간과 공간의 제한을 모르는 듯이 상하좌우로 확 퍼져 올라섰다. 그러나, 지금 이 노목은 검푸른 그늘을 새파란 잔디 위에 드리우고 있지만, 그 다섯 세기의 길고 오랜 세월을 지니고 있으면서도, 그 넓은 허공에 조그마한 한 점의 공간을 차지할 수밖에 없다는 것은 어딘가 이상스럽기도 하다.

한때, 큰 번개에 맞아서 찢어졌다는 큰 가지 하나가 떨어져나간 부분에는 크고 기다란 구멍이 뚫어져 있다. 이 늙은 나무 속에는 얼마나 많은 구멍들이 아래 위로 뚫어져 있는지는 알 수 없으나, 겉으로 보기에도 큰 구렁이들이 얼마든지 드나들기에 충분하다. 구렁이들이 살지 않는다면, 달밤마다 꿀밤을 주워먹는 다람쥐들이 몇 가족이라도 숨어서 살 수 있을 만하다.

달 밝은, 고요한 가을밤에 한 가락 실바람이 불어오면, 저 노목은 콧구멍도, 입구멍도 아닌 저 큰 구멍으로 한 가락 신비로운 소리로 슬픈 노래라도 부를 것 같다.(생략)

나는 묵묵히 앉아서 이 구멍이 뚫어지고, 가지들이 땅으로 쳐져서 한편으로 쓰러질 듯이 기우뚱한 큰 노목을 한참 동안이나 쳐다본다. 구부러진 가는 가지마다가 얼마나 많은 비바람에 휘갈김을 견디어냈으며 얼마나 많은 찬 서리에 굵은 가지들이 울툭불툭한 가족과 같은 껍데기로써 씌워졌을까.

어린 나무에게서는 찾아볼 수도 없는 이 거칠고, 꽉꽉한 껍데기들은 이 늙은 나무의 괴로움과 슬픔의 정(情)이 솟구쳐 나와서 말라붙은 흔적이나 허물이 아닌지. 이러한 상념에 잠겨서, 나는 이 늙은 나무의 모양을 우러러보면서, 나 자신의 걸어온 길을 가만히 더듬어 보기도 한다.(생략)

나는 다시 한 번 저 노목을 우러러본다. 시간의 흐름을 탓하고, 운명의 슬픔을 아프게 생각하는 것보다도, 나는 저 노목이 아무 말도 없이 높이 서 있으면서, 다만, 그늘만을 잔디 위에 덮어주는 하나의 사명만을 갖고 있다는 사실을 부러워하지 않을 수 없다.

나도 죽고, 저 노목도 언젠가는 다 죽어야 한다. 그러나 저 노목은 다 썩어서 구멍이 뚫리고, 다람쥐가 드나들어도, 그냥 속임수 하나도 없이, 서늘한 그늘만 드리우는 사명 하나만을 갖고서도 저렇게 오래 살 수가 있다. 그러한 저 노목이 나는 자꾸만 쳐다보이고 우러러 보인다. 나는 일종의 외경심(畏敬心)마저 느껴 본다.

— 한흑구의 <노목(老木)을 우러러보며> 중 일부

이 수필은 늙은 느티나무를 우러러보면서 거기서 느껴지는 경이

로운 외경심을 시원시원하게 토로한 글이다. 유구한 세월의 풍상을
겪어 오면서도 늠름하게 의젓이 서있는 자태에서 함부로 범접할 수
없는 그 어떠한 인격적인 위엄을 표현한 글이다. 유구한 시간 속의
공간이 손에 잡힐 듯하다.

　'음매'하고 송아지를 부르는 모양도 좋고, 우두커니 서서 시름없이
꼬리를 휘휘 둘러, "파리야, 달아나거라, 내 꼬리에 맞아 죽지는 말아
라."하는 모양도 인자하고, 외양간에 홀로 누워서 밤새도록 슬근슬근
새김질을 하는 양은 성인이 천하사(天下事)를 근심하는 듯하여 좋고,
장난꾼 아이놈의 손에 고삐를 끌리어서 순순히 걸어가는 모양이 예수
께서 십자가를 지고 가시는 것 같아서 거룩하고, 그가 한 번 성을 낼
때에 '으앙' 소리를 지르며, 눈을 부릅뜨고 뿔이 불거지는지 머리가 바
수어지는지 모르는 양은 영웅이 천하를 위하여 대로(大怒)하는 듯하여
좋고, 풀판에 나무 그늘에 등을 꾸부리고 누워서 한가히 낮잠을 자는
양은 천하를 다스리기에 피곤한 대인(大人)이 쉬는 것 같아서 좋고, 그
가 사람을 위하여 무거운 멍에를 메고 밭을 갈아넘기는 것이나 짐을
지고 가는 양이 거룩한 애국자나 종교가가 창생(蒼生)을 위하여 자기
의 몸을 바치는 것과 같아서 눈물이 나도록 고마운 것은 물론이거니
와, 세상을 위하여 일하기에 등이 벗어지고 기운이 지칠 때에, 마침내
푸줏간으로 끌려 들어가 피를 쏟고 목숨을 버려 내가 사랑하던 자에게
내 살과 피를 먹이는 것은 더욱 성인(聖人)의 극치인 듯하여 기쁘다.
그의 머리에 쇠메가 떨어질 때, 또 그의 목에 백정의 마지막 칼이 푹
들어갈 때, 그가 '으앙' 하고 큰 소리를 지르거니와, 사람들아! 이것이
무슨 뜻인 줄은 아는가. "아아! 다 이루었다."하는 것이다.(생략)
　소는 인욕(忍辱)의 아름다움을 안다. '일곱 번씩 일흔 번 용서' 하기
와 '원수를 사랑하며, 나를 미워하는 자를 위하여 기도'할 줄을 안다.
소! 소는 동물 중에 인도주의자(人道主義者)다. 동물 중에 부처요, 성자
다. 아리스토텔레스의 말마따나 만물이 점점 고등하게 진화되어 가다
가 소가 된 것이니, 소 위에 사람이 있는지 없는지는 모르거니와, 아마
소는 사람이 동물성을 잃어버리고 신성(神性)에 달하기 위하여 가장

본받을 선생이다.

— 이광수(李光洙)의 <우덕송(牛德頌)> 중 일부

소가 지닌 덕성(德性)을 소담스럽게 피력한 글이다. 소는 짐승 가운데 군자요 성자이므로 소의 그 덕을 배우기에 힘쓰라고 했다. 작자는 소의 덕성스런 행동에 여러 의미를 부여하고 있는데, 소를 가리켜 믿음직스러운 성인이나 영웅에 비유하고 있다. 작자는 다양한 비교를 통해서 소의 비교 우위로서의 어질고 덕성스러운 모습을 칭송하고 있는데, 후반부에서 "외양간에 홀로 누워서 밤새도록 슬근슬근 삭임질하는 양은 성인이 천하사를 근심하는 듯하여 좋고, 장난꾼 아이놈의 손에 고삐를 끌리어서 순순히 걸어가는 모양이 예수께서 십자가를 지고 가시는 것 같아서 거룩하고"라고 서술하다가 마지막 도살될 때에는, 마치 예수가 십자가에 달릴 때 남기던 그 "아아, 다 이루었다!"는 말에서 웃음을 자아내게 된다. 작자의 풍부한 상상력을 바탕으로 시종일관 주제가 통일되어 있는 글이다.

옛물건의 옛물건다운 것은 그 옛사람들과 함께 생활한 자취를 지녔음에 그 덕윤(德潤)이 있는 것이다. 외국의 공예품들은 너무 지교(至巧)해서 손톱 자리나 가는 금 하나만 나더라도 벌써 병신이 된다. 비단옷을 입고 수족이 험한 사람처럼 생활의 자취가 남을수록 보기 싫어진다. 그러나 우리 조선시대의 공예품들은 워낙이 순박하게 타고 나서 손때가 음식물에 찔을수록 아름다워진다. 도자기만 그렇지 않다. 목공품 모든 것이 그렇다. 목침, 나막신, 반상(飯床), 모두 생활 속에 들어와 사용자의 손때가 묻을수록 자꾸 아름다워지고 서적도, 요즘 양본(洋本)들은 새것을 사면 그날부터 더러워만지고 보기 싫어지는 운명 뿐이나 조선책들은 어느 정도 손때에 찔어야만 표지도 윤택해지고 책장도 부드럽게 넘어간다.

— 이태준(李泰俊)의 <고완(古翫)> 중 일부

고완품을 대하는 예술적 심미안(審美眼)이 놀라운 글이다. 이제까지 식물성과 동물성 및 광물성으로 되어 있는 사물을 대상으로 창작된 작품들을 살펴보았다. 여기에서 관심을 두어야 할 점은 대상적 사물이 문제가 아니라 그 대상적 사물을 바라보는 주체적 작자의 눈, 그 심오한 사상이나 정서 등의 심미안에 따라서 작품의 가치가 주어진다고 하는 점이다. 수필(문학)다운 수필이 되기 위해서는 언어의 구체적인 형상화를 거쳐야 한다거나 어떠한 사물이나 사실에서 의미를 캐어내는 의미화를 거쳐야 한다는 점은 수필을 잘 쓰기 위해 다시금 생각해야 할 대목이다.

3. 수필 작품의 이모저모 ①

a. 사색과 관조적인 수필

품위있는 수필 창작을 위해서는 어떠한 줄거리를 세워 깊이 생각하는 철학적 사색(思索)이라든지, 달관(達觀)하는 경지(境地)에서 관조(觀照)하는 자세가 요구된다. 그래야 차원 높은 작품 세계에서의 멋스러움이 살아나기 때문이다. 따라서 여기에서는 이은상의 <무상(無常)>과 이병주의 <고인과의 대화>를 살펴보고자 한다.

　　오면은 가고, 간 그 자리에 새 것이 오고, 그것이 또 가고, 또 다른 새 것이 다시 오고, 이리하여 인생과 우주가 영원히 있는 것이다. 그러므로 눈을 내 한 몸에만 쏘지 말고, 크게 멀리 떠서 우주 중생(衆生)을 두루 살필진대, 한 몸 왔다 가는 것이란 저 사하라 큰 사막(沙漠)에서 한 줌 모래를 움켰다 흩어 버림과 다를 것 없고, 태평양 큰 바다에서 한 움큼 물을 쥐었다 뿌려 버림과 마찬가지다. 그러기에 자취인들 있을 것인가. 그러기에 슬프고 괴로움도 없는 것이다.
　　갓 나매 엄마의 따뜻한 품 속에 안김이 그대로 조그마한 우주인 것과 같이, 떠나매 자연의 시원한 품 속에 안김이 또 그대 위대한 엄마

가 아니겠는가. 나무 대자모 대우주(南無大慈母大宇宙)! 다만 그 속에
서 눈을 떴다 감는, 한 순간, 한 순간일 따름이로다. 그러므로 아우야!
네가 온 것도 아니요, 간 것도 아니요, 그대로 거기 있는 줄을 믿는 것
이다. 앞도 아니요, 뒤도 아니요, 앞과 뒤의 사이에 너는 너대로 있는
것이요, 왼편도 아니요, 오른편도 아니요, 왼편과 오른편 사이에 너는
너대로 있는 것이다. 그건 마치 방패(防牌)의 뒷면과 같고, 시계추(錘)
의 좌우함과 같은 것이다. 인생의 본체(本體)란 진실로 생사(生死)의
사이에 영원히 그대로 있는 것이다.
— 이은상(李殷相)의 <무상(無常)> 중 일부

이 작품은 인생과 우주, 삶과 죽음에 관해 사색하는 내용으로 차
있다. 한문체와 고풍스런 언어의 표현이 장중(莊重)하고 미려(美麗)
하다. 불교에 있어서의 구도승(求道僧)과 같은 명상(瞑想) 등이 달관
(達觀)의 경지(境地)를 관조(觀照)하게 한다.

　나는 고서(古書)와 고화(古畵)를 통해 고인과 더불어 대화하면서 생
각하기를 좋아한다. 그 손때로 절은 먹 너머에 서린 생각의 보금자리
속에 고이 깃들이고 싶어서다. 사실 해묵은 서화에 담긴 사연을 더듬
는다는 그 마련부터가 대단히 즐겁고 값진 일이니, 비록 서화에 손방
인 나라 할지라도 적잖은 반기가 끼쳐짐에서다.(생략)
　완당의 작품은 대상(對象)을 다잡는 자부(自負)가 값지다. 그 독창적
인 글씨야 말할 것도 없지만, 묵란도(墨蘭圖)에서도 그렇듯이, 그 우람
스런 붓은 대하는 이의 손까지 꿈틀거리게 한다. 게다가 '세한도'에 덧
붙인 전아(典雅;규격에 맞고 아담함)한 제발(題跋)은 그림을 더욱 돋보
이게 한다. 눈이 와도 하냥 푸른 소나무로 하여금 인간의 비정(非情)을
돌아보게 한다. "날씨가 차가워진 뒤에야 송백(松柏)의 시들지 않음을
안다(歲寒然後　知松柏之後凋)"고 한 공자(孔子)의 말보다도, "권세와
이해로 야합하면 그 권세와 이해가 다하며 교분(交分)이 성겨진다(以
權利合者　權利盡而交統)"고 한 사마천(司馬遷)의 말보다도, 그 의태(意
態)를 승화(昇華)시킨, 떳떳한 내재(內在)에 오히려 가슴이 뭉클해진

다.(생략)

　고인과의 대화에는 사특(邪慝;요사스럽고 간사함)이 없고, 이른바 관
조(觀照)와 동화(同化)를 자아내게 한다. 고인과 더불어 생각하는 곳에
서 현대는 살이 찐다. 현대란, 고인의 울력으로 아로새겨지는 미래의
산실(産室)이요 창조의 길잡이이기 때문이다.
— 이병주(李丙疇)의 <고인(古人)과의 대화(對話)> 중 일부

　우리의 일상적 현실 가운데 존재하지 않는 고인과의 대화 내용이
다양하게 서술되어 있는 글이다. 그 고인이 남긴 예술 작품의 감상
을 통해 고인과 대화하는 즐거움을 예술적 심미안(審美眼)으로 피력
하고 있다. 여기에서는 옛스러운 고유어라든지 한자어의 병용, 시조
의 삽입 등으로 고풍스런 멋스러움을 자아내고 있다. 고인의 값진
예술 작품의 독창성을 살피면서, 그 예술의 구원성(久遠性)을 우러르
는 작자는 "고인과의 대화에는 사특함이 없고, 이른바 관조와 동화
를 자아내게 한다."고 말하는데, 고인과 더불어 생각하는 곳에서 살
이 찐다거나 "현대란 고인의 울력으로 아로새겨지는 산실이요 창조
의 길잡이"라는 말로 오늘에 계승된 민족 문화의 전통성과 독창성을
되살려야 한다는 의식을 내비치는 글이다.

b. 해학과 풍자적인 수필

　재미있는 수필 창작을 위해서는 익살스러운 해학(諧謔)이라든지,
빗대고 비유하는 뜻으로 찔러 비판하거나 경계하는 풍자적(諷刺的)
인 기지(機智)를 발휘하면서도 여유를 지니는 자세가 요구되겠는데,
이번에는 마해송의 <편편상(片片想)>과 이숭녕의 <너절하게 죽는구
나>, 그리고 공덕룡의 <모나리자의 웃음>을 살펴보고자 한다.

　할머니의 시집은 불씨를 떨어뜨렸다가는 쫓겨가게 된다는 시집살이였다. 불씨래야 산에서 긁어온 갈퀴 나무로 땐 불이니 불돌을 꼭 눌러 두어야지 화젓가락으로 헤쳤다가는 당장에도 재가 되어 버리는 재불이었다.

　종일 담뱃대를 놓지 않는 시아버지는 꼬다리를 화로에 꾹 박고 뻑뻑 빨아서 불을 붙인 다음에는 또 불손으로 차곡차곡 눌러 두어 꺼뜨리는 일이 없는 시아버지였다. 사랑방에도 부엌에도 재불 화로의 불씨가 끊어져서는 집안이 망한다는 것이었다.

　신랑보다도 대감님보다도 고이 모시기에 머리가 빠질 지경이었다. 하루 아침 그 불씨가 꺼져서 할머니는 간담이 서늘했다. 호호 불어도 후후 불어도 불이 일어나지 않는 것이었다. 큰일 났다. 살그머니 뒷집으로 가서 불씨를 얻어 왔다. 그것을 시아버지는 사랑방에서 빤히 보고 있었다.

　"아버님께서 가라하시니 가겠습니다만 억울한 사정이 있습니다."

　"억울한 사정? 그게 무슨 소리냐?"

　"사실은 뒷집에서 불씨를 얻어 온 것이 아니오라 엊저녁에 빌려준 것을 오늘 아침에 받아온 것입니다."

　시아버지는 한참이나 말이 없다가 얼굴이 풀렸다.

　"허허 그랬더냐? 하마트면 내가 실수를 할 뻔 했구나!"

　속으로 무릎을 쳤다는 것이었다. 그만한 국량과 주제가 있는 며느리라면 불씨쯤 문제가 아니라는 것이었다. 그래서 소박데기는 면했다.

　어머니가 시집 와서 시어머니에게 들은 첫 마디가, "불조심해라!"였다. 살림이 넉넉해져서 나무는 사다가 때었다. 산에서 솔가지를 베어서 두 아름이나 될 만큼씩 새끼로 묶어 착착 재워 두었다가 바싹 마른 다음에 달구지에 싣고 나무장에 팔러 나온 것을 시아버지가 사 왔다. 부엌에 세 뭇, 그리고는 헛간에 쌓아 둔다. 그럴 때마다 말했다.

　"불 조심해라!"

　새끼로 엮은 방석에 앉아서 불을 때다가 깜빡 하는 사이에 치마에 불이 붙었다. 벌떡 일어나니 당장 얼굴에까지 불기다.

　"불이야!"

"저것 봐! 저를 어째! 물 ! 물!"

"물은 안돼! 딩굴어라 딩굴어!

마당에 딩굴어서 불은 껐으나 화독으로 누워있어야 했다. 헛소리가,
"불! 불!이었다. 달포가 되어 일어났을 때는 정갱이와 턱에 흠집이 있
었다.

— 마해송(馬海松)의 <편편상(片片想)> 중 서두 부분

'불 삼대(火三代)'라는 부제가 붙은 작품이다. 마해송의 수필 <편
편상>은 '불삼대(火三代)'와 '부 삼대(富三代)'를 합하여 구성한 작품
이다. 먼저 앞부분을 차지한 '불삼대'의 경우는 할머니와 어머니, 그
리고 딸에 이르기까지 삼대에 걸쳐서 일어나는 불의 변천사와 함께
불을 존귀하게 여겼던 우리 선조들의 불에 얽힌 이야기를 소박하면
서도 해학과 풍자적 기지로 엮어 감으로써 생동감을 갖게 한다. 아
동문학가답게 진솔한 삶의 이야기를 재미있게 들려주고 있다.

지난 1월 23일, 영하 10도를 넘는 날씨에 춘천으로 화천으로 넘어가
는 '오옴재'고개에서 우리 내외는 버스를 내려 오봉산으로 붙은 것이
다. 그때 틀림없이 죽어야 할 위기에 살아난 것이니 생각만 해도 가슴
이 써늘해진다.(생략)

내가 한 걸음 내리딛자, 걷잡을 수 없이 냅다 미끄러지며 한두 차례
딩굴었다. 겨우 피켈로 자세를 바로 잡고 속력을 멈추고서 뒤를 돌아
보니, 아내가 쏜살같이 앉은 채로 내리닥쳐 내 등에 와락 덮친다.

"다친 데 없소?"

"없어요, 당신은……?"

우리는 다시 자세를 가다듬고 앉은 채로 미적미적 미끄러져 내려가
다가 30미터 쯤에서 삽시간에 가시덤불에 들이박히고 말았다.(생략)

조심조심 가 보니 계곡은 틀림없는 계곡이지만, 그 아래가 얼음 덮
인 낭떠러지라서 우리는 앞의 능선으로 오르기로 했다. 그런데 여기는
하늘도 보이지 않는 어두컴컴한 골짜기라서 지옥으로 통하는 길목 같

다. 우리는 능선을 오른다고 체력을 거의 다 낭비한 셈인데 낙엽이 두
껍게 쌓인 급경사를 오르려니 발을 붙일 수가 없이 낙엽과 같이 미끄
러진다. 나는 마음이 다급해짐을 느꼈다.
　"피켈로 찍고 올라가요."라고 소리지르고서 시범을 보였다. 피켈을
힘세게 박고 또 자루를 뽑고 하면서도 한 두 걸음 올라선다. 이 피켈
을 힘세게 때려 박지 않으면 낙엽의 겉만 찍을 뿐이다. 피켈을 찍고
두어 걸음 올라서서 다시 그 피켈을 뽑기란 수월한 일이 아니다. 또
피켈을 뽑자마자 그 위에 때려 박아야지 그렇지 않으면 곧 미끄러져
내리떨어져 밀린다. 나뭇가지를 휘어잡으면 밑둥에서부터 와작작 소리
를 내고 떨어져 가니 나무도 신용이 안 된다. 아내의 숨소리가 등 뒤
에서 다급하게 들린다. 우리는 드디어 능선에 올라섰다. 아내는 주저앉
아 호흡을 가다듬는 듯이 말이 없다.(생략)
　우리는 새 능선을 오르느라고 체력을 거의 송두리째 소비한 셈이다.
피켈을 찍고 뽑고 하면서 오르려니 나는 피켈 자루를 잡은 손이 맥이
풀려 떨리기 시작한다. '인제 여기서 너절하게 죽는구나'를 의식했다.
　　　　　— 이숭녕(李崇寧)의 <너절하게 죽는구나> 중 일부

　노 부부가 산행 길에서 죽을 뻔한 위기를 겪게 된 이야기를 유머
스럽게 토로하면서도 박진감있게 묘사한 글이다. 마치 희곡을 전
개하듯이 경험한 이야기 줄거리를 발단과 전개와 절정과 대단원을
여실하게 엮어나갔다. 그 위험한 상황에서도 사람의 소리가 들린다
고 부인이 말하자 "사막에서 헤매다가 '오아시스가 보인다'고 정신
이상을 일으키는 이야기는 있지만 나는 아내를 유심히 들여다보았
다."고 하는 구절은 동양(한국)적 인간으로서의 여유라든지, 호연지
기(浩然之氣)를 엿보이게 하는 등 곧죽어도 웃음을 잃지 않는 풍모
를 엿볼 수 있다.

　최근 유럽 여행길에서 루브르 박물관에 들렀을 때, '모나리자'앞에
다시 섰다. 실로 22년만의 대면이 된 것이다. 그 입가에 감도는 신비스

러운 웃음은 여전하였다. 저 웃음은 도대체 무엇을 의미하는 것일까? 순간 나는 당돌하게도 임신한 여인의 웃음을 떠올렸던 것이다. 당돌한 착상이지만, 어쩐지 그러한 생각이 굳어져 갔다. 아이를 밴 여인의 만족감 ― 그런 감정은 드러내어 웃을 수도 없고, 입을 다문 채 있자니 그런 야릇한 웃음을 짓게 되는 것이 아닐까?(생략)

압구정역에서 차가 머물자 여인은 좀 무거운 듯한 몸을 일으켰다. 아랫배가 나온 듯하지도 않았지만, 나는 직감적으로 그 여인이 잉태한 몸이 아닐까 ― 그런 생각이 떠올랐다. 만일 그렇다면 그 여인의 눈은 자신의 체내의 새 생명을 지켜보는 눈이었을 것이다. 작은 생명의 태동과 발육을 지켜보는 엄숙한 눈이었을 것이다.

이 낯선 여인의 눈에서 모나리자의 눈웃음의 수수께끼를 풀었다 ― 그런 생각을 하고, 벽에 걸린 모사화 모나리자를 다시 눈여겨 보니, 아랫 눈꺼풀 밑에 한줄기 그늘이 져 있었다. 그 풍신한 의상도 임부가 입는 옷이 아니었을까.

― 공덕룡(孔德龍)의 <모나리자의 웃음> 중 일부

은근한 미소를 자아내게 하는 글이다. 작자의 수필집 <웃음의 묘약>에 실린 이 작품은 모나리자의 신비스러운 웃음에 대한 수수께끼를 하나하나 풀어 나가는 형식으로 되어 있다. 남다른 관찰력이라든지, 작자의 독특한 언행도 독자로 하여금 웃음을 자아내게 하는 데에 기여하고 있음을 알 수 있다.

c. 과잉된 의식의 수필

수필을 창작하는 데 있어거 작자의 의식이 과잉(過剩)되어 있는 경우, 그 문장은 길어져서 장문(長文)이 되기 쉽고, 또 다양한 이야기로 장황해지거나 산만해지기 쉽다. 이제 여기서 소개하는 이상의

<권태>와 함석헌의 <들사람얼>을 감상하고 이해하기 바란다.

　　대싸리 나무도 축 늘어졌다. 물은 흐르면서 가끔 웅덩이를 만나면 썩는다. 내가 앉아 있는 데는 그런 웅덩이가 있다. 내 앞에서 물은 조용히 썩는다. 낮닭 우는 소리가 무던히 한가롭다. 어제도 울던 낮닭이 오늘도 또 울었다는 외에 아무 흥미도 없다. 들어도 그만 안 들어도 그만이다. 다만 우연히 귀에 들려 왔으니까 그저 들었다 뿐이다. 닭은 그래도 새벽, 낮으로 울기나 한다.　그러나 이 동리의 개들은 짖지를 않는다.(생략)

　　참 이상하다. 어째서 여기 개들은 나를 보고 짖지를 않을까? 세상에도 희귀한, 겸손한 겁쟁이 개들도 다 많다. 이 겁쟁이 개들은 이런 나를 보고도 짖지를 않으니 그럼 대체 무엇을 보아야 짖으랴. 그들은 짖을 일이 없다. 여인(旅人)은 이곳에 오지 않는다. 오지 않을 뿐만 아니라 국도 연변(國道沿邊)에 있지 않는 이 촌락을 그들은 지나갈 일도 없다.(생략)

　　슬픈 일이다. 짖을 줄 모르는 벙어리　개, 지킬 줄 모르는 게으름뱅이 개, 이 바보 개들은 복날 개장국을 끓여먹기 위하여 촌민(村民)에게 희생이 된다. 그러나 불쌍한 개들은 음력도 모르니 복(伏)날이 몇 날이나 남았나 알 길이 없다.(생략)

　　아무 것도 생각할 수 없는 상태 이상으로 괴로운 상태가 또 있을까. 인간은 병석에서도 생각한다. 병석에서는 더 많이 생각하는 법이다. 끝없는 권태가 사람을 엄습하였을 때 그의 동공(瞳孔)은 내부를 향하여 열리리라. 그리하여 망쇄(忙殺; 정신 차릴 사이도 없이 몹시 바쁨)할 때보다도 몇 배나 더 자신의 내면을 성찰(省察)할 수 있을 것이다.

　　현대인의 특질이요 질환인 자의식(自意識) 과잉은 권태치 않을 수 없는 권태 계급의 철저한 권태로 말미암음이다. 육체적 한산, 정신적 권태, 이것을 면할 수 없는 계급이 자의식의 과잉의 결정을 표시한다. 그러나 지금 이 개울가에 앉은 나에게는 자의식 과잉조차가 폐쇄되었다.

　　이렇게 한산한데, 이렇게 극도의 권태가 있는데 동공(瞳孔)은 나무를 향하여 열리기를 주저한다. 아무 것도 생각하기 싫다. 어제까지도 죽는 것을 생각하는 것 하나만은 즐거웠다. 그러나 오늘 그것조차가 귀찮다. 그러면 아무것도 생각하지 말고 눈 뜬 채 졸기로 하자.(생략)

— 자살의 단서조차 찾을 길이 없는 지금의 내 생활은 과연 권태의 극권태(極倦怠) 그것이다. 그렇건만 내일이라는 것이 있다. 다시는 날이 새지 않을 것 같기도 한 밤 저쪽에 또 내일이라는 놈이 한 개 버티고 서 있다. 마치 흉맹(凶猛;흉악하고 사나움)한 형리처럼……나는 그 형리를 피할 수 없다. 오늘이 되어버린 내일 속에서 또 나는 질식할 만치 심심해 해야 되고, 기막힐만치 답답해야 한다.(생략)

불나비가 달려들어 불을 끈다. 불나비는 죽었든지 화상을 입었으리라. 그러나 불나비라는 놈은 사는 방법을 아는 놈이다. 불을 보면 뛰어들 줄도 알고 — 평상(平常)에 불을 초조히 찾아다닐 줄도 아는 정열의 생물이니 말이다. 그러나 여기 어디 불을 찾으려는 정열이 있으며 뛰어들 불이 있느냐. 없다. 나에게는 아무 것도 없고, 아무 것도 없는 내 눈에는 아무 것도 보이지 않는다.

암흑은 암흑인 이상 이 좁은 방의 것이나 우주에 꽉 찬 것이나 분량상 차이가 없으리라. 나는 이 대소 없는 암흑 가운데 누워서 숨쉴 것도 어루만질 것도 또 욕심나는 것도 아무 것도 없다. 다만 어디까지 가야 끝이 날지 모르는 내일 그것이 또 창 밖에 등대하고 있는 것을 느끼면서 오들오들 떨고 있을 뿐이다.

— 이 상(李箱)의 <권태(倦怠)> 중 일부

독자를 어리둥절하게 우롱하는 듯한 작품을 쓰기도 했던 작자가 그러한 종류의 시나 소설과는 달리, 자신의 과잉된 의식(과잉된 자의식 조차도 폐쇄된)에서 오는 권태의 이모저모를 6장으로 나누어 진솔하게 드러내 보여 주는 장편수필이다. 1936년 <조선일보>에 게재된 이 수필은, 벽촌에서의 여름날, 무더위 속에서 모든 사물을 무미건조한 권태의 일색으로 보면서 움직이는 것은 물론이요, 아무것도 생각하기 조차 싫은 작자의 심리상태를 드러내고 있다. 그는 "현대인의 특질이요 질환인 자의식(自意識) 과잉은 권태치 않을 수 없는 권태 계급의 철저한 권태로 말미암음이다.”라고 피력하면서 “자살의 단서조차 찾을 길이 없는 지금의 내 생활은 과연 권태의 극권태(極倦怠) 그것이다.”라고 절규한다.

> 씨가 품은 것은 영원이요 무한이다. 그러므로 꽃마다 잎마다 열매를 내기 위하여는 떨어져야 하고(현실은 없어지고), 그 씨는 또 더 많은, 더 새로운 씨를 위해 땅 속에 들어가야 한다. 사실이 중요하지만 사실(史實)은 사실(死實)이 되어야 하고, 사실(事實)에 이르러야 한다. 참에서 있음이 나오지만 ‘있는’ 것이 참도 아니요, ‘있던’ 것이 참도 아니다. ‘있을’ 것, ‘있어야 할’ 것이 정말 참이다. 시(始)가 종(終)을 낳는 것이 아니라, 종이 시를 낳는다. 신화는 있던 일이 아니요, 있어야 할 일이다. 신화를 잃어버린 20세기 문명은 참혹한 병이다. 신화는 이상이다. 이상이므로 처음부터 있었을 것이다. 알파 안에 오메가가 있고, 오메가 안에 알파가 있다. 이 문명이라는 것은 알파도 오메가도 잃고 중간이다. 중간은 죽은 거요, 거짓이다. 이 사실에 붙은 문명은 죽은 문명이요, 거짓 문명이다.
>
> — 함석헌(咸錫憲)의 <들사람 얼(野人精神)> 중 일부

세례요한이 광야에서 외치는 듯한 느낌을 주는 글이다. 한 알의 씨알이 더 많은 새로운 씨를 위해 땅 속에 들어가야 한다는 말은 기독교 사상에 근거한다. 종교적 신념에서 통찰하는 역사와 문명 의식에서 현실을 질타하고 미래를 예견한다. 과잉된 의식이 내비치면서도 힘이 주어지는 글이다.

d. 신변잡사적인 소재

수필의 소재는 거의 대부분 신변잡사(身邊雜事)에서 얻어지는 것들이다. 그 일상적인 신변잡사적인 소재를 가지고 신변잡기(身邊雜記)에 머무르지 않고, 수필다운 수필, 즉 문학으로서의 수필을 생산해 내느냐가 창작 과정의 가장 큰 문제다. 이를 위해서는 신변잡사적인 소재를 다루되 수필다운 수필 창작을 위한 방법이 모색되어야 한다. 신변문제를 소재로 차용해서 쓴 최학송의 <담요>와 이하윤의 <메모광>, 그리고 김동석의 <나의 돈피화> 최신해의 <유언> 등을 살펴보고자 한다.

어린 딸년이 아침 저녁 일자리에 따라와서 방긋방긋 웃어 주던 기억은 지금도 새롭다. 그러나 그때에도 풍족한 생활은 못되었다. 그날 벌어서 그날 먹는 생활이었고, 그리 되고 보니 하루만 병으로 쉬게 되면, 그 하루 양식 값은 빚이 되었다. 따라서 잘 입지도 못하였다. 아내는 어디 나가려면 딸년 싸 업을 포대기조차 변변한 것이 없었다.

그때 우리와 같이 이웃에 셋집을 얻어 가지고 있는 K란 사람이 있었다. 그 사람도 나와 같이 정거장에서 일하고 있었는데, 그 부인은 우리 집에 놀러 오는 때마다 그때 세 살 나는 어린 아들을 붉은 담요에 싸 업고 왔다.

K의 부인이 오면 우리 집은 어린애 싸움과 울음이 진동하였다. 그것은 내 딸년과 K의 아들이 싸우고 우는 것이었다. 그 싸움과 울음의 실마리는 K의 아들을 싸 업고 온 '붉은 담요'로부터 풀리게 되었다. K의 부인이 와서 그 담요를 끄르고 어린 것을 내려놓으면, 내 딸년은 어미 무릎에서 젖을 먹다가도 텀벅텀벅 달려가서 그 붉은 담요를 끄집어 오면서, "엄마, 곱다, 곱다."하고 방긋방긋 웃었다. 그 웃음은 담요가 부럽다, 가지고 싶다, 나도 하나 사다고 하는 듯하였다.

그러면 K의 아들은, "이놈아, 남의 것을 왜 가져 가니?" 하는 듯이 내게 찡기고 달려들어서 그 담요를 뺏었다. 그러나 내 딸년은 순순히 뺏기지 않고, 이를 악물고 힘써서 잡아당긴다. 이렇게 서로 잡아당기고 밀치다가는 나중에 서로 때리고 싸우게 된다.

처음 어린것들이 담요를 밀고 당기게 되면 어른들은 서로 마주 보고 웃게 된다. 그러나 어머니, 아내, 나, 이 세 사람의 웃음 속에는 알 수 없는 어색한 빛이 흘러서 극히 부자연스런 웃음이었다. K의 아내만이 상글상글 재미있게 웃었다. 담요를 서로 잡아당긴 때에, 내 딸년이 끌리게 되면, 얼굴이 발개서 어른들을 보면서 비죽비죽 울려하는 것은 후원을 청하는 것이었다. 이것은 K의 아들도 끌리게 되면 하는 표정이었다. 그러다가 서로 어울려서 싸우게 되면, 어른들 낯에 웃음이 스러진다.

"이 계집애, 남의 애를 왜 때리느냐?"

K의 아내는 낯빛이 파래서 아들의 담요를 끄집어다가 싸 업는다. 그러면 내 아내도 낯빛이 푸르러서, "우지 마라, 우지 마라, 이 담에 아버지가 담요를 사다 준다." 하고 내 딸년을 끄집어다가 젖을 물린다. 딸년의 울음은 좀처럼 그치지 않았다.

"아니! 응 흥!"하고 발버둥을 치면서 K의 아내가 어린것을 싸 업는 담요를 가리키면서, 섧게섧게 눈물을 흘린다. 이렇게 되면 나는 차마 그것을 볼 수 없었다. 같은 처지에 있건마는, K의 아내와 아들의 낯에는 우월감이 흐르는 것 같고 우리는 그 가운데 접질리는 것 같은 것도 불쾌하지만, 어린것이 서너 살 나도록 포대기 하나 변변히 못 지어 주는 것을 생각하면 너무도 못생긴 느낌도 없지 않았다. 그리고 그 어린것이 말은 잘 할줄 모르고, 그 담요를 손가락질하면서 우는양은 차마 눈으로 볼 수 없었다.(생략)

그 사이 담요의 주인공인 내 딸년은 땅 속에 묻힌 혼이 되고, 늙은 어머니는 의지까지 없이 뒤쪽 나라 눈 속에서 헤매시고 이 몸이 또한 푸른 생각을 안고 끝없이 흐르니, 언제나 어머니 슬하에 뵈일까? 봄 뜻이 깊은 이 때에, 유례가 깊은 담요를 손수 접어 깔고 있으니, 무량한 감개가 가슴에 복바치어서 풀 길이 망연하다.

— 최학송(崔鶴松)의 <담요> 중 일부

이웃에 세들어 사는 K의 부인이 작자의 집으로 놀러 오는 날에는 세살난 어린아들을 싸 업고 온 붉은 담요로 인해서 작자의 딸아이와 싸움이 벌어지게 되는데, 한 번은 이웃집 아들아이가 작자의 딸아이를 인두로 때려 머리를 터지게 하였다. 작자는 참다 못하여 어려운 가운데서도 담요를 사게 되는데, 담요를 갖고 싶어하던 딸아이는 땅속에 묻히고 없는 상태에서 아비는 이 유래 깊은 담요를 깔고 있으니 감개가 가슴에 복바친다는 글이다. 가난하게 살던 시대에 가슴까지 저려오는 이야기다. 이제는 죽고 없는 딸아이를 회상하는 아버지(작자)의 애상이 사무치게 저려오는 글이다.

> 나의 메모광적인 버릇은 나의 정리벽(整理癖)에도 많은 도움을 주었다. 서적이며, 서신이며, 사진이며, 신문, 서류 등의 정리벽은 놀랄 만큼 병적이다. 그래서 나는 한 가지 원고를 끝내지 못하고서는, 다른 새로운 일에 착수하지를 못한다. 독서에 있어서도 또한 다분히 그런 폐단이 있는 까닭에, 책상 위에 4, 5종 이상의 서적을 벌여 놓는 일이 별로 없으며, 책의 페이지를 펼쳐 놓은 채 외출하는 일도 전혀 없다.
>
> 또 수집벽(蒐集癖)도 약간 있어, 내 원고를 발표한 신문, 잡지들은 물론 하나도 빠짐없이 스크랩하고, 소용에 닿을만한 다른 신문, 잡지도 가위와 송곳을 요한 후, 벽장 속에 쌓아 두는 것이다. 요컨대, 내 메모는 내 물심양면의 전진하는 발자취며, 소멸해 가는 전 생애의 설계도(設計圖)이다.
>
> 여기엔 기록되지 않는 어구(語句)의 종류가 없다해도 과언이 아닐 만큼 광범위한 것이니, 말하자면 내 메모는 나를 위주로 한 보잘것 없는 인생 생활의 축도(縮圖)라고도 할 수 있는 것이다. 쇠퇴해 가는 기억력을 보좌하기 위하여, 나는 뇌수의 분실(分室)을 내지 않을 수 없었던 것이다.
>
> — 이하윤(異河潤)의 <메모광> 중 결말 부분

작자 자신의 광적인 '메모 버릇'을 소재로 한 이 글에는 작자의 독특한 개성이 잘 드러나 있다. 독자는 이 글을 통해, 일상적인 신변 잡사(身邊雜事)에서도 그 언행이나 체험이 어떻게 개성적인 수필의 좋은 재료가 되는지 짐작하게 될 것이다. 작자의 메모광적인 습벽 (習癖)은 서적이나 서신, 사진, 신문, 서류 등을 정리하는 데에도 도움이 되었다고 하는데, 이처럼 독특한 성격의 습벽이나 개성이 열거되고 은유되어 효과를 가져다 주고 있다. '메모지'를 뇌수의 방(분실)으로 은유한 그 은근한 기법이 흥미를 더하게 한다.

구두에 대한 인간의 감각과 지성을 빚어 낸 것이 구두라면 그 구두는 대체 누가 만들었단 말이냐. 하느님이 우주를 창조하실 때 태양과 지구와 아담과 더불어 유선형 돼지가죽 구두를 만드시었단 말이냐.
그것은 철학자에게 물어보라. 그러나 수필가로 자처하는 나도 문제를 회피하려는 것은 아니다. 구두를 만든 자는 하느님도 우연도 아닌 인간이다. 그러나 나처럼 남이 만들어 논 유선형 돈피화를 신고 점잔 빼며 뒤에서 어슬렁어슬렁 따라가는 인간이 아니라 스스로 새것을 창조하는 인간이다. 아니, 나도 사람이니 무엇을 만들어 내야지.
　　　　　　— 김동석(金東錫)의 <나의 돈피화(豚皮靴)> 중 결말 부분

작자는 돼지 가죽으로 만든 구두, 즉 돈피화(豚皮靴)를 신기까지의 과정을 그린 다음, 그 구두를 만들어 낸 창조적 인간에 대하여 피력하고 있다. 그는 자기의 구두가 애당초부터 돈피 유형이 아니었다고 하면서 메투리와 고무신과 쇠가죽 구두를 거쳐 돼지 가죽 구두가 되었다고 그 발전과정을 나열하고 있는데, 그 사이에 나막신도 한 이야기를 장식한다. 아무튼 이 글은 산만한듯 하면서도 그 이상의 어떤 범상치 않은 문명의 논리 같은 것을 이야기하고 있다는 느낌을 받게 된다. 구두를 만든 자는 하느님도 우연도 아닌, 새것을 창조하는 창조적 인간이라고 귀결짓는 게 바로 그것이다. 이를테면 가

랑잎 하나를 보면서 가을이라는 우주적 섭리를 이야기하려는 듯한
태도를 엿볼 수 있다.

'유언 한 마디 없이'라는 유가족의 말이 어쩐지 귀에 남는다. 내 직
업이 의사여서 사람의 죽음을 많이 봐 왔지만 이 유언이라는 것을 하
고 죽는 사람은 극히 드문 것 같다.
만성 질환으로 오랫동안 콜록콜록 하다가 전신 쇠약(全身衰弱)으로
숨지는 사람은 유언을 할 수 있겠지만, 뇌일혈이나 교통사고 따위로
죽는 사람은 유언 한 마디 할 짬도 없이 급랭으로 저생엘 가 버리니
허무하다. 그러니까 유언이라도 하고 죽는 사람은 행복된 죽음이라고
봐야 할 것이다.
그러나 돌이켜 생각해 보면 유언이라는 게 과연 유족들에게 행복한
것인가 의문이 생기지 않을 수 없다. 누군가의 말마따나, '유언장(遺言
狀) 있는 곳에 소송(訴訟)이 있다.'는 진리도 생겨난다.
돈푼이나 있던 사람이 남긴 유언장 처놓고 유언장에 적힌 대로 이
행되어 본 일이 없이 항상 소송 사건이 생기게 마련이라는 것이다. 돈
없는 사람의 죽음에는 유언장이 무슨 소용이랴. 그러니까 유언장이라
는 것은 돈 많은 사람이 변호사를 기쁘게 만들어 주는 사후(死後) 적
선 사업 이외의 아무것도 아닌 모양이다.
— 최신해(崔臣海)의 <유언(遺言)> 중 일부

의사가 직업인 작자가 주변 사람들의 죽음을 보면서 유언과 관련
된 몇 가지의 일화를 모아 서술한 글이다. 유언 한 마디 없이 떠난
친구의 죽음을 떠올리면서 '유언이라도 하고 죽는 사람은 행복된 죽
음'이라고 피력하다가 금세 이 말을 뒤집어 '유언장 있는 곳에 소송
이 있다'는 설로 유언이 유족들에게 행복할 수 있는가 하는 의문을
제기하고, 유언의 심각성과 진지성, 희극성, 허구성, 안타까움, 통쾌
함 등을 세계적인 여러 에피소드를 들어 나열해 보여주다가 결국에
는 '죽을 때는 무어라고 유언하고 죽을 것인가?'하고 자기를 돌아보

지만, 아무리 생각해도 할 말이 없는 것 같다고 하면서 죽기도 쉬운 일이 아니라고 귀결짓는다. 그만큼 '죽음'이나 '유언'이 단순한 문제가 아니라 진리를 머금고 있음을 암시한다. 신변잡사를 신변잡기에 머물게 하지 않고 이처럼 진리를 말하고자 하는 승화로 이어지도록 글을 써야 할 것이다.

e. 각종의 기행수필들

넓은 개념으로 보자면 기행문도 수필에 포함된다. 그래서 '기행수필'이라는 말이 당연하게 쓰이고 있다. 그러나 좁은 개념의 범주라고 할까, 본격적인 문학 장르 개념으로서의 수필, 즉 문학으로서의 수필과 기행문은 구분되는 성격의 것이라는 인식이 필요하다. 기행문 뿐 아니라 서한체 수필도 마찬가지다. 광의(廣義)의 개념으로서는 수필문학에 포함되지만, 예술성이나 문학성을 위주로 좁혀지는 협의(狹義)의 개념으로서는 수필에 포함되지 않는다는 점이다. 물론 기행문체나 서한체 문장으로 썼지만, 문학성 높은 수필일 경우에는 협의의 개념에 포함될 수 있다.

조선의 국토는 그대로 조선의 역사며, 철학이며, 시(詩)며, 정신입니다. 문학 아닌 채 가장 명료(明瞭)하고, 정확하고, 또 재미있는 기록입니다. 조선인의 마음의 그림자와 생활의 자취는 고스란히 똑똑히 이 국토 위에 박혀서 어떠한 풍우(風雨)라도 마멸시키지 못하는 것이 있음을 나는 믿습니다.
나는 조선 역사의 작은 한 학도요, 조선 정신의 어설픈 한 탐구자로서, 진실로 남다른 애모(愛慕:사랑하고 사모함), 탄미(嘆美:감탄하고 크게 칭찬함)와 같이 무한한 궁금스러움을 이 산하 대지(山河大地)에 가

지는 자입니다. 자갯돌 하나와 마른 나무 한 밑동에도 말할 수 없는
감각과 흥미와 또 연상을 자아냅니다. 이것을 조금씩 색독(色讀:글을
읽을 때 문자 그대로만 해석하여, 그 글의 참뜻은 헤아리지 않고 있음.
문맥상 맞지 않는 잘못 쓰인 단어임)하게 된 뒤로부터 조선이 위대한
시(詩)의 나라, 철학의 나라임을 알게 되고, 또 완전 상세한 실물적(實
物迹) 오랜 역사의 소유자임을 깨닫고, 그리하여 쳐다볼수록 거룩한
조선 정신의 불기둥에 약한 시막(視膜)이 퍽 많이 아득해졌습니다.
　곰팡내 나는 서적만이 이미 내 지견(知見)의 웅덩이가 아니며, 한
조각 책상만이 내 마음의 밭일 수 없이 되었습니다. 도리어 서적과 책
상에서 병신된 내 소견을 진여(眞如:진실함이 언제나 같다는 뜻으로,
대승 불교의 이상 개념의 한 가지)한 상태로 있는 활문자대궤안(活文
字大机案)에 교정(矯正)받고 보양(補養)을 얻지 않을 수 없는 것을 통
절히 느꼈습니다. 묵은 심신을 시원히 탈락하고, 자유로운 공기를 국토
여래(國土如來)의 상적토(常寂土)에 호흡하리라 하는 열망은, 이리하여
시시각각으로 나의 가슴을 태웠습니다.
　　　　　— 최남선(崔南善)의 <심춘순례서(尋春巡禮序)> 중 앞 부분

이 글은 작자의 기행문집 <심춘순례(백운사, 1926)>의 서문 일부
를 발췌 수록한 것이다. 작자는 순례기의 권두(卷頭)에서 조선의 국
토는 조선의 역사며, 철학이며, 시(詩)며, 정신이라고 하면서 스스로
를 조선 역사의 작은 학도요, 조선 정신의 한 탐구자로서, 남다른 애
모(愛慕), 탄미(嘆美)와 같이 무한한 궁금스러움을 이 산하대지(山河
大地)에 가지는 자라고 하였다. 이 글은 우리의 국토 뿐 아니라 모든
대자연을 자연 그대로만 보지 않고 역사의식을 강조하는 역사적 현
장, 또는 정신이 깃드는 기억의 공간으로서의 성스러운 순례의 현장
으로 본다는 데 의미가 있다 하겠다.
　다음으로는 한용운의 <명사십리>, 김동인의 <대동강>, 이은상의 <
피어린 육백리>, 정비석의 <산정무한>, 이상보의 <갑사로 가는 길>
을 살펴보고자 한다.

　나는 갈마(葛麻)역에서 명사십리로 갔다. 명사십리는 문자와 같이 가늘고 흰 모래가 소만(小彎)을 연(沿)하여 약 10리를 평포(平鋪;평평하게 펴 놓음)하고, 만내(灣內)에는 참차부제(參差不齊)한 대여섯의 작은 섬이 점점이 놓여 있어서 풍경이 명미(明媚)하고 조망(眺望)이 극가(極佳)하며 욕장(浴場)은 해안으로부터 약 5, 60보 거리, 수심은 대개 균등하여 4척 내외에 불과하고 동해에는 조석(潮汐)의 출입이 거의 없으므로 모든 점으로 보아 해수욕장으로는 이상적이다.

　해안의 남쪽에는 서양인의 별장 수십 호가 있는데, 해수욕의 절기에는 조선 내에 있는 사람은 물론 동경, 상해, 북경 등지에 있는 사람들까지 와서 피서를 한다 하니 그로만 미루어 보더라도 명사십리가 얼마나 명구(名區)인 것을 알 수 있다. 허락지 않는 다소의 사정을 불고(不顧)하고 반천리(半千里) 산하를 일기(一氣)로 답파(踏破)하여 만부 일적(萬夫一的) 단순한 해수욕만을 위하여 온 나로서는 명사십리의 수려한 풍물과 해수욕장의 이상적 천자(天姿)에 만족치 아니할 수 없었다. 목적이 해수욕인지라 옷을 벗고 바다로 들어갔다. 그 상쾌한 것은 말로 형언할 배 아니다.

— 한용운(韓龍雲)의 <명사십리(明沙十里)> 중 일부

　작자가 해수욕을 즐기기 위해 시끄럽고 성가시던 서울을 떠나 해수욕장으로 유명한 명사십리를 찾았다는 내용의 기행문이다. 단순한 기행문과 수필은 구분되어야 마땅하지만, 넓은 개념에 있어서는 수필의 범주에 들기 때문에 여기에서는 개의치 않기로 한다. 작품 속의 운문은 운치를 더하는 면도 있거니와 간결하게 전달하는 구실을 하기도 한다.

　그대는 길신(吉辰;좋은 시절)의 지팡이를 끌고 여행에 피곤한 다리를 평양에 쉬어 본 적이 있는가?

　그대가 만약 길신의 발을 평양에 들여 놓을 기회가 있으면 그대는 피곤한 몸을 잠시 객주집에서 쉰 뒤에 지팡이를 끌고 강변의 큰 길로서 모란봉(牡丹峰)에 올라가 보라. 한 걸음 두 걸음 그대의 발이 구시가의 중앙까지 이르면 그때에 문득 그대의 오른손 쪽에는 고색(古色)이 찬연한 동대문(東大門)이 나타나리라.

그리고 그 문통 안에서는 서로 알고 모르는 허다한 사람들이 가슴을 젖혀 헤치고 부채로써 가슴의 땀을 날리며, 세상의 온갖 군잡스럽고 시끄러운 문제를 잊은 듯이 한가이 앉아서 태고적 이야기에 세월 가는 줄 모르는 것을 발견하리라.

그곳을 지나 그냥 지팡이를 끌고 몇 걸음만 더 가면 그대의 앞에는 문득 연광정(錬光亭)이 솟아 있으리니, 옛부터 많은 시인 가객(詩人歌客)들이 수 없는 시와 노래를 얻은 곳이 이 정자이다.(생략)

여기서 평양 사람의 정서(情緒)는 뛰놀고 여기서 평양 사람의 공상(空想)은 비약하고 여기서 평양 사람의 환몽(幻夢)은 약동하고 여기서 평양 사람의 노래가 읊어지는 것이다.

그대가 만약 이러한 사정을 알 것 같으면, 그 검증 없이 장천류의 대동강만 내려다보고 집안도 잊고 처자도 잊고, 주림도 잊고, 앉아 있는 허다한 무리를 관대한 마음으로 용서하기는 커녕 일종의 존경의 염까지 생기겠지.

— 김동인(金東仁)의 <대동강(大同江)> 중 일부

"그대는 길신(吉辰)의 지팡이를 끌고 여행에 피곤한 다리를 평양에 쉬어 본 적이 있는가?"라는 의문문 형식으로 시작하여 고적 이곳저곳을 답사하며 느낀 감회를 산책하는 분위기로 이끌어 가고 있다. 고색 찬연한 동대문이라든지, 청류벽(淸流壁) 부벽루(浮碧樓) 을밀대(乙密臺) 묘송림(墓松林) 현무문(玄武門) 등에 대한 담담한 필치의 관조(觀照)가 그것이다. 작자는 여기에서 평양 사람의 정서는 뛰놀고, 공상은 비약하며, 환몽은 약동한다고 결말짓고 있다.

전적비에는 1951년 3월 7일로부터 6월 9일에 이르기까지 우리 국군이 영웅적으로 공산군과 싸워 마침내 이 지역을 점령하게 되었다는 사적(史蹟)을 새겼다. 아닌게 아니라, 이 지역의 휴전선 지도를 이같이 북으로 높이 그어 올려 놓은 것은 실상 이 싸움에서 승리한 때문이었다.

옛날 이스라엘 민족이 이집트의 속박을 벗어나 가나안 복지를 향하여 광야를 거쳐 갔듯이, 오늘 우리 민족도 광복과 함께 새로운 이상세계를 향하여 온갖 고난 극복의 행진을 하고 있는 것이다.

이 날 이스라엘 민족이 르비딤에 이르렀을 때, 약탈자 아말렉 족속들이 쳐들어왔던 것같이, 오늘 우리에게도 저 침략자 중공군이 쳐들어와 우리의 가는 길을 저해했던 것이다. 그러나 그 날 마침내 이스라엘 민족이 싸워 이겨서 승리의 돌단을 쌓은 것같이, 우리도 지난날 싸워 이겨서 여기 이곳에 승전비(勝戰碑)를 세운 것이다.

그리고 그 때 이스라엘 민족은 그 돌단에 이름을 지어 붙이되 '여호와 닉시'라 하니, 그것은 '여호와는 나의 깃발'이란 뜻이었다. 그와 같이 우리도 지금 이 승전비에 '자유는 나의 깃발'이라는 이름을 지어 붙이고 싶지 아니하냐!

— 이은상(李殷相)의 <피어린 육백리> 중 일부

작자가 답사차 찾은 휴전선 일대를 강건체와 화려체 문장으로 그려나간 기행수필이다. 6.25 사변 때 격전지였던 그 '피어린' '육백리(휴전선의 길이)'를 소재로 전개한 이 글은 민족 분단의 현실적인 현장감을 살리면서 운문을 삽입, 변화와 힘있는 긴장감으로 실감을 자아내면서 조국의 통일과 자유 평화를 기원하는 내용으로 되어 있다.

조반(朝飯) 후 단장(短杖) 짚고 험난한 전정(前程)을 웃음경 삼아 탐승(探勝)의 길에 올랐을 때에는, 어느덧 구름과 안개가 개어져 원근(遠近) 산악(山嶽)이 열병식(閱兵式) 하듯 점잖이들 버티고 서 있는데, 첫눈에 비치는 만산(萬山)의 색소(色素)는 홍(紅)! 이른바 단풍(丹楓)이란 저런 것인가 보다 하였다.

만학 천봉(萬壑千峯)이 한바탕 흐드러지게 웃는 듯, 산색(山色)은 붉을 대로 붉었다. 자세히 보니, 홍만도 아니었다. 청(靑)이 있고, 녹(錄)

이 있고, 황(黃)이 있고, 등(橙;오렌지색)이 있고, 이를테면 산 전체가 무지개와 같이 복잡한 색소로 구성되었으면서, 얼른 보기에 주홍(朱紅)만으로 보이는 것은 스펙트럼의 조화(造化)던가?

복잡한 것은 색만이 아니었다. 산의 용모(容貌)는 더욱 다기(多岐)하다. 혹은 깎은 듯이 준초하고, 혹은 그린 듯이 험상궂고, 혹은 틀에 박은 듯이 단정(端正)하고……, 용모, 풍취(風趣)가 형형색색(形形色色)인 품이 이미 범속(凡俗)이 아니다.(생략)

신라조(新羅朝) 최후의 왕자인 마의 태자(麻衣太子)는 시방 내가 서 있는 바로 이 바위 위에 꿇어 엎드려, 명경대를 우러러보며 오랜 세월을 두고 나무아비타불(南無阿彌陀佛)을 염송(念誦)했다니, 태자(太子)는 당신의 업죄(業罪)를 명경(明鏡)에 영조(映照)해 보시려는 뜻이었을까! 운상 기품(雲上氣稟)에 무슨 죄가 있으랴만, 등극(登極)하실 몸에 마의(麻衣)를 감지 않으면 안 되었다는 것이 이미 불법(佛法)이 말하는 전생(前生)의 연(練)일는지 모른다.

두고 떠나기 아쉬운 마음에 몇 번이고 뒤를 돌아다보며 계곡을 돌아 나가니 앞으로 염마(閻魔)처럼 막아 서는 웅자(雄姿)가 석가봉(釋迦峯), 뒤로 맹호(猛虎)같이 덮누르는 신용(神容)이 천진봉(天眞峯)! 전후 좌우를 살펴봐야 협착(狹窄)한 골짜기는 그저 그뿐인 듯, 진퇴 유곡(進退幽谷)의 절박감을 느끼며 그대로 걸어 나가니, 간신히 트이는 또 하나의 협곡(峽谷)!

몸에 감길 듯이 정겨운 황천강(黃泉江) 물줄기를 끼고 돌면, 길은 막히는 듯 나타나고, 나타나는 듯 막히고, 이 산에 흩어진 전설(傳說)과 저 봉에 얽힌 유래담(由來談)을 길잡이에게 들어 가며 쉬엄쉬엄 걸어 나가는 동안에, 몸은 어느덧 심해(深海)같이 유수(幽邃)한 수목(樹木) 속을 거닐고 있음을 깨닫게 된다.

— 정비석(鄭飛石)의 <산정무한(山情無限)> 중 일부

금강산 기행에서 느낀 감회를 회고적으로 그린 기행수필이다. 산행(山行)의 노정(路程)에 따라 시간의 흐름대로 서술하는 추보식(追步式) 문장의 구성으로 서술된 이 글은 화려체가 강세를 보인다. 간

간히 애상(哀傷)의 정서를 유발시키는 내용으로서, 신라조 최후의 왕
자였던 마의태자에 관한 회상이라든지, 태형 맞는 춘향, 누명을 쓰
고 자결을 하려는 장화, 시베리아로 정배 가는 카투샤와 그 뒤를 쫓
아 가는 네플류도프 백작 등 상상력을 발휘하는 회상의 내용도 인생
의 허무함을 실감케 하는 요소들이다.

"한없는 청산 끝나 가려는데/흰구름 깊은 곳에 노승도 많더라."하
는 산문 속의 운문도 격을 달리 고풍스런 운치를 더하여 한껏 묘미
를 더하고 있다.

흙이나 돌이 모두 눈에 덮인 산길을 도란도란 이야기를 나누며 오
르는 우리들은 마치 북국(北國)의 설산(雪山)이라도 찾아간 듯한 아취
(雅趣)에 흠씬 젖는다. 원근(遠近)을 분간할 수 없이 흐릿한 설경을 뒤
돌아보며, 정상에 거의 이른 곳에 한 일자로 세워 놓은 계명 정사(鷄鳴
精舍)가 있어 배낭을 풀고 숨을 돌린다. 뜰 좌편 가에서는 남매탑(男妹
塔)이 눈을 맞으며 먼 옛날을 이야기해 준다.

때는 거금(距今) 천 사백여 년 전 선덕 여왕 원년(元年)인데, 당승
(唐僧) 상원 대사(上原大師)가 이곳에 와서 움막을 치고 기거하며 수도
할 때였다.

비가 쏟아지고 뇌성벽력이 천지를 요동하는 어느 날 밤에, 큰 범 한
마리가 움집 앞에 나타나서 아가리를 벌렸다. 대사는 죽음을 각오하고
눈을 감은 채 염불에만 전심하는데 범은 가까이 다가오며 신음하는 것
이었다. 대사가 눈을 뜨고 목안을 보니 인골(人骨)이 목에 걸려있었으
므로, 뽑아 주자 범은 어디론지 사라졌다.

그리고 여러 날이 지난 뒤 백설이 분분하여 사방을 분간할 수조차
없는데, 전날의 범이 한 처녀를 물어다 놓고 가버렸다. 대사는 정성을
다하여 기절한 처녀를 회생시키니, 바로 경상도 상주읍에 사는 김화공
(金化公)의 따님이었다.

집으로 되돌려 보내고자 하였으나 한겨울이라 적설을 헤치고 나갈
길이 없어 이듬해 봄까지 기다렸다가, 그 처자의 집으로 데리고 가서

전후사(前後事)를 갖추어 말하고 스님은 되돌아오려 하였다.

그러나 이미 김처녀는 대사의 불심에 감화를 받은 바요, 한없이 청정(淸淨)한 도덕과 온화하고 준수한 성품에 연모의 정까지 골수에 박혔는지라, 그대로 떠나보낼 수 없다 하여 부부의 예를 갖추어 달라고 애원하지 않는가?

김화공도 또한 호환(虎患)에서 딸을 구원해 준 상원 스님이 생명의 은인으로 그 은덕에 보답할 길이 없음을 안타까워하며 자꾸 만류하는 것이었다.

여러 날과 밤을 의논한 끝에 처녀는 대사의 의남매(義男妹)의 인연을 맺어 함께 계룡산으로 돌아와 김화공의 정재(淨財)로 청량사(淸凉寺)를 새로 짓고, 암자를 따로 마련하여 평생토록 남매의 정으로 지내며 불도에 힘쓰다가 함께 서방 정토(西方淨土)로 떠났다.

두 사람이 입적(入寂)한 뒤에 사리탑(舍利塔)을 세운 것이 이 남매탑이요, 상주에도 또한 이와 똑같은 탑이 세워졌다고 한다.

눈은 그칠 줄 모르고, 탑에 얽힌 남매의 지순(至純)한 사랑도 끝이 없어 탑신(塔身)에 손을 얹으니 천년 뒤에 오히려 뜨거운 열기가 스며드는구나!

— 이상보(李相寶)의 <갑사(甲寺)로 가는 길> 중 일부

동학사로 해서 갑사로 가는 길에 계명정사에 들러 숨을 돌리다가 남매탑을 둘러보고는 그 탑에 얽힌 전설을 소재로 상원대사와 김화공의 딸 김처녀 사이에 남매로 맺어진 지순한 사랑 얘기를 감회 깊게 쓴 기행수필이다. 자연스럽게 전개하는 문장 표현과 사찰에 얽힌 고사, 함박눈이 소록소록 내리는 가운데 펼쳐지는 자연 정경 등에 불교적 분위기가 아스라하게 깔리어 정밀(靜謐)한 분위기의 묘미를 주고 있다. 서두에서 "지금은 토요일 오후 동학사엔 함박눈이 소록소록 내리고 있다."거나 뒷부분에서 "눈은 그칠 줄 모르고, 탑에 얽힌 남매의 지순한 사랑도 끝이 없어 탑신에 손을 얹으니 천년 뒤에 오히려 뜨거운 열기가 스며드는구나!"하고 현재법을 사용하여 현장

감 있게 실감을 자아내게 하는 기법도 새겨볼 만한 부분이다.

f. 일기체 수필

다음의 글 <가람 일기 초(抄)>는 가람 이병기(李秉岐)의 일기 중 1921년과 1922년 사이에 쓰여진 일기 중의 일부다. 일기도 넓은 개념에 있어서는 수필의 범주에 들기 때문에 여기에 소개한다. 3.1운동 직후의 시대 상황 속에서 조국의 암담한 현실에 괴로워하는 지식인의 목소리가 꾸밈이 없이 진솔하게 기록되어 있어서 마음이 끌리는 글이다.

1921년 2월 11일

구름이 끼었고 날이 푹하다. 이찬(李燦)군의 편지를 보다. 살기가 하도 심심해서 못 견디겠다고 했다. 그는 그럴 뿐이지만은 나는 쓰고 써 못 견디겠다. 보는 것마다 눈꼴이 사납고, 들리는 것마다 귀청이 저리고, 만나는 것마다 속이 뒤집히고 아니꼽다. 어찌 이러고 살까. 아마 스스로 죽었다는 사람들도 이러해서 그랬는가보다. 내려다보니 튼튼한 땅이고 쳐다보니 높다란 하늘이다. 두더지 아닌 담에 땅 속으로 들어갈 수도 없고 새 아닌 다음에 하늘로 날아다닐 수도 없다. 나는 어디로 오도가도 못하고, 다만 이 자리에서 낮과 밤을 보내는가. 이럴 적에는 방성 대곡(放聲大哭)이라도 했으면 시원할 듯, 온몸에서 끓는 피가 엷은 껍질을 터뜨리고 쏟아져 나오는 듯, 도무지 세상이 원수 같다.

1922년 4월 20일

맑다. 저녁에 뒷산에 오르다. 한 조그마한 골짜기에 움집을 묻느라고 여러 사람들이 웃통을 벗어 젖히고 땅을 파며 떼장을 나르며 지껄인다. 아이들은 그 옆에서 저녁밥을 먹으라고 조르고 섰다. 이 골짜기

에는 양인(洋人)의 뾰족집이 우뚝우뚝 솟아 있다. 만리 타국에서 온 양
인들은 왜 고대 광실을 짓고 살며, 사오 천 년 이 땅에서 살아오던 우
리네는 왜 움집을 묻고 살려는가. 슬프다. 누구는 움집 짓고 누구는 뾰
족집에서 사는가.

— 이병기(李秉岐)의 <가람 일기 초(抄)> 중 일부

g. 서한체 수필

김 군.

한 눈을 상하신 까닭으로 평생을 학대(虐待) 속에 사셨는지도 모를
그 어머니……. 애닯소. 한 눈 없이 그대를 낳고 기르고, 그대를 위하
여 애태우시다 이제는 저 차가운 땅속에 드셨거늘, 자식인 그대마저
어찌 차마 그대 어머니의 상하신 한 눈을 업신여겨 저버린단 말이오?
그대에게 한 눈 가지신 어머니는 없었오. 온 세상이 다 불구(不具)라
비웃는대도 그대에겐 그분보다 더 고우신 분이 또 누구겠소.

한 눈이 아니라 두 눈이 다 없을지라도 내 어머닌 내 어머니요. 내
가 다른 이의 아들이 될 수는 없는 법이오.

김 군.

그림으로 그려 어머니를 모시려 한 착한 김군, 그런 김군이 어떻게
두 눈 가진 여인을 그려 걸고 어머니로 섬기려 했단 말이오? 그대는
지금 곧 한 눈 없는 어머니의 영원한 사랑의 품 속으로 돌아가오. 그
리하여 평생 눈물 괴었던 그 상하신 눈에 다시는 더 눈물이 괴지 않도
록 하오. 이만 줄이오.

— 이은상(李殷相)의 <한 눈 없는 어머니> 중 결말 부분

이미 타계한 한 눈 없는 어머니의 초상화를 그려 갖되 두 눈 다
완전하게 그려 갖고 싶어하는 '김군'이라는 대상에게 편지를 쓰듯이
서한체로 피력한 서한체(書翰體) 수필이다. 작자는 그 '김군'에게

"그대는 지금 곧 한 눈 없는 어머니의 영원한 사랑의 품 속으로 돌아가시오. 그리하여 평생 눈물 괴었던 그 상하신 눈에 다시는 더 눈물이 괴지 않도록 하오."라고 따끔하게 향도하는 말로 결말지음으로써 읽는 이로 하여금 가슴이 뭉클하도록 특별한 감동과 교훈을 주고 있다. 서한체 수필은 이러한 경우, 작자의 목소리가 실감있게 전해지는 효과도 있으나 본격적인 문학적 수필로 다양하게 구사하는 데는 그 표현의 단조로움 때문에 한계가 있다.

h. 단정적인 문체

수필에 있어서 단정적인 문체는 분명하고 명확하여 박력있는 문장으로써 독자로 하여금 속시원한 기분을 느끼게 한다는 점에서 설득력은 있으나 여운을 남기기 어렵다는 점에서 그것이 결점이 될 수도 있다.

오늘 이 땅에는 덧붙이고 또 덧붙이고 더욱 덧붙인 우리의 의상이 만발하고 있다. 거리에서, 화면에서 난무한다. 신사임당 수련장에 들어가는 우리 의상의 여학생들, 사임당은 그들을 보고 뭐라 할 것인가. 온 사당패들도 저보다는 점잖했느니라. 광대의 한계를 넘어 이제는 서커스로 옮아가고 있는 것이다.

학과 나비는 어디 가고 딱정벌레·무당벌레들이 서투르게 걸음마를 배우고 있는가. 우리는 오늘 하루를 사는 것이 아니다. 내일을, 모레를, 미래를 살아야 한다. 생략에 생략을 거듭하여 생명을 찾아야 하는 것이다. 마지막으로 여기서 나는 문화의 우열을 논하고자 한 것은 아니다. 생명의 불씨를 만드는 사람도 있고, 그것을 가꾸어야 하는 그런 특성을 얘기하고 싶었던 것이다.

— 박경리(朴景利)의 <꿈꾸는 자가 창조한다> 중 결말 부분

　이 글은 일본인들의 문화와 우리의 문화를 비교한 내용으로, 일본의 한 여류작가의 무책임한 발언을 통박하고 있다. 작자는 일본의 고유의상을 두고 무당벌레와 딱정벌레를, 우리의 고유의상을 나비와 학으로 비유하여 피력하면서 "그들은 덧붙이는 것이 특성이요 이쪽은 생략하는 게 특성이다,"고 가름하면서 한·일양국의 문화적 성격을 마치 장작을 빠개듯이 명쾌하게 갈파하고 있다.

4. 수필 작품의 이모저모 ②

a. 선비정신과 장인기질

선비란 학덕(學德)을 갖춘 이를 예스럽게 이르는 말이다. 어질고 순한 사람을 가리키기도 한다. 수필다운 수필을 창작하기 위해서는 사람다운 사람이 되어야 한다는 말이 근거없는 말이 아니라면, '선비정신'이나 '장인기질'은 문학 형식 이전의 내용으로서 관심을 가질만한 덕목이라 하지 않을 수 없다.

이제까지 거론하지 않은 문인(수필가) 가운데 김시헌, 심영구, 김용구, 김병권의 작품 세계를 살펴보고자 한다.

어떤 사람도 한 번쯤은 이성을 사랑하는 열정에 빠진다. 연애만이 사랑이 아니고, 갓 결혼한 부부 사이의 사랑도 연애 못지 않은 사랑의 감정이다. 그때 사랑의 소유욕은 사랑하는 상대편을 그대로 자기 자신으로 느끼게 된다. '당신은 나'라고 표현하기도 하고 '너는 나의 것'이라고 표현하기도 한다. 그 말 속에는 정신도 육체도 모두 가지고 싶다는 의지가 작용한다. 정말 상대편이 아주 자기 것이 된 것처럼 실감이 된다.

그러나 시간이 지나고 냉정으로 돌아갔을 때는 그러한 감정이 얼마나 허망한 마술에 걸려 있었던가를 깨닫게 된다. 결코 상대편은 영원한 내 것이 될 수 없다는 거리감이다. 남은 언제나 남일 뿐이다. 더구나 그 사랑의 관계가 끝났을 때 상대편은 어떤 위치에 있는가? 아무리 사랑한다 해도 남의 육체를 내 것으로 만들 수는 없다. 정신은 비록 내게 붙잡혀 있다 해도 육체는 그의 소유일 뿐, 나의 소유는 될 수 없다. 그래서 육체는 영원한 객관적인 존재다. 나무나 바위, 또는 하늘에 있는 해와 달처럼 우주의 한 부분으로 거기 존재하고 있을 뿐이다.

그렇게 해서 사람은 언젠가는 자기의 육체도, 진정한 의미에서 자기 것이 아님을 깨달아야 한다. '몸은 늙어도 마음은 젊다'는 말을 흔히 한다. 젊은 마음은 언제까지나 젊은 육체를 가지고 싶어한다. 그런데 자기의 소망과는 다르게 육체는 어느덧 자신의 길을 걸어 가기만 한다. 얼굴에는 쭈글쭈글한 주름이 생기고 피부는 보기 싫게 퇴색해 간다.

몸가짐은 말을 듣지 않고 언젠가는 체내에 결정적인 고장이 온다. 자동차의 바퀴가 닳듯이, 또는 묵은 집의 기둥이 기울듯이 육체는 한쪽으로 무너져 내려간다. 그때 사람들은 무상을 느끼고 생명에 대한 집념을 차차 버리기 시작한다. 그렇게도 소중히 여기던 육체가 해체를 당하는 것이다.

운동을 해서 단련하고 화장을 해서 다듬던 육체를 지금은 도저히 붙잡을 수 없다고 체념해야 한다. 완전한 나의 것으로 믿어 왔던 육체가 나의 의도와는 전연 다르게 제 갈 길로 가고 있다는 것을 깨달아야 한다.

— 김시헌(金時憲)의 <육체(肉體)> 중 결말 부분

한 치의 오차도 허용치 않은 글, 군더더기라고는 전혀 보이지 않는 수필이다. 그만큼 이 작자는 자신의 글에 엄격하기로 정평이 나 있다. 이는 구도자적 선비정신의 소산이라 할 수 있다. 수필다운 수필을 쓰고자 하는 창작 의욕과 치열하고 진지한 작자의 내면의식이 엿보이는 글이다. 청순한 인품의 선비다운, 강직하면서도 투명한 목소리가 선명하다. 인생의 카운셀러라 할까, 교훈적이면서도 진지한 목소리에 귀를 기울일 만하다.

창밖엔 눈발이 펄펄 날리는데 화대(花臺) 위에는 백매(白梅)가 벙긋이 벌어지고 있다. 미인의 속살 같은 화판에 금빛 화심(花心)에서 풍기는 은은한 향기는 옷소매를 붙드는 양, 차마 자리를 뜨지 못하게 한다. 설중매(雪中梅). 말로만 듣던 청복(淸福)을 오늘에야 누려본다. 이런 호사를 혼자 차지하기엔 아쉬운 감마저 든다.
내 비록 술은 못 마셔도 정다운 친구라도 곁에 있다면 잔 위에 낙매(落梅)나마 띄우며 투아(偸雅)라도 해 보련만…….
마침 내자(內子)가 다반(茶盤)을 들고 올라왔다. 지난해 B여사가 보낸 천하일품인 강소산(江蘇産) 호구차(虎邱茶)라고 하면서 따라 놓더니 연상(硯床)을 당겨 먹을 갈고 있다.
내 생각하고 보내 준 고마운 뜻을 그리며 찻잔을 드니 혀끝에 감기는 다미(茶味)도 좋지마는 다향(茶香) 또한 일품이다.
옛 선비들은 풍광 좋은 강산에서 노니는 청한(淸閑)을 어찌 삼공(三公)과 바꾸겠느냐고 했다지만 방안 가득한 매향, 다향, 묵향에 묻혀 창밖의 설경(雪景)을 바라보니 덩달아 신선이나 된 듯하다.
— 심영구(沈永求)의 <입춘대길(立春大吉)> 중 서두 부분

선비풍의 고아함을 간직한 품성이 은은하게 느껴지는 글이다. 지필묵이 떠나지 않는 가운데 매향과 다향과 묵향의 분위기가 그렇다. 동양적인 멋스러움이 손에 잡힐 듯한 수필이다. 수필 창작을 치열하게 해 오면서도 동양적인 향기에의 탐구라든지 인간 탐구에 천착해 온 그의 멋스러움이 호감을 갖게 하는 글이다. "혀 끝에 감기는 다미도 좋지마는 다향 또한 일품이다."는 구절은 운율적 리듬이 가미되어 멋스러움을 더한다.

오늘 아침에는 일찍 바같에 나가 강변을 거닐었다. 한강도 얼어붙고
그 위에 눈이 덮여 마치 광활한 설원 같다. 그래도 강심까지는 얼지
않았다. 작은 못처럼 물이 움직이는 듯 마는 듯 잔잔하고 물에서는 뭉
게뭉게 김마저 오른다.

아니나 다를까 얼어붙지 않은 강심에서는 물새들이 바쁘게 움직이
고 있다. 추운 줄도 모르고 새들은 머리를 물 속에 박는 것, 거꾸로 물
속으로 곤두박질하는 것도 있다. 강추위 속에서도 물놀이를 즐기는 이
새들은 북녘에서 날아온 겨울 철새들. 멀리 시베리아에서 여기까지 겨
울을 나러 남하하여 온 철새들에게 이까짓 추위쯤은 아무것도 아닌 모
양이다.(생략)

낯선 철새가 한강을 외면하지 않고 찾아오는 건 거기 물고기가 살
아 있기 때문이다. 그렇다면 한강은 죽지 않고 살아 있는 강물이다. 강
도 신은 살아 있어야 한다고 동의하지 않은가.

잎새가 떨어진 겨울 나무도 마찬가지. 산등성이로 불어오는 겨울 바
람도 정녕 오고야 말 봄을 기대하는 사람들에게 굳세게 살라고 용기를
불어 넣는다. 이렇게 겨울 산하는 즐거운 지식을 노래하고 있다.

— 김용구(金容九)의 <겨울 강변> 중 일부

해박한 지식인이 깊은 사색에 잠긴 채 산책하면서 쓴 듯한 철학
적 산책수필이다. 그의 지식은 보이지 않지만, 풍경을 바라보는 시
선과 깊고 넓게 사고하는 시선이 보인다. 이것이 철학하고 사색하는
지성인의 수필맛이 아니겠는가. 겨울 강변에서 철새들을 바라보며
'말 없는 말, 법 없는 법(無說之說 無法之法)'으로 상징을 풀어 읽으
면서, "생은 그저 사실이 아니라 의미의 구조요, 또 해석의 문법이
다."고 갈파하는 그 해박한 발성이 강변의 철새만큼이나 속시원하게
한다.

먼 데서 해변을 두들기는 바닷소리가 요란하게 마냥 갑갑증이 나서
앉아 있을 수만 없었던 우리는 또 그 무슨 변덕이었던지 서로 손을 끌

면서 바다로 나왔다. 달빛에 부서지는 파도소리는 우렁찬 파장공세(波長攻勢)로 우리를 엄습해 왔다. 숨막히듯 물결을 타고 오는 열풍 속에 가슴이 환해진 그녀는 모래알마다 반짝이는 해변을 토끼처럼 뛰어 다녔다. 어느덧 말끔히 취기(醉氣)가 가신 우리는 치기(稚氣)마저 어린 동심(童心)으로 날뛰었다. 그날밤 남국(南國)의 정사(情事)는 그렇게 아쉬운 여운만을 남긴 채 끝나버렸지만, 그녀는 수정(水晶)같이 맑은 동자(瞳子) 속으로 호소하듯 속삭여 주던 순박한 정열을 나는 지금껏 잊을 수가 없다.(생략)

어쩌다가 서울 시내 한 복판을 거닐면서 온실이나 꽃집 부근을 지나갈 때면 파초 잎사귀 한 잎에도 무상한 열대수(熱帶樹)를 연상하게 되고, 연이어 낭만의 시정(詩情)이 감돌던 이국풍정(異國風情)에 나도 모르게 젖어들게 됨은 어쩌면 그날 그 애틋한 사연 속에 풍기던 어느 이름모를 여인의 강한 체취(體臭)의 탓이었을까……

— 김병권(金秉權)의 <남국의 향수> 중 일부

이국풍정이 한 눈에 선연하게 보이는 글이다. 수필을 가리켜 심적 나상(心的裸像)이라고 할 때는 고백적인 성격을 두고 하는 말인데 이 글이야말로 그런 특징에 걸맞는 노골적인 성격이 내비친다. 그러면서도 가릴 것은 가린 채 궁금증을 일게도 한다. 내면의식으로 삭여내는 그가 이처럼 낭만적인 풍경묘사와 감칠맛 나는 표현으로 독자를 사로잡는 것은 작자의 시적 정서가 풍윤하게 흐르기 때문이다.

b. 투명한 시심의 여류 수필

나보다 으례 늦게 통행금지 시간 임박해서 들어오는 H가 무슨 생각이 들었던지 진달래를 한아름 안고 들어왔다. 늘 꽃타령을 하던 나였지만 진달래를 힐끗 쳐다보고 졸려서 눈을 감아 버렸다. 임종하는 자리에 보고 싶은 사람이 와도 깨어나지 못하는 사람처럼, 그렇게 성화를 하던 진달래꽃을 보고도 잠을 깨지 못하였다. 잠은 들었으나 밤새 진달래 꿈을 꾸었다. 진달래가 밤하늘에 총총한 별처럼 만발하게 피어 있는 꿈이었다. 밤새도록 진달래 꽃잎에 파묻혀서 놀던 꿈이었다.

아침에 눈을 뜨자 나는 H가 한아름 안고 들어온 진달래를 생각하고 진달래를 가져오라 하였다. 아이가 진달래 담긴 바께쓰째 들고 들어왔다. 진달래는 바께쓰 그 큰 아가리에 가득 차 있었다. 나는 진달래를 산에 가서 꺾어도 보고 가게에 가서 사 보기도 했지만 바께쓰 아가리에 가득 찰 만큼 큰 다발을 받아 본 적이 없었다. 진달래는 내 방에 가득하였다. 방은 갑자기 환하게 밝아졌다.

— 조경희(趙敬姬)의 <진달래> 중 서두 부분

환상적인 정서가 풍윤하게 흐르는 글이다. 진달래 꿈을 꾸되 "진달래가 밤하늘에 총총한 별처럼 만발하게 피어 있는 꿈"이요 "밤새도록 진달래 꽃잎에 파묻혀서 놀던 꿈"이다. 서두부터 독자의 감각을 신선하게 일깨우고 있다.

나는 그런 현대 여인을 그림의 모델로 쓰고 있으면서 그림을 그리는 동안, 기억 속에 살아 있는 먼 옛날의 길례언니의 모습을 쫓으며 대화한다. 금시 울음이 터질 것만 같은 순결한 눈망울, 뾰로통한 처녀 특유의 표정이 매혹적이었던 길례언니, 집이 가난해서 소록도의 간호부가 되어 동생들 공부를 돌봐주던 길례언니, 그리고 누구보다도 유행에 민감했던 당시의 멋장이 길례언니.(생략)

그림이 잘 되는 날은 그리다 둔 그림을 보고 또 보고 하면서 흐뭇한 기분으로 즐기는 담배이지만 연기를 즐겁게 뿜으면 마치 16세가 된 소녀처럼 드레스와 리본, 글라스가 놓인 테이블, 꽃다발, 기사차림의 목소리가 음악에 춤추며 부드럽게 속삭여오는 환상에 젖는다.(생략)

사실 길례언니는 나의 어린시절 어느 여름의 축제날 노란 원피스에다 하얀 챙이 달린 모자 쓴 여인이 스쳐간 걸 보고 그 인상이 강렬하여 내가 길례언니 스토리를 만들었고 이름도 길례라고 붙여 본 것이다. 그러니까 그녀가 한국인인지 외국인인지조차 나는 모르는 셈이다.

단 내 회상 속에 생생하게 아름답게 살아 있는 영원한 처녀일 뿐이다.
— 천경자(千鏡子)의 <길례 언니> 중 일부

문학, 특히 소설에서 작가가 등장 인물 가운데 한 전형적인 인물을 설정하여 전형(典型)을 형상화하여 그리듯이, 이 수필에서의 작자는 '길례 언니'라는 인물을 설정하여 형상화하게 된 그 자초지종(自初至終)을 밝히고 있다. 사물을 인식하는 투시력, 통찰력, 인식능력이 예리하면서도 따뜻한 감성이 느껴지는 여류화가의 글이다.

　　세상 바람에 시달리다 풀이 죽어 늘어진 옷을 벗어 빨래를 한다. 살아가기 힘겨워서 땀에 배인 옷, 시끄러운 소리에 때묻고 눌린 옷, 최루탄 연기에 그을고 시름에 얼룩진 옷을 빤다.
　　장마가 걷히고 펼쳐지는 푸른 하늘처럼 밤마다 베개 밑으로 흐르는 물소리는 악몽에 시달리는 나의 잠을 깨운다. 그 물소리처럼 지심에 솟구치는 물꼬를 찾아 콸콸콸 넘쳐 흐르는 물에 빨래를 담가 절레절레 흔들며 빨래를 하고 싶다.(생략)
　　씹지 않고 삼킨 말의 응어리도 풀 수 있는 소나기 — 빗질하는 가로수처럼 빨고 싶은 나날들.
　　옛날 어느 날 신부님은 내 이마에 물을 부으시며 마음을 빨아 주셨다. 다시는 너의 삶에서 후회로움이나 욕심이 없을지니라.
　　그러나 어인 일인가. 내 마음은 갈수록 번뇌의 욕심으로 더럽게 얼룩져 샘터로 달려가 무릎을 꿇지만 마음의 주름살은 펴지지 않고 빛바랜 기도엔 바람만 오간다.(생략)
　　빨래를 비비면 열 손가락 사이로 옛날이 흐르고 아리고 쓰린 삶의 가락이 구비구비 흐른다. 콩깍지 태워 잿물 내리고 광목을 필로 삶아 자갈밭에 널면 한 줄기 고달픈 흰 강이 출렁거린다. 시집가는 딸이 한 끝을 잡고 지팡이에 의지한 노할머니 한 끝을 잡고 눈으로 마름질하는 어머니 강줄기.
　　꽃가마 꽃상여를 앞뒤에 묶고 햇볕 아래 박꽃처럼 속살 보이던 광목마전에 어머니 근심도 하얗게 바랬다.

　물은 언제나 고향. 오늘의 빈 잔을 채우고 마른 혼을 적셔준다. 물을 보면, 물보라 위에 살아나는 추억의 송사리떼 － . 기억의 징검다리 사이로 빠져나가며 생활의 뱃전에서 찰랑거린다.
— 변해명(邊海明)의 <빨래를 하며> 중 일부

　투명한 시심(詩心)이 찬연하다. 사금처럼 반짝이는 시어(詩語)들이 햇빛 굴절하는 어항 속의 피라미떼처럼 신비를 머금은 채 파닥이는 듯한 느낌을 받는다. 사물이 지닌 바의 속성을 파악하여 거기에 걸맞는 상사적(相似的) 언어로 유추하여 조립해 내는 형상화가 놀라운 글이다. 이러한 신비 세계의 절창은 예술적 쾌감을 준다. 이러한 문장 스타일은 습작기에 있는 이들이 진부하지 않는 글을 쓰는 데에 도움이 될 것이다.

　　"딱 딱 딱따그르르…."
　그 사람은 누구일까. 내게는 사납고 미운 새로만 부각된 딱따구리를 저토록 표현한 사람은.
　딱따구리는 내가 생각하는 것처럼 사납고 미운 새가 아닐 수도 있다. 그러나 세상에 나무가 없다면 딱따구리들은 무엇을 쪼으며 살아갈꼬.
　내가 그 딱따구리를 처음 본 것은 덕숭산을 오르던 산협에서였다. 산이 제아무리 높아도 나무 아래에 있다는 말을 실감케 하는 오솔길에서 하늘을 우러르고 선 이름 모를 신사를 만났다.
　"분명히 딱따구리 소리인 걸요."
　무심코 내뱉는 신사의 말이 내 가슴을 뛰게 한 것이다. 산 중턱에 오를 때부터 아래 절에서 아침 공양을 올리는 목탁 소리려니 생각하고 무심히 듣던 딱따구리 소리를 확인한 것은 산 정상 가까이에서였다.
　"딱 딱 딱따그르르 …."
　자그마한 새가 큰 참나무 기둥에 붙어 주둥이로 나무를 쪼을 때마다 나는 소리이다. 생각한 대로 미운 새였다.

                        — 이병남(李秉男)의 <딱따구리> 중 결말 부분

　일상에서의 갈등을 '딱따구리'라는 새가 상징하는 '쪼아댄다'거나 '긁어댄다'는 행동을 통해 표현함으로써 입체성을 띠게 된 글이다. 딱따구리처럼 남편을 쪼으면서 사는 작자가 딱따구리에 대해 집요하게 관심을 두는 것은 스스로의 태도에 대해 긍정과 부정이 혼용되어 있기 때문이다. 이 글은 결국 자아성찰로 끝난다.

　　청바지를 헹구다 물 속을 본다. 소리내며 흘러가는 시냇물 속엔 물살에 씻긴 조약돌이 한결 청아하다. 억만년을 씻기며 떠내려온 조약돌, 나는 얼마나 씻겨져야 저토록 무욕무심(無慾無心)의 경지에 이를 것인가. 사실 식구들의 눈총을 무릅쓰고 냇가로 내닫는 내 속셈은 이것이다.
　　곰보 빨래돌에 옷가지를 올려놓고 칠하고 문지르고 비비다 보면 나는 어느덧 세탁 삼매에 빠지고 마는 것이다. 단순하게 반복되는 그 작업 속에 더러운 옷가지만 빨려는 것이 아니고 찝찝한 내 마음의 때까지 하얗게 정제(精製) 되는 것이다.
　　주착없이 미워지는 자잘한 일상, 허무맹랑하게 부풀어 오는 탐욕의 불길, 엉뚱하게 구름이 되고 싶다는 보헤미안의 분노, 이런 것들이 얼키고 설켜 모진 때가 되어 나를 바수어대면 나는 빨래함지를 이고 개울가로 내닫는 것이다.
　　물살에 비친 남루한 내면을 방망이로 두드려 부수기도 하고 얻어맞고 아파하는 또 하나의 나에게 연민의 눈길을 붓기도 한다.
　　　　　　　— 반숙자(潘淑子)의 <세탁 삼매(三昧)> 중 일부

　냇물에서 세탁하는 과정을 통해 작자의 내면의식이 내비치는 글이다. 마음 속에서 일어나는 여러 종류의 갈등을 정화해 가는 상상의 날개를 펼친다. 여러 갈래로 치열하게 일어나는 욕구를 맑은 물에 세탁하는 행위를 통해서 카타르시스, 즉 정화(淨化)하고 있다. 마

음 속에 억압된 감정의 응어리를 빨래를 통해 발산함으로써 마음의
안정과 평화를 찾아 가는 글이다.

  어머니는 하루 종일 입을 떼지 않으신다. 누가 말을 걸지 않으면,
아마 한 마디도 안 하고 지내는 날도 있을 것이다. 그렇다고 말을 붙
이면 시원하게 대답을 하는 것도 아니다. 같은 말을 연거푸 여쭈어 보
아도, 그저 고개만 끄덕일 뿐 말씀이 없다. 이러다가는 영영 말을 하지
못하게 되는 건 아닐까 걱정이 되어 대답을 하시라고 성화를 부리면,
마지못해 두어마디 단어만 입속으로 우물거릴 뿐 문장이 되어 나오지
못한다.
  대화는 서로 주고 받는 관계에서 이루어지는 것인데, 어머니가 이렇
게 말씀을 안 하시니, 나도 자연히 말을 하지 않게 된다. 그래서 어떤
때는 어머니와 한 집에 있으면서도 나 혼자 있는 것 같은 착각이 든
다.(생략)
  노인의 침묵, 그것은 무관심이 아니라 슬픈 체념이자 고독이다. 요
구보다 체념이 빨랐던 어머니, 당신의 고독일랑 침묵 속에 묻고 바람
잔 수면처럼 고요하기만 하던 어머니, 그런 어머니가 이젠 그 고독조
차 느낄 줄 모르는 분이 되었다. 그저 깊이를 알 수 없는 무념무상(無
念無想)의 세계 속에 늪처럼 홀로 잠겨 있을 뿐이다.
   — 이정림(李正林)의 <어머니의 침묵> 중 서두와 결말 부분

담담한 필치다. 어머니의 안타까운 모습을 보면서도 흥분하거나
서두르는 법이 없이 객관적으로 보려는 듯한 사람처럼 그렇게 담담
하게 전개하고 있다. 작자는 담담한데 독자가 더 안타까워하고 집착
하게 되는 것은 그의 샘물처럼 투명하면서도 엄살이 없는 무기교의
기교가 자연스럽게 스며들기 때문이다. 훌륭한 연기자는, 자신은 울
지 않으면서 청중을 울린다고 하는데, 여기에서의 작자는 기교와는
상관없는 듯이 담담하면서도 자연스런 필치로 읽는 이의 마음을 움
직인다.

땅 위에서 뛰어 오르는 기쁨이 마냥 즐거웠고, 그네 줄이 앞으로 차 오를 때, 고개를 젖히면 거기엔 파아란 하늘이 활짝 웃으며 가슴으로 파고 들었다. 그렇게 오락가락 바람을 차고 날으며 나는 좀더 높이 날을 수 있기를 바랬다. 그러나 내가 다다를 수 있는 지점은 언제나 비슷한 각도에서 머물렀고, 마침내는 내가 서야 할 땅 위에 어김없이 나를 내려놓는 것이었다. 그러던 어느 날, 나는 비상에서 한계를 넘어 서고 말았다.

더 높이! 더 높이!

오직 하나의 소망으로 풍선처럼 부풀기 시작한 나는 나의 몸이 깃털보다 가볍다고 느끼면서 정말 새가 된 착각에 빠져들었다. 하늘이 저렇게 넓고 파란데, 눈부시게 찬란한 햇살이 나의 겨드랑에 날개를 달아 주며 속삭이는 것이었다.

"저 — 깃털 구름 위로 솟아 오르럼!"

나의 날개는 최초의 비상을 위해 나래를 활짝 폈다. 내가 날 수 없음은 오로지 이 그네줄 때문이다. 이제 나는 창공을 마음껏 날아야지. 순간, 그네줄을 힘껏 움켜 쥔 두 손에서 기운이 쑥 빠져나가며 나는 줄을 놓고 말았다. 비상의 순간은 황홀하고 짜릿하였다. 아득한 창공을 너울너울 날으며 바람보다 가벼워진 나는 무아의 경지에서 의식을 잃고 있었다.(생략)

찬란한 비상의 꿈으로 시도한 나래짓이 순간의 착각이며, 나는 별수 없이 더욱 처참한 모습으로 제자리에 돌아오게 된다는 이치를 터득한 이상 허망한 충동에 흔들리지 말자. 제법 냉정한 이성의 눈으로 현실을 가늠하는 내가 대견하게 생각되기도 한다.

하늘도 보지 말고 땅도 보지 말자. 하늘을 바라보았을 때 날고 싶은 욕망을 어찌 감당할 것이며, 땅을 내려다 보았을 때 추락에의 유혹을 내 어찌 헤쳐갈 것이냐.

— 문혜영(文惠英)의 <그네> 중 일부

이상과 현실 사이의 간격을 토로하는 목소리가 투명하다. '그네' 라는 사물과 거기에서 발생되는 사연으로 인하여 찬란한 비상의 꿈을 펼치려던 날개짓이 착각임을 깨닫고 제자리로 돌아오게 된다는 삶의 이치를 터득해 가는 과정이 선명하고 신선하다. 인생과 우주를 투명한 지혜의 눈으로 보려는 자세가 잡혀있는 글이다. 그것은 사물을 입체적으로 투시하는 혜안(慧眼)에서 비롯된다. 끝없이 비상하다가도 어김없이 제 자리로 돌아오는 안존의 슬기를 보여주는 그도 관념의 프리즘을 통하여 신비를 꿈꾸는 것으로 보인다.

> 사람을 찾습니다. 그는 어디서나 가장 확실한 사람의 구실을 해낼 수 있는 믿음직스러운 사람입니다. 그 사람은 얼른 보아서 잘생겼다거나 못생겼다거나 하는 분별이 서지 않습니다. 그 모습은 어디선가 많이 본 듯 익숙하며, 어제보다는 오늘 본 모습, 오늘보다는 내일 보는 모습이 더 정겨운 그런 사람입니다. 그러나 그의 이마는 가을 하늘이 얽힌 산정(山頂)과 같이 시원하며, 그의 눈은 영원을 통찰하는 듯 멀고 깊습니다.(생략)
>
> 그 사람은 말을 아껴서 합니다. 많은 말을 가지고 있습니다만, 대중 앞에서 그럴듯하게 과시하지 않습니다. 말이 적어도 답답하고 따분한 분위기를 풍기지는 않습니다. 좌중의 화제를 쥐고 있는 담화의 주인공이 그의 존재를 확인함으로써 오히려 그 웅변에 활력을 얻게 됩니다. 그는 다른 사람으로 하여금 비로소 안심하고 떠들 수 있게 만드는 그런 사람입니다.(생략)
>
> 나는 이와 비슷한 사람을 가끔가끔 만납니다. 그러나, 곧 그가 아님을 발견하게 되면 나는 다시 긴 유랑의 길을 떠나듯 그를 찾아 떠나곤 했습니다.
>
> ― 이향아(李鄕莪)의 <사람을 찾습니다> 중 일부

상대적 관계 속에서 살 수 밖에 없는 인간이 절대자 또는 절대적인 세계를 추구하지만 결국은 인간이 처한 바의 한계 상황을 넘지 못한다고 하는 이치의 다양한 경우를 추출하여 재미있게 피력한 글이다. 짧게 받아치는 탁구 경기를 보는 것 같은 경쾌함을 느끼게도 한다.

　　톨스토이는 "시는 인간의 영혼 속에 타고 있는 불이다"라고 했다. 그 불은 타면서 열을 가하여 주고 또 빛을 발하여 준다. 그렇다면 그 불은 자연적으로 발생되는 불이 아니라 시인 자신의 피나는 노력의 고통으로 점화시켜 주는 불씨일 것이다. 자신을 송두리째 바쳐 독자의 공감대를 흔들어 일깨워 주는 혼 속에서 산화의 몸짓으로 타고 있는 이 뜨거운 불길.(생략)
　　"위대한 시의 창작을 원한다면 그 생활이 웅대한 시이어야 한다"는 밀톤의 말을 상기하지 않더라도, 시를 쓰고자 한다면 최소한 이런 사명감으로 임해야 할 것이다. 그리하여 수도자와 같은 고행의 산고를 치르면서 인간 구원을 위한 문학으로서 사명을 다하여야 할 것이다.
　　그런 의미를 두고 본다면, 종교가 궁극적으로 선과 악을 구분하여 형이상학적인 개념으로 인간의 구원된 삶을 위하여 존재한다면, 문학 역시 미래지향적인 위치에서 인간성을 회복하기 위하여 존재하여야 한다고 본다. 성실과 인내와 고통이 자기 희생으로 비쳐진 삶 속에서 걸러내는 작품이란 독자의 공감대 속에 영원히 살아갈 수 있는 생명성을 지니고 영원히 살 수 있는 자신이어야 할 것이다.
　　　　　　— 박송죽(朴松竹)의 <산고(産苦)의 아픔을 겪으며> 중 일부

　　작자는 자기의 주장하는 바를 보다 효과적으로 표현하기 위해서 톨스토이와 밀톤의 글을 인용하고 있다. 여기에서는 명인법(明引法)으로 따옴표를 써서 원문을 그대로 묶어 유명한 작가의 문장을 인용함으로써 말하고자 하는 의도를 명료하게 드러내고 있다.

　　하얀 이팝보다는 누릇누릇하게 보리 섞인 밥이, 고기국보다 시래기국이 어울리고, 유리창 달린 찬장보다 시렁 위에 얹혀야 어울릴 백자 사발.
　　S씨는 자신이 천신만고 끝에 재현(再現)해 낸 백자사발의 귀함보다 인정과 사랑을 담을 주인공을 아쉬워한다. 자기가 만든 그릇이 가난해

도 기죽지 않고 버틸 의연한 사람, 막걸리 한 대접 들이키고 천하를
얻은 것 같은 미소를 짓는 여유로운 이를 만나게 하기 위하여, 오늘도
새재에서 물레를 돌리고 가마를 들여다보며 불꽃 속에서 단단해질 그
릇을 기다린다.

　얄팍한 접시나 오롯하여 기품있는 병(甁)이 아니라 삼라만상 어느
것이나 손쉽게 담길 넓적한 대접, 절실한 기원과 극치의 순간을 넘어
비어있지만 초조하지 않은 그릇, S씨는 빈 그릇처럼 묵념하는 자세로
살아간다.
　　　　　　— 유혜자(柳惠子)의 <백자사발에 담기는 산꿩소리> 중 일부

　꾸밈이나 거짓이 없이 있는 그대로를 보여주는 소박한 아름다움
이라든지, 소박한 맛과 멋스러움을 인정미학(人情美學)으로 내비치
고 있다. ‘백자사발’이라는 생활문화재를 투시하는 안목 뿐 아니라,
그 사물과 관련된 온갖 사물에서 연상되는 이미지의 다양한 푸리즘
의 굴절 같은 것이 바로 그것이다.

c. 익은 글과 싱싱한 글

　이 지팡이는 고작 가느다란 막대, 볼품없이 민둥민둥했지만, 그것이
백발 노인에게 쥐어졌을 때엔 천군 만마를 호령하는 호적(號笛)이나
차디찬 서릿발의 장검(長劍)에 비유되었고, 그 기침은 흩날리는 작은
목청이었지만 한 마을의 장유(長幼)나 시비를 가리는 법령에 상당했다.
온 골목이 왁자지껄 싸움판을 벌였다가도 노인의 기침 몇 번이면 멎었
고, 도깨비들이 잔치를 연다는 물방앗간을 지날 때에도 마른 기침이면
악귀를 쫓아냈다고 했다.
　지팡이 소리나 기침 소리만도 아니었다. 사랑채 섬돌 위에 놓인 하
얀 고무신 한 켤레만으로도 수다스런 아낙네들의 입을 막았고, 문턱이
나 놋쇠 재떨이를 두들기는 장죽의 소리로도 웬만한 고부(姑婦) 싸움

은 덜컥 멈추었고, 추야장(秋夜長) 깊은 밤에 사랑방 미닫이를 새어 나
오는 유유한 시조 한 가락에 온 마을이 평화로웠다.

지팡이 또한 근엄한 것만은 아니었다. 황혼의 객창에 들리는 지팡이
소리는 더러 초조하지만, 음산한 성황당을 넘어가는 깜깜한 지팡이는
차라리 또박거린다. 백로가 훨훨 나는 막막한 무논을 스쳐 가는 지팡
이는 차라리 펄럭이는 옷고름도 되고, 백화 만발한 꽃재를 뚫고 가는
지팡이는 말뚝이 된다.

하지만 나는 무너지는 나라, 기우는 가문을 짚고 선 종조부의 지팡
이를 잊지 못한다. 그 육척 장신에 하얀 수염, 하얀 두루마기, 키를 재
는 긴 지팡이에 기대어, 흐르는 시내를 굽어보고 먼 하늘 흰구름을 응
시하던 그 용태는 어느새 내 마음엔 비석으로 서 있다.

— 허세욱(許世旭)의 <지팡이 소리> 중 결말 부분

이 글은 남자의 권위, 아버지의 권위, 할아버지의 권위가 인정되
는 농경사회의 풍속도로서, 지팡이의 권위가 다각도로, 그리고 구체
적으로 나타나는 작품이다. 무너지는 나라, 기우는 가문을 짚고 선
종조부의 지팡이는 권위의 상징이었다. 그 지팡이는 흐르는 시내를
굽어보고 먼 하늘 흰구름을 응시하던 멋스러움으로 유유자적한 호
연지기의 상징물이라 할 수 있다.

남쪽으로만 창을 내고 살겠다던 시인이 있었다. 쏟아지는 햇빛, 푸
른 초원을 마음껏 바라다보기 위해서이다. 하지만 나는, 그늘진 북쪽에
다 창을 내달고 먼 하늘만을 건너다보며 산다. 그렇다고 맑은 햇빛이
나 푸른 초원이 싫어서가 아니다. 그것만치나 아깝고도 소중한 고향을
그쪽 하늘 밑에다 두고 왔기 때문이다.

'호마의북풍 월조소남지(胡馬依北風, 越鳥巢南枝)'란 옛 시가 있다.
잡혀 온 말이나 쫓겨 온 새도 고향 쪽으로만 머리를 두고, 깃 또한 튼
다 함인데, 북으로 창을 낸 실향민의 마음인들 그와 무엇이 다르랴. 가
고 싶으면 가고, 오고 싶으면 언제라도 올 수 있는 사람들은, 창을 통
해 고향을 보는 마음이 어떤 것인 줄을 알지 못한다.(생략)

철길을 따라, 동상을 입은 언 발을 절며 끌며 남하하던 기억에도 녹
이 슬어, 지금은 볏짚 낟가리 속에서의 새우잠도, 폭격에 풍비박산이
되어 같이 오던 누나를 잃고 눈보라 속을 헤매던 배고픔도, 모두 꿈속
의 일인 듯 가슴에 와 아리게 닿질 않는다. 뿐인가. 드럼통에 매달려
대동강을 건너는 나에게, 꼭 살아 돌아오라고 흔들어 주던 어머니의
옥양목 손수건도 아지랑이처럼 멀기만 하다.
— 오창익(吳蒼翼)의 <북창(北窓)> 중 일부

가슴으로, 심장으로 말하는 실향(失鄕) 작가의 절절한 목소리가
심금을 울린다. 경험을 통한 진실한 목소리는 이처럼 감동을 준다.
'경험(經驗)의 보석(寶石)'이라는 말도 있는 바와 같이, 산 경험이 수
필 창작에 지대한 도움이 된다는 것은 재론할 여지도 없다. 그만큼
경험은 소중하다. 그런데 아무리 절실한 경험이라 할지라도 경험으
로 끝나서는 안 되고 체험으로 승화되어야 한다. 그것이 심적 과정,
미적 경로(美的經路)를 거쳐서 창작에 도움이 되어야 하기 때문이다.

그것은 문명에 밀려난 자연의 모습일 수도 있다. 그 순간 원시의 한
주민이 되고, 갈망의 주체가 된다. 더러는 투박하고 때묻었던 지난 시
간들마저 그 촛불 아래 보인다. 덩그라니 비어있는 넓은 빈 방에 혼자
있는 편안함과 포근함은 문명의 어떤 도구 앞에서 느꼈던 것과 비할
바가 아니다.(생략)
우리는 이 세상에서 그 누구에 의해서도 위로 받을 수 없다. 잠시
자신의 절절한 안타까움이 잊혀질 수는 있지만 인간의 근본이라고도
할 수 있는 고독은 남이 될 수 없다. 촛불 아래 앉은 사람만큼 겸허한
마음으로 자신 속에 침잠하는 사람은 없다.(생략)
촛불을 바라본다. 밤이 깊어간다거나 내일을 위해 잠을 청해야 할
시간이라는 기존의 상념들을 머리 속에서 말끔히 털어버린다. 촛불만
을 바라보며 녹아내리는 촛불과 열렬한 생의 의욕같은 불꽃만을 바라
볼 뿐이다.

이제부터라도 자기답게 살고 싶다. 높은 학문이나 모든 사람의 갈채를 위해서 살지 말고 나다운, 나일 수밖에 없는 것에 나를 태우고 싶다. 남이나 어두운 주위를 위해서가 아닌, 공연한 허장성세가 아닌 ― 초로(草露)처럼 비쳤던 나, 언젠가는 옛사람이 되어버릴 나를 위해 이 밤도 나는 촛불이 되고 싶다. 촛불이 되고 싶다.
　　　　　　　　　　　　― 윤재천(尹在天)의 <촛불> 중 일부

촛불의 미학으로 원초적인 삶과 예술을 말한 가스똥 바슐라르가 연상되는 글이다. 이 작자는 그렇게 문명에서 밀리는 모습과 원시의 한 주민이 되고자 하는 순수에의 갈망을 내비치고 있기 때문이다. 수필이란 자기 나름대로의 인생에 대한 어떤 해석이라고 이헤할 때 이 글도 역시 이 작자 나름대로의 새로운 해석이라 할 수 있다. 끊임없는 자기 성찰과 자기 갱신이야말로 작가정신의 본질임이 암시되는 글이다.

더위 속에 묻혀 지내다 어느 날 홀연히 들리는 귀뚜라미 소리엔 절로 가슴이 철렁해진다. 가을은 만물이 시드는 계절이고 그렇게 시들어 떨어지는 만상(萬象)을 귀뚜라미가 알리는 까닭이다. 젊었던 시절의 가지가지 추억과 광복을 전후하여 오늘에 이르기까지 어지러운 사연들, 그리고 동족상잔의 비극을 혼자 뒤집어쓴 듯한 실향의 아픔 등을 주마등(走馬燈)처럼 펼쳐 놓는다. 동서 고금의 문사(文士)들이 가을을 쓸쓸하다 하였지만, 그와 같이 귀뚜라미는 가을의 적막감을 저며낸다.
돌이켜 보면 오늘처럼 안팎도 없고 아래 위도 없이 부도덕한 일로 새고 지는 날이 없었다. 법의 위신마저 서지 않는다며 사회를 이끈다는 사람들의 걱정하는 소리가 들리지만 망연히 앉아 창 밖에서 우는 귀뚜라미 울음을 듣고 있으면, 그놈만이 오늘을 진실하게 걱정하는 것처럼 들린다. 어리석은 자들이여 하고 연민(憐憫)에 찬 말을 하는 것 같고, 말을 해서 무엇하랴 하는 것 같기도 하다.
　　　　　　　　　　　― 윤모촌(尹牟邨)의 <귀뚜라미 우는 소리> 중 일부

작자는 그놈(귀뚜라미)만이 오늘을 진실하게 걱정하는 것처럼 들린다고 쓰고 있다. 그리고 귀뚜라미가 암담한 사회 현실을 항변하는 듯한 느낌을 받은 것으로 되어 있다. 작자는 귀뚜라미 울음 소리에서 어찌 그런 생각을 이끌어 냈을까. 귀뚜라미는 참여의식이 강하여 문명 사회에 서식하면서도 순수한 소리는 변함없이 간직하고 있다고 하는 이미지가 무의식 중에도 자리잡고 있기 때문이 아닌가 한다.

> 학교에 갓 들어간 아이들은 외우라고 주는 숫자들이 새로 만난 급우들마냥 낯설다. 글자에 아직 수량의 뜻이 없기 때문에 제각기의 모양이 표정만 드러낸다. 가령 2, 3, 7은 왼편을 바라보는 얼굴이고 6이나 10은 오른쪽을 보며, 8은 정면으로 아이들을 보고 웃는다는 식이겠다. 5는 성난 듯 아래턱을 내밀고 2는 무릎을 꿇고 앉아 있으며 9는 고개를 쳐드는 등 아이들에 따라 여러 가지 인상을 받는다. 물론 공부를 하게 되면 이런 실용성 없는 모습들은 이내 뒤로 밀려나고 수량성이 앞서게 되지만.
>
> 그런데 성인에게도 숫자들이 눈을 뜨고 얼굴을 내밀 때가 있다. 계산에 지쳤다든가 할 때 숫자들이 말을 잘 안듣고 답도 안 내 준다. 그리고는 제각기의 독특한 표정이 장부 위에 퍼뜩퍼뜩 살아난다. 대체로 짝수들이 홀수보다 점잖은 느낌을 준다. 1, 3, 5, 7은 어딘지 모나고 뚝뚝하지만 2, 4, 6, 8 등은 부드럽고 우호적인 느낌이다.
>
> — 진웅기(陳雄基)의 <숫자들의 표정> 중 서두 부분

사물에 대한 관찰력이 예리하다. 막연하게는 느끼고 있었지만, 이렇게까지 구체적으로 표현해 낸다는 것은 놀라운 일이다. '숫자들의 표정'을 문장을 뒤로 계속 이어 가면서는 더욱 구체적으로 나열하면서 확대하고 심화시켜가는데, 결국에 가서는 "실은 장사를 잘 할수록 돈만 보고 사람을 안 보듯이 계산을 잘 할수록 이런 거추장스런

표정은 느끼지 않는다"고 일침을 가하면서 결말짓고 있다. 바람직한 수필 창작을 위해서는 사물을 무심히 지나치지 말고 예리한 통찰의 눈으로 주의 깊게 살필 일이다.

　　멍석은 다용도로 쓰인다. 벼나 보리를 말리는 데에 쓰일 뿐 아니라 밀을 씻어 말리는 데에도 쓰이고, 고추나 목화를 말리는 데도 없어서는 안 되고, 잔치나 초상 때에는 손님이 앉는 자리로 쓰이고, 호박우거지나 박우거지를 말리고 바가지를 말리는 데도 쓰이며, 개를 잡을 때도 쓰이고 여름에 들마루가 없을 때는 이동식 주방 역할도 한다.
　　멍석이 가장 긴요히 쓰일 때는 여름에 삼(大麻)을 삼을 때다. 지금은 대마초의 원료가 된다고 하여 마음대로 재배할 수 없지만, 그 당시에는 누구나 삼을 재배하여 삼베를 짤 수 있었기 때문에 집집마다 삼을 심어 삼베를 짜서 그것으로 삼베옷을 해 입었다.
　　삼을 베어서 냇가에 임시로 만든 솥에 쪄서 냇물에 담가 두면 껍질이 퉁퉁 붓는다. 그것을 집에 가져다가 껍질을 벗겨서 그 껍질을 잘게 쪼개어 길게 잇는다. 그런 과정을 삼 삼는다고 하는데, 삼대의 길이가 길어봤자 2미터 안쪽인데 그것을 이어 길게 만들어야 하기 때문에 여자들은 밤에 모여 삼을 삼는다. 늙었거나 젊거나 다리를 내어 놓고 삼 끝과 삼끝을 넓적다리에 대고 문지르면 두 끝이 이어진다.
　　여자들이 처음에는 다리통을 내놓는 것을 부끄러워하다가 한창 열이 오르면 누가 보거나 말거나 허연 다리를 내놓고 작업을 한다. 곁에서 그것을 보고 있으면 건강한 야성미를 느끼기도 하고 여체의 아름다움에 황홀해지기도 한다.

— 정재호의 <멍석> 중 일부

　　향토정서가 물씬 풍기는 글이다. 사소한 사물에서도 이미지를 정확히 포착하여 인생의 의미를 캐어낸 글이다. 작자의 예리한 통찰력은 사소한 사물도 놓치지 않고 포착하여 작품화하는 묘미를 보인다. 이 작품에서는 사라져 가는 사물에 대한 남다른 애정이 얼음 속의 물처럼 내면에 도도히 흐르고 있음을 감지하게 하는 글이다.

> 달밤에는 들판에 나가고 싶었다. 들판에 나가면 달빛이 거느리는 고
> 요 속에 빠지곤 했다. 달이 부는 고요의 피리 소리……온 누리에 넘쳐
> 마음 속으로 흘러드는 피리 소리, 고요초롬도 해라. 달빛보다 더 밝고
> 깊은 고요가 어디 있을 수 있으랴. 누가 달빛의 끝까지 고요를 풀어
> 놓았을까. 고요의 끝까지 달빛이 밀려간 것일까. 달빛의 고요는 냉수
> 한 사발처럼 그저 담담한 고요가 아니었다. 우주의 몇 광년 쌓인 고요,
> 달의 영혼이 비춰진 숨결이었다.(생략)
> 달빛, 그리고 고요……달빛 고요에 돌아눕는 들풀 몇……은하가 흐
> 르고 있었다. 달이 부는 피리 소리……영혼의 피리 소리. 옷을 벗는 나
> 무들의 하얀 피부가 보이고, 풀잎 위에서 밤새도록 벌레들은 무슨 말
> 들을 하고 있는가. 옷을 벗고 있는 나무들의 말들이 들렸다.
> — 정목일(鄭木日)의 <달빛 고요> 중 서두 부분

이 글은 작자의 이름을 보지 않고도 작자가 누구라는 것을 알아
맞추기 어렵지 않을 정도로 작자의 수필 세계를 여실히 반영한 작품
이다. 그만큼 이 작자는 '달빛'이나 '고요'에 천착해 왔다. 그의 글은
지나칠 정도로 시적이요 정밀(靜謐)하다. '달빛'이라는 시각적(視覺
的) 색채의식(色彩意識)을 '피리소리'라는 청각적(聽覺的) 음향의식
(音響意識)으로 바꿔놓는 기교부터가 그것이기 때문이다.

> 세월은 곱던 어머니의 얼굴에 강보다 깊은 주름을 파놓았고, 별처럼
> 빛나던 어머니의 눈엔 짐스러운 안경을 드리웠으며, 석류같이 싱싱한
> 치아를 틀니로 바꾸어 버렸다.
> 대한독립 만세의 함성이 온 누리에 메시아의 음성인 양 울려 퍼지
> 던 기미년에 태어나신 어머니. 3월의 목련마냥 꿈을 예비하던 열 일곱
> 에 동갑인 아버지와 중매결혼을 하신 어머니. 시집살이 석삼년을 지나,
> 가까스로 부부의 정이 무엇인지 알듯 말듯 하던 서른 하나에 홀로 되

어 소복을 입으신 어머니. 청상의 핏빛 슬픔이 가시기도 전에 6.25를
만나 시아버지마저 흉탄에 여의어야 했던 어머니. 상복에 땀내가 배이
기도 전에 돌 지난 유복녀까지 날리고도 눈물을 삼켜야 했던 어머니.
돌이켜 보면 어머니는 비극을 디딤돌처럼 밟고 살아 오신 분이다. 안
으로 삭인 눈물을 모았다면 강물이 되었을 것이고, 터지는 한숨을 쌓
았다면 백두산보다 더 높았으리라.
　　　　　　　　　　　— 김 학(金鶴)의 <사모곡(思母曲)> 중 일부

　지나친 과장법(안으로 삭인 눈물을 모았다면 강물이 되었을 것이
고, 터지는 한숨을 쌓았다면 백두산보다 더 높았으리라)도 자연스럽
게 이해되는 것은 어머니의 사랑이라든지, 그 심정의 깊이가 끝이
없기 때문이다. 작자의 글 가운데에는 창작에 도움이 되는 <비빔밥
같은 수필을>이란 수필도 있다. 수필로 쓴 수필론이라 할까 수필 작
법이라 해도 좋을 이 글의 일부를 내친김에 소개하고자 한다.

　　나는 언제나 수필의 소재를 내 생활 주변에서 찾는다. 놓쳐버리기
쉬운 사소한 일상일지라도 수필이라는 안경을 쓰고 살펴보면 좋은 소
재가 되는 수가 많다. 소재가 발견되었다고 바로 원고지에 옮기지는
않는다. 노트에 메모를 하고서 꾸준히 자료를 모은다. 여과를 시킨다.
　　나는 전주 비빔밥 같은 수필을 쓰려고 노력한다. 갖가지 채소와 양
념, 고기류를 적당히 섞은 다음 비벼야 제맛이 나는 게 비빔밥이다. 비
빔밥은 영양가로 보거나, 맛으로 보거나, 색깔로 보아도 먹음직스럽다.
　　수필도 그래야 하리라고 믿는다. 비빔밥을 보고 입맛을 느끼게 되듯
이, 독자가 수필을 읽고 싶은 충동을 느끼게 해야 한다. 비빔밥을 먹고
높은 칼로리를 섭취할 수 있듯이, 한 편의 수필을 읽고 난 독자는 그
작품에서 정신적 영양을 흡수할 수 있어야 한다. 그 정신적 영양이란
공감대의 형성이라고 표현해도 좋다.
　　나는 내가 짜낸 수필이 옥양목 빛깔이기를 바란다. 울긋불긋 현란한
색채로 수놓은 비단이어도 안 되고, 피부에 해로운 화학 섬유 같아도
안 된다. 아무리 두고 보아도 싫증이 나지 않는 담백한 맛이 담겨 있

기를 바라는 까닭이다.

　　나는 나의 수필이 숭늉맛 같기를 바란다. 술처럼 알콜이 섞여 있지도 않고, 커피처럼 카페인이 함유되어 있지 않으며, 청량음료마냥 톡 쏘는 맛이 없어야 한다. 그렇다고 냉수같은 맹물이어서도 안 된다. 고소한 숭늉맛이어야 한다. 숭늉은 아무리 마셔도 부작용이 없다. 나는 그런 수필을 쓰려고 노력한다.

— 김 학(金鶴)의 <비빔밥 같은 수필을> 중 일부

　　겨울 밤공기를 가르는 마지막 완행열차가 요란을 떨고 지난지도 오래다. 간간이 들려오는 개짖는 소리가 방안을 더욱 고요하게 이룬다. 허한　마음이다. 밖엔 소복소복 흰눈이 쌓이고 있다. 창을 밀쳐 보니 홀로 지키는 가로등의 멍청한 졸음 아래 활처럼 휜 나뭇가지가 탐스런 눈송이를 무겁게 이고 있다. 난 고독한 시인이 되어 눈빛깔이 예쁜 여인들을 모아야겠다고 벼르고 있다. 이 밤은 눈 내리는 소리로 가득하다. 아니 이 밤은 눈 내리는 소리로 충분하다. 이 밤의 적요함은 평범한 애인들이 느끼기엔 심각할 정도로 깊다.

　　창턱에 고이는, 문득 고향의 소식을 홀로 물으며 잠시나마 또 다른 눈나라의 세계로 이끌어 주는 색채와 구도가 은은한 흰 빛 속의 설경(雪景), 캘린더에 눈이 머문다.

— 김동필(金東必)의 <눈내리는 창가> 중 서두 부분

시적인 문장이다. 느낌이 좋다. 시적이고 느낌이 좋다는 얘기는 작자가 시적이고 느낌이 좋은 사람이라는 얘기도 된다. 따라서 이러한·종류의 수필을 쓰고 싶은 사람은 시적이면서도 좋은 느낌을 주는 책을 찾아 독서하는 것은 물론, 아름다운 그림을 본다거나 음악을 듣는 등 언어가 맛이 있고, 행동이 멋있는 사람이 되고자 부지런히 노력해야 한다.

　　나에겐 누나가 세 분 있다. 여자와 바가지는 밖으로 돌면 안된다는

훈장 아버지의 뜻을 따라 보통학교도 못 가고, 삼종지도와 칠거지악을
배우고 익혔기에 부덕의 매무새가 흐트러짐이 없는 누나들이다.(생략)
　　그런데 이 어찌된 일인가. 여인의 음성이 울을 넘으면 안된다는 어
머니의 본을 받아 언제나 잔잔한 물결같은 분들이었는데 이순이 된 두
분의 누나가 무서울 게 아무 것도 없다는 민가협 회원이 된 것이다.
큰누나는 막내아들이 서울대에 다니다가 '반제동맹단'이라는 이름으로
2년이 넘도록 붉은 벽돌집에 사는 동안 텔레비전에도 몇 번 나올 정도
로 유명(?)한 민주투사가 되었고, 둘째누나는 셋째아들이 민권운동을
하다가 목숨을 잃은 후 열사(?)의 어머니가 되었다.
　　그날이 오면 나는 아이들에게 옛이야기를 하리라. '아이야, 대낮에
도 호랑이가 온다고 골목골목 지키던 때가 있었느니라. 우는 아이는
곶감으로 달래고, 그래도 입을 열면 아무도 모르게 데려가 물을 먹였
느니라.

— 신용일(愼勇一)의 <옛이야기> 중 일부

　　두 누이의 아이들, 그러니까 조카뻘이 되는 학생들이 군사정권 때
희생된 이야기를 풍자적으로 쓴 글이다. 불법 무법이 자행되던 군사
정권 당시의 실상을 아이러니로 꼬집으면서도 흥분하는 기색이 없
이 담담한 필치로 풍자하는 것은 작자의 군자적인 기질에 연유된다.
군자다운 풍류적 발상은 이처럼 격조를 이룬다.

　　항아리 속에는 곰팡이가 허옇게 끼어 있었다. 한옥에서 아파트로 이
사올 때 가져온 간장이 그렇게 애지중지한 보람도 없이 썩어 있었던
것이다. 간장이란 작열하는 태양열에 후끈 달궈진 항아리 속에서 계절
을 나야 하는데, 베란다 유리창으로 스며든 빈약한 햇빛을 받고 있었
으니 제 맛을 유지하기 힘들었던 모양이다. 허연 곰팡이가 드문드문
생기더니 상했지만 간장을 모두 퍼내어 버릴 수밖에 없었다.
　　몇 번이고 물을 부어 우려낸 항아리를 필요한 사람에게 주려고 경
비실에 가져갔다. 경비원 아저씨는 아무도 필요치 않으니 잘게 부수어
쓰레기 봉투에 넣어 버리라고 했다. 며칠 동안 밖에 놓아두고 임자를

제3부 수필문학의 감상과 비평　247

기다리마 했더니, 불법 쓰레기로 간주한다며 속히 버리라고 했다. 나는 하는 수 없이 망치를 가지고 나왔다.

내가 간장독으로 쓰던 이 항아리는 아무런 문양도 없이 돌아가는 물레를 따라 그어놓은 두 줄기의 선이 있을 따름이었다. 유약을 바른 용기에 비해 투박해 보이기는 하지만, 나는 이러한 질박함이 좋았다. 그중에서도 도란도란 나누던 얘깃거리가 담겨 있는 듯한 항아리가 더욱 좋았다. 어쩌면 할머니 같고, 어머니 같은 내 고향 흙냄새가 그대로 배어있는 항아리는 보는 이로 하여금 푸근한 정과 따스함을 느끼게 한다.

안방 문갑 위에 놓여 있는 도자기보다는 뒤뜰이나 마당 한 켠에 자리잡은 장독대에 정감이 더 가곤 했다. 키 작은 항아리에서 키 큰 항아리에 이르기까지, 우리네의 한과 숨결이 고르게 느껴지는 곳이라서 그럴까. 시어머니에서 며느리로 이어져 내려온 장독대의 내력이 깊은 장맛 속에 담겨 있는 듯 하다. 가족을 위해 끼니 때마다 찾았을 장독대는, 우리의 정서를 이끌어 온 생명줄이었으리라.(생략)

들고 있던 망치로 항아리의 옆구리를 세차게 내리쳤다. 할머니와 어머니의 한이 금속성 마찰음이 가져오는 소름 끼치는 비명과 섞인다. 아아, 나도 모르게 탄식이 흘러 나왔다. 밤새 내린 하얀 눈을 밟으며 장을 뜨러 가는 할머니의 모습이 아른거린다. 행주에 물을 적셔가며 항아리를 닦는 어머니의 손끝이 떨려 온다. 이미 깨져버린 항아리의 파편 속에 정한(情恨)이 꿈틀거린다.

— 민경천(閔庚千)의 <항아리> 중 일부

사물의 본질을 파고드는 통찰력이 예사롭지 않다. 물질문명이 팽배할 대로 팽배한 현대 도시의 문명 사회에서 효용가치가 상실된 항아리의 순수 이미지를 이 작자는 포착하여 수필이라는 작품 형태로 형상화하였다. 여기에 연수필(軟隨筆)의 묘미가 있다. 시적 정서와 극적 행동이 균형있게 조화하면서 효과음을 내고 있다.

윤기 자르르한 자주색 색조가 무척이나 신비롭다. 툭 잘라 한 입 베어 물면 연한 떫음으로 답하는 부드러움 또한 매력적이다. 가지를 보노라면 어김없이 되살아나는 기억이 있다. 어머니가 잘 해 주시는 가지요리는 두 서너 가지가 있다. 어머니는 밥 위에 쪄진 가지를 손으로 갈래갈래 찢어 마늘을 다져넣은 다음 삼삼하게 무쳐 접시에 담으셨고, 아버지께서는 그 가지나물을 남김없이 드셨다. 또 한 종류는 살짝 쪄낸 가지의 양 끝을 그대로 둔 채 중간만을 고르게 찢고 갖은 양념을 하는 요리였다. 그러나 항시 아버지 상에 오르는 것은 가지무침이었다.

가지를 좋아하는 사람은 고집이 세다고 한다. 아버지께서 골수 야당 정치인으로 꿋꿋하게 살아오셨던 것이 가지나물을 좋아하셨던 까닭이었는지도 모른다. 아버지가 김대중 내란음모사건으로 서대문 교도소에 수감되셨던 때였다. 그 당시 대학 2학년생이었던 나는 교도소가 그렇게 무시무시한 곳이라는 것을 미처 몰랐다. 5분이라는 짧은 면회시간이었지만, 아버지께 여쭈어 볼 말이 없어서 어머니를 따라 그냥 뒤돌아서곤 했다. 그저 슬펐지만 울 수도 없었다. 차츰 면회 시간이 익숙해지고 주변 환경도 눈에 들어왔다.

어느 날 가지와 호박 등을 가득 실은 운송차가 교도소 안으로 들어가는 것을 보았다. 그 안에서는 어떤 반찬이 나오는지 궁금했다. "가지나물도 나와요?" 하는 나의 물음에 웬 가지나물이냐며 고개를 가로 저으셨다. 나중에 알게 된 일이지만, 무슨 암호가 아니냐고 추궁을 당하셨다고 했다. 가지나물을 좋아하시던 아버지의 식성을 염려하던 딸의 애틋한 물음까지도 사상적으로 의심을 받았다. 면회 때 여쭈어 본 가지나물 이야기가 기록되어 상부에 보고되었던 것이다.(생략)

초등학교 때의 일이다. 어수선한 분위기가 계속되던 어느 날 오랜만에 돌아오신 아버지를 뵈었었다. 인사를 드리기도 전에 "파스를 사와라." "방문을 닫아라." 하는 어머니의 분부로 심부름을 해야 했다. 이러한 집안 분위기는 나의 호기심을 자극하였다.

고문을 당하시고 엉망이 된 아버지의 몸을 어린 나에게 보이지 않으려는 의도였지만, 나는 문 사이로 아버지의 그 가지색을 띤 검게 멍든 상처를 보았다. 어린 마음에도 멍청이가 되어야 한다는 것을 느꼈었다. 작은 멍청이였지만 그런대로 진실하게 힘을 키워야 한다는 이치를 터득하며 자랐다. 심심하면서도 마늘이 씹혀 매움한 가지나물의 그 은근한 맛을 느끼게 된 것이다.

— 김 현(金賢)의 <가지나물> 중 일부

여기에서 가장 핵심이 되는 내용은 '심심하면서도 마늘이 씹혀 매움하고 은근한 반골(反骨)의 맛을 내는 정신(가지나물)'에 있다 하겠다. 심심하면서도 매움하고 예사롭지 않은 '가지나물'의 그 '맛'과 멍든 '색깔'이 어떤 천하에 없는 권세에도 타협하지 않고 저항하다가 결국 김대중내란음모사건에 연루되어 징역을 살고 타계한 아버지의 기질과 맞아 떨어진다는 점이 예사롭지 않다. 이러한 경우는 사물이 주제에 도움을 주는 것으로, 작자의 사물 인식과 그 취사 선택 능력에 의한 발상인 것이다.

　　빨래 방망이를 마음껏 두들겨대던 날 여자들은 그 동안에 쌓인 울분과 시름들을 묵은 때와 함께 씻겨 보냈을 것이다. 얼마나 후련했을까. 있는 힘껏 방망이를 두드릴 수 있고, 빨래를 훨훨 헹굴 수 있는 그 시원함이라니. 그러고 보면 편리할 대로 편리해진 요즘 세상이 그리 좋은 것만도 아니다. 어디 소리 한번 마음대로 낼 수 있나 물 한 바가지를 시워스레 촤악촤악 뿌려볼 수가 있나. 편리함이라는 사탕발림으로 우리를 이만저만 구속하는 게 아니다.
　　대청마루에 턱을 괴고 엎드려 까딱까딱 다리장단을 맞추며 빨랫방망이 소리가 되울려 오는 걸 듣고 있노라면, 어느새 할머니와 어머니는 쌀겨에 재웠던 삼베빨래까지 다 삶아 너른 바깥 마당에 빨래를 넌다. 바지랑대를 받쳐 널어놓은 광목, 옥양목 새하얀 빨래들이 살랑바람에 펄럭이면 어린 우리들의 마음조차 들썩거려 그것 또한 놀잇감이 되곤 했다. 너울대는 빨래 사이를 넘나들며 이리저리 숨바꼭질하는 우리에게 '아이쿠, 빨래 다 버릴라!' 하고 방망이를 든 채 호통치며 쫓아오시는 할머니의 모습도 눈에 선하다.
　　봄바람은 빨래를 잘 말려주어 사랑스럽고 기특하다. 어느새 다 마른 빨래를 걷어서 푸새질을 한다. 다시 옥상에 널고 꾸득꾸득 마를 때쯤 걷어와 깨끗한 보자기에 착착 싼다. 그리곤 그 위에 올라서서 빨래를 밟는다. 이렇게 밟고 있자니 오래 전 옥양목 앞치마를 두르신 어머니가 무슨 노래인가 흥얼거리며 기우뚱기우뚱 빨래를 밟으시던 그 모습 그대로 지금 이곳 내 집의 마루에 와 계신 것 같은, 시공을 분간할 수 없는 묘한 감회에 젖게 된다.

— 이용인의 <빨래> 중 일부

사물을 보는 눈이 맑고 따뜻하다. 예리한 관찰력으로 인해서 기억(記憶)의 잔상(殘像)들을 미세(微細)한 부분까지 세밀하게 끌어내어서 마치 고급스런 천을 짜듯이 유연하게 직조(織造)한다. 고아(高雅)한 분위기는 체질에서 온 무늬이므로 고풍스런 감각에 현대미를 조화시키면 더욱 좋은 수필이 될 수 있는 소지가 보이는 글이다.

나는 차(茶)를 좋아한다. 연녹색의 맑은 빛깔, 은은한 향기, 혀끝에 감도는 부드러운 맛을 사랑한다. 그래서 하루에도 여러 번 주전자에 찻물 끓이는 소리를 듣게 된다. 한적할 때, 이 소리를 귀담아 들으면 산란하던 마음은 차분히 가라앉는다. 나는 차를 마실 때마다 검노란 놋주전자를 즐겨 쓴다. 주전자의 고풍스런 빛깔과 그에 걸맞은 그윽한 물 끓는 소리가 마음에 들기 때문이다.

그런데 오늘 저녁에는 어렵게 구한 파이렉스 주전자에 찻물을 끓인다. 전기곱돌화로 위에서 말갛게 비쳐지는 끓는 물의 모습은 참으로 흥미롭다. 새우 눈같이 작은 물방울들이 떠오르는가 하면 사라지고, 물은 붉게 물들어가며 일렁이기 시작한다. 숨을 죽이고 물끓는 소리를 기다린다.(생략)

다양한 그릇의 솔바람 소리는 모두가 자연 그대로의 음률이다. 개성 또한 각각이다. 싫다 좋다 함은 오로지 하루에도 수없이 변하는 내 심경과 기분 탓이리라. 어디 찻물 끓는 소리만 이러하겠는가. 모든 사람이나 사물 중에서 아름답고 추함, 높고 낮음의 대비는 오직 내 마음이 넉넉하지 못함, 그 때문일 것이다. 구별을 짓되 그 개성 속에 있는 진실을 있는 그대로 볼 수 있는 순수한 마음이면 그만이다. 한 잔의 차라도 분위기에 맞추고 정성을 다하여 찻물을 끓인다면 그것으로 족하지 않겠는가.

웬지 모르게 가슴이 시들해질 때는 파이렉스 주전자에, 은은한 달빛 아래서 정다운 벗과 청담을 나눌 때는 철주전자에 찻물을 끓이고 싶다. 그리고 멀리서 귀한 손이 나를 잊지 않고 찾아오는 날에는 고운 옷 갈아 입고 맑은 은주전자의 솔바람 소리를 들을 것이다.

— 이일헌(李一軒)의 <솔바람 소리> 중 일부

고요함이 지극한 글, 선풍(禪風)이 감도는 글이다. 정중동(靜中動), 정밀(靜謐)한 고요함 속에서 움직임이 생성한다. 고요함이 저자선다는 말이 있다. 고요함이 장선다는 말은 고요함의 극치를 내세우는 말이다. 이러한 성격의 글은 투명하고 온화한 성품을 지녀야 하겠지만, 그에 못지 않은 조탁의 과정도 요구된다.

가을 하늘의 푸르름과 순간의 적요(寂寥)에서 몸을 돌린 순간, '아 ─' 하고 탄성을 질렀다. 교탁 위에서 샛노란 탱자 하나를 발견했던 것이다. 탱자를 놓고 제자리에 가 앉는 소년에게 나는 미소를 보냈다. 그렇게 불쑥 내 앞에, 그리고 많은 소년들 앞에 나서게 된 탱자는 때묻은 교탁 위에서 몸둘 바를 모르는 듯 이리저리 굴렀다. 나는 그 앙증스러운 것을 두 손에 꼬옥 쥐고 눈을 감는다.

수업이 끝난 후, 교무실에 돌아와서도 한참이나 탱자를 손바닥 위에 올려놓고 그 향기에 취해 있었다. 완연한 가을이 보이지 않는 기체(氣體)가 되어 나의 피부 깊숙히까지 스며든다. 아무리 바라보아도 모난 곳 하나 없이 둥글기만 하다. 이 원형(圓形)이 소박하고 원만해 보이면서도, 제 속을 빈틈없이 꼭꼭 감추고 있는 데엔 놀라움을 금치 못한다. 또한 험악한 가시덤불 속에서도 어느 한 구석 찔리지 않고 어쩌면 그렇게도 자신을 온전히 지킬 수 있었을까? 그 꿋꿋함에 머리가 숙여진다.(생략)

이젠 그런 가시들과 싸우고 싶지 않다. 아니 초월하고 싶다. 숱한 가시 위에서도 천진스레 웃는 탱자처럼. 그리고 단 하나의 가시를 갖

고 싶다. 밖으로부터 나를 지키기 위해. 안으로는 나 스스로의 찔림을
위해.

　해질녘엔 놀을 헤치고 탱자 울타리를 찾아 나서고 싶다. 가시 위에
오똑 앉아 저녁 햇살에 빛나는 탱자를 바라보고 싶다. 그러면 자꾸만
안으로 찔리우는 아픔 속에서 더욱 충만해지는 삶이, 날카로운 가시
위에서도 황금의 열매를 익게 하는 그 신비로운 의미를 좀 더 이해할
수 있으리라. 강렬한 향기가 싸안히 가슴을 파고든다.

— 김저운의 <탱자> 중 일부

　작으마한 탱자 하나에 인생을 얘기하고 있다. 인생에 대한 자기
나름대로의 새로운 해석을 내리고 있는 것이다. 아름다운 열매일수
록, 향기로운 열매일수록 그것을 탐하는 것이 많기 때문에 스스로를
지킬 수 있는 보호방법으로서의 가시는 지녀야 한다고 하는 새로운
삶의 방식에 대한 해석이 돋보이는 글이다.

　언제부터인가 내 안에 밑도 끝도 없이 그리움이 자리하게 되면서부
터 가슴 한 켠에 묻어둔 소망이 있었다. 악기의 모양과 그 중저음의
매력에 빠져들어 간직하게 된 첼로의 꿈. 벼르고 벼르다 첼로를 배우
기 시작한지 몇 달. 나는 서투른 솜씨로 첼로를 켠다. 활을 잡고 현을
하나씩 차례로 고른다. 현마다 각기 다른 남성의 무게가 느껴진다.

　D현을 켜면 일상의 의무를 이행하는 성실한 생활인의 모습이 떠오
른다. 첼로를 배우려면 가장 먼저 그어 보게 되는 현이며 밝고 안정된
음이다. 그러나 위로 올라가면 가장 높은 음역인 A현, 거기에는 그 현
실의 중압에 짓눌려 피로해지고 흐트러진 음성을 듣게 된다. 혹은 혼
탁한 현실을 노여워하는 사람의 성난 목소리 같은 느낌이 들기도 한
다. 이 까다로운 현은 허리를 곧게 펴고 활을 잡은 팔에 신경을 써서
켜지 않으면 안 된다. 마치 분노와 허탈에 빠져 고뇌하는 남자를 다루
듯이 그렇게.

　G현은 연애하는 남자의 눈빛이다. 꿈결처럼 아늑한 정서가 현을 긋
는 활을 통해 가슴으로 밀려든다. 그 부드러운 물결에 모래벌판처럼

젖어 가노라면 어느새 황혼이 지고……

마지막 C현에 이르면 마침내 선이 굵은 남자의 고독한 울음 같은 영혼의 깊은 울림을 듣게 된다. 앞의 세 현을 모두 합쳐도 이 C현의 무게를 감당할 수 없다. 이 현을 그으면 방탕한 예전의 생활을 버리고 하나님의 사랑 안에서 통곡하는 성자의 모습이 보이는 듯하다.(생략)

어디에선가 첼로와 같은 남자가 나타나 주기를 기대하면서 내 마음은 때때로 그러한 남자 안에서 안식을 찾고 싶어 한다. 천박한 겉멋이나 헛된 이상에 빠져 현실을 팽개치는 사람이 아니라 생활의 무게를 짊어지고 걸어가는 나귀와 같은 남자. 고뇌할 줄 모르고 건들거리는 현실주의자가 아니라 진정한 사랑을 아는 사람. 머리와 가슴에 현실을 사랑하고 이상을 꿈꾸는 차고 뜨거움이 있으면서 그 혼이 살아 움직이는 남자.

그 남자는 첼로의 네 현의 음을 모두 낼 줄 아는 사람이다. 담담한가 하면 격정적이고, 비틀거리는가 싶으면 굳세게 일어선다. 속된 세계에 살면서도 경건을 추구하고, 비판정신과 사랑을 동시에 지녔다.

— 임미옥(林美玉)의 <첼로> 중 일부

첼로 음을 통하여 인간사의 다양한 양상을 떠올리면서 작자가 추구하는 이상적 인간상을 그려 나가는 글이다. 상대적 가치의 세계에 살면서 절대적 가치를 찾기란 불가능하지만, 작자는 첼로 음악의 세계에서 누리기를 희구하고 있다. 첼로 음률을 통한 청각적 음향의식에서 새로운 삶의 이념을 창출하려는 시도가 특이하다.

발그레하게 홍조띤 얼굴이 그 옛날 학창 시절의 기억을 되살리기도 했지만, 깊게 패인 주름살과 반백이 넘은 머리카락이 웬지 마음을 서글프게 하였다. 자연의 순리는 엄연한가 보다. 인간도 자연의 일부분이다. 아무리 막강한 권력이라도, 제아무리 세상을 말아먹을 재력일지라도 이 엄연한 자연의 진리만은 거스릴 수 없다. 벌써 지천명(知天命)의 나이란 중늙은이일 수밖에 없다. 하늘로부터 부여받은 천분(天分)을 알 나이란 이런 세상의 이치 쯤이야 터득한 철든 사람이란 뜻이렸다.

2천 2백여년전 최초로 중국 대륙을 통일하고 만리장성을 쌓고 아방
궁을 지어 온갖 영화를 누렸던 시황제 영정(嬴政)도 자신이 죽으면 묻
힐 제릉을 70만명이나 동원하여 축조했노라고 사기와 한서에 전하고
있으니 불로초를 구해 늙지 않으려 했던 그 역시 이러한 자연의 순리
를 알고 있었던 현자가 아니었던가.(생략)

얼마간 경기에 열을 올리고 승부에 몰두하고 있을 때였다.

"맨 할아버지들 뿐이네."

어디선가 여자의 목소리가 크게 울렸다. 워낙 깊은 산속이어서인지
목소리가 크고 또렷하게 들렸다. 우리는 약속이나 한 것처럼 하던 경
기를 멈추고 일제히 소리나는 쪽으로 시선을 돌렸다. 야영 캠프장 정
문 쪽에 여고생인 듯한 소녀들 서넛이 우리들을 바라보고 있었다. 모
두들 어안이 벙벙한 표정들이었다. 우리 밖에 다른 사람이 거기엔 없
었기 때문이었다.

너무나 놀라운 충격이었다. 사람은 어리석은 동물인가. 만물의 영장
인 것 같으면서도 한없이 우매한 동물인 것을 어쩌랴. 그 가운데서도
나이에 대한 착각이 가장 심하다. 육체는 노쇠해도 정신은 육체만큼
노화하지 않기 때문이다.

— 전일환(全壹煥)의 <그 말 한마디> 중 일부

"맨 할아버지들 뿐이네."라는 여고생의 말 한 마디에 작자가 충격
을 받았다는 내용의 글이다. 작자는 이 얘기를 하기 전에 늙음에 대
한 자연의 순리를 중국의 시 황제 얘기를 들어가며 전개하였다. 본
의쪽의 원관념을 말하기 위해서 보조관념을 먼저 전제한 셈이다.

어둠이 깔려있는 밤바다의 고요함에 침묵하다가 길목을 따라 시내
로 나와 맛깔스런 음식을 먹는다는 것은 누구에게나 빼놓을 수 없는
목포의 즐거움이다. 식사를 하게 될 때 밥상에 오르는 푸짐한 갖가지
반찬에서 이 곳의 인심을 한 눈에 볼 수 있는 정겨움도 있다. 여러가
지 맛 중에서도 입안을 짭짤하게 채워주는 젓갈 맛은 이 지방의 특산
물에서만이 맛볼 수 있는 독특한 향취가 아닐 수 없다.

밥그릇을 비우는데 여유를 주지 않는 먹음직스러움이 입안을 자극
하는데 그 맛은 먹어보지 않고는 느낄 수 없으리라. 끈적거림과 골골
함, 그리고 비린내와 고소함으로 어우러지는 고향의 훈훈함이 듬뿍 담
겨있기 마련이다.

　　목포는 작은 도시이면서도 바다와 산이 있고 항구를 둘러싸고 있는
섬들의 오밀조밀한 분위기는 포근함과 편안함을 준다. 내가 지나온 시
간 속에서 고향에 머물렀던 시간은 어쩌면 짧은 시간이었지만 나를 꿈
꾸게 하고 사랑으로 성숙하게 해주었던 곳이다.

— 김정매(金貞梅)의 <기다림> 중 일부

특히 미각적 이미지가 실감을 자아내게 하는 글이다. 가령 작자의
말대로라면, 입안을 짭짤하게 채워주는 젓갈 맛을 말하는 경우만 보
아도 그렇다. "끈적거림과 골골함, 그리고 비린내와 고소함으로 어
우러지는 고향의 훈훈함이 듬뿍 담겨있기 마련이다."는 구절만 보아
도 작자가 자기 고향의 특산물을 얼마나 애지중지하는 지 알 수 있
다.

　　30대 초입에 총상을 입고 두 해 남짓 병상에 묶이어 지냈다. 좌측
대퇴부에 총상을 입고 고투 아닌 혈투적인 투병 생활을 하였다. 한 해
가 다 가도록 인내를 했어도 한국의 명의는 아무래도 절단 쪽으로 의
사를 비치었다. 어두운 절망을 어금니로 깨물며 창 밖을 볼 때였다. 천
지에 애애한 설국이 동화로 펼쳐지고 까치는 음보를 풀어놓고 있었다.
'아아! 이제는 저토록 현란하고 정결한 대지를 내 발로 걸을 수 없다
는 말인가! 아니야, 나는 일어서야 해. 저 대지를 나의 공원으로 애중
히 받드는 삶을 살고 싶어!'

　　이런 비원을 안고 오뚝이처럼 대수술을 세 차례나 견디고 내 다리
를 붙인 채 걷는 기적을 만났다. 그것은 실로 은총의 부활이었다. 조금
씩 절름거리는 걸음이지만 대지를 내 발로 걸을 수 있다는 행복은 건
강했을 때는 몰랐던 신선한 희열이었다. 그 날로부터 나는 행려병자가
되다시피 하였다.

— 이종승(李宗承)의 <아빠는 바람 바람> 중 일부

다리를 절단해야 하는 절박한 상황 속에서 건강한 몸으로 살고자 하는 작자의 삶의 의욕이 치열하게 내비치는 글이다. 여기에서 작자는 '부활'이라는 말을 쓰고 있다. 세 차례나 실시한 대수술 끝에 다리를 절단하지 않고 다시 살았다는 희열과 그 극복의지가 내비치는 글이다.

> 행복의 파랑새를 찾아서 추억의 나라로 밤의 궁전으로, 그리고 달빛 가득한 숲으로 헤매었으나 결국은 찾지 못하고 지친 몸으로 돌아와 보니, 그 파랑새는 바로 자기 집에 있더라는 동화가 기억난다. 나는 오늘 우리 아이와의 산책길에 행복의 파랑새가 아닌 행운의 네잎 클로버를 찾는 행운을 안게 되었다.(생략)
> 나는 큰 행운을 가슴에 안고 있으면서도 그것을 전혀 모른 채 스스로 불행의 늪에 빠져 허우적거리고 있었구나. 마음을 가다듬고 새로운 눈으로 바라보니 보이는 것이 온통 행운 뿐이다. 불현듯 내가 가지고 있는 행운의 가지수를 세어보고 싶어진다. 아직 옥체 건강하신 부모님, 나를 끔직이 아껴주는 지아비와 가족들, 그리고 몸살만 앓아도 찾아와 위로해 주는 교우들과 가슴을 툭 터놓고 대화할 수 있는 흉허물 없는 친구도 더러 있다. 더욱이 먼 곳에서도 잊지 않고 때때로 격려해 주시는 스승도 계시질 않은가.(생략)
> 작은 행운까지 세어 보는 것은 그만 두기로 하자. 이처럼 많은 행운을 안고 지내면서도 항상 불행하다 여기며 살아 온 자신이 부끄럽고 쑥스럽게 느껴진다. 평화롭게 잠자던 아이가 갑자기 일어나 행운의 네잎 클로버 왕국으로 나를 인도하는 환상에 빠져든다. 끝없이 푸른 초원, 네잎 클로버로 뒤덮인 초원에서 아이의 손을 잡고 마음껏 뛰논다. 아이는 나의 양손에 네잎 클로버를 한 웅큼씩 들려 준다. 그리고 머리에도 꽂아 준다.

— 최정운(崔禎云)의 <네잎 클로버> 중 일부

이 글에는 행운의 네잎 클로버를 찾지 못하던 작자가 아이를 통해서 행운을 발견하게 되었다는 자성적인 내용이 담겨 있다. 수필이란 어떤 대단한 인생관이나 세계관에서 얻어진 발상이 아니라 할지라도 사소하면 사소한대로 자기 나름대로의 인생에 대한 새로운 해석이 주어져야 한다는 점에 비춰 보게 될 때 이 글은 그러한 논리와 궤를 같이 한 글이라 하겠다.

> "여보, 전화 받으세요."
> "누군데?"
> "받아보세요. 아가씨같아요."
> 주방에서 설거지를 하던 아내가 전화벨 소리에 화들짝 놀란 걸음으로 뛰어나와서 수화기를 나에게 건넨다.
> "여보세요. 전화 바꿨습니다."
> "선생님이세요?"
> "누구시인가……?"
> "제가 누구인지 알아 맞춰 보세요. 선생님."
> 많이 듣던 음성이다. 그러나 막상 내가 누군지 알아 맞춰 보라고 독촉하는 바람에 생각이 멀리 달아나고 말았다.
> "잠시만 기다려, 생각 좀 해보고."
> "빨리 대답하세요. 제가 누군지 알아맞히시지 못하면 전화 끊을래요."
> "미미구나."
> "호호, 네 맞아요. 저 미미에요. 어떻게 금방 전줄 아셨어요?"
>   ― 방극인(房極寅)의 <덫에 걸린 남자> 중 서두 부분

대화체로 시작된 수필이다. 각기 다른 개성을 지닌 세 사람의 목소리가 경쾌한 느낌을 주는 글이다. 수필도 소설의 경우처럼 이렇게 대화체로 시작할 수 있다. 그러나 대화체로 나가다가 이내 서술체로 바뀌어야 한다. 계속해서 대화체로만 나간다면 수필이 될 수 없기

때문이다. 밀가루 반죽 없이 팥고물만 가지고 빵이 될 수 없는 것과
도 같은 이치다.

　　　　달달달달 다르륵 —
　　　　달달달달 다르륵 —

　　등잔불이 가물거리는 가운데 할머니는 밤새도록 물레를 돌리셨다.
나는 그 물레 소리를 들으면서 꾸벅꾸벅 졸았고, 나도 모르는 사이에
잠이 들곤 했었다. 나는 잠속에서도 꿈속에서도 물레 소리를 듣곤 했
는데, 눈을 떠 보면 할머니는 영락없이 물레를 돌리고 계셨다.
　　나는 어린 마음에도 할머니가 불쌍해 보였다. 남편을 잃고 자식을
잃고 홀로 되신 할머니는 물레를 돌리시다가도 문득 손을 멈추고 죽창
문(竹窓門) 밖으로 귀를 귀울이는 것이었다. 나도 할머니처럼 창밖으로
귀를 귀울여 보면 대나무 이파리가 바람에 흔들리는 소리가 들릴 뿐이
었다.
　　우리집 대나무는 뒤안에 있었지만 앞집의 대나무는 그 집 뒤안 울
타리를 이루고 있었기 때문에 바로 문만 열어도 마주 보였다. 대나무
를 흔들고 지나가는 바람소리……그것은 어쩌면 할머니를 찾아온 혼
령인지도 모른다는 생각이 들기도 하였다. 그래서 무섭기도 하였다. 뱀
이 풀숲을 스치고 지나가는 소리처럼 대이파리는 사른거렸다.
　　할머니로서는 남편과 자식이지만, 나로서는 할아버지가 되고 아버
지가 되는 그 분들이 떠나간 세상은 마치 밤하늘의 별처럼 아득하여
이승에 다시 올리 만무지만 행여나 하고 착각 속에서 기다려 보는 것
만 같았다.(생략)

　　　　달달달달 다르륵 —
　　　　달달달달 다르륵 —

　　바른손으로 물레를 돌리면서 왼손으로는 실을 늘여 가락에 감으셨
다. 왼손을 뒷쪽으로 빼면서 실을 뽑아 올릴 때 물레는 달달달달 소리
를 내며 울었고, 뽑아 늘였던 실을 앞으로 내리밀면서 실가락에 감을

때 물레는 다르록 — 소리를 내며 울었다. 그러니까 이 달달달달과 다르록이 합하여서 내는 소리는 한이 맺힌 조선 여인의 울음 같은 것으로서 울음조차도 목이 메어 제대로 나와 주지 않는 목질(木質)의 떨림이었다.

　그것은 전쟁에서 죽은 자식을 뼈가루로 받아 들고 돌아오다 까물친 조선 여인의 넋두리 같은 울음이었다. 풀욱은 언덕에서 해가 기울도록 풀잎을 쥐어 뜯으며 울으시던 할머니의 목쉰 소리였다. 울음조차도 제대로 나와주지 않아 꺽꺽 막혀버리곤 하는 다르록 소리였다. 할머니가 바른손으로 물레를 돌리실 때 그 그림자는 벽으로 천정으로 날아다녔다. 할머니가 왼손으로 실을 뽑아 감을 때 그 그림자는 가물거리는 등잔불 주변에서 박쥐처럼 날아다녔다.
　　　　　— 황송문(黃松文)의 <등잔불 환타지아> 서두와 중간 부분

　여기에서는 물레 소리가 서두와 중간, 이렇게 두번 나온다. 서두의 물레 소리는 상황 설정이고, 중간의 물레 소리는 구체적 형상화다. 그것은 목질의 떨림에 불과하지만, 할머니의 한(恨)의 정서가 한맺힌 조선여인의 울음과 넋두리로 비유되고 표현되어 나타난다.

　필자의 자작 수필을 마지막으로 살펴보면서 집필을 마치고자 한다. 독자는 이 책을 통하여 수필이란 붓 가는대로 쓰는 글이라고 하지만 그렇게 단순하지 않다는 것을 알았을 것이다. 수필은 붓 가는대로 쓰면서도 그 붓을 끌고 가는 주제의식, 즉 어떤 ‘보이지 않는 손’의 지시에 의해서 쓰여지게 된다는 것을 알았을 것이다. 인생과 깊은 관계가 있는 수필은 자기 자신을 나타내는 자기 고백적인 글이요, 한 사람의 고백인 동시에 모든 사람의 고백이라는 점도 감지하게 되었을 것이다.

　수필을 가리켜 이야기에 앞선 사색(思索)이라 하기도 하고, 철학적 깊이에까지 이르는 관조적인 문학이라고도 한다. 그러면서도 문장도를 벗어나서도 안 된다. 수필이 문학의 한 장르인 이상 문학의

일반 이론을 무시할 수 없다.

　아무튼 수필은 삶의 이삭줍기다. 한 알의 보리나 밀을 가지고 천하 대소사나 우주의 진리를 얘기할 수 있는 수필은 우리들 인생의 길동무다. 그 길동무는 고아(高雅)하고 담박(淡泊)하여 품위를 잃지 않는다. 사소한 신변잡사 가운데 파생되는 기억의 부스러기 하나를 보면서 열 가지 백 가지, 우주 천주의 섭리를 말하기도 하는 그것은 완성을 지향하는 미완의 글이다. 그래서 우리 인생의 길동무의 발걸음은 끝이 없다.

　어쩌면, 수필이라는 인생의 길동무는 성속(聖俗)을 자유롭게 넘나들며 살되 그물에 걸리지 않는 바람처럼 그렇게 삶의 질을 높여 주며, 그렇게 높아진 삶을 우리들이 누릴 수 있도록 하기 위해 이 인간들이 세상에 존재하는지도 모른다.

찾아보기

이 책은 마치 억수로 쏟아지는 총탄을 무릅쓰고
적진을 향하여 돌진하는 병사처럼 그렇게 낮이나 밤이나,
밤낮없이 붙들고 늘어져서인지 애착이 간다.
나는 그 동안 이 책에 영양가 높고 맛있는 식단을 꾸미려고 노력하였다.
우리 나라 전체의 저명한 수필가의 작품은 물론, 신인의 작품도
예문으로 차용하는 둥, 좋은 수필은 거의 다 망라해서 다루었다.
여기에 수록한 수필 작품의 예문들이 마치 밤하늘에 빛나는
별떨기나 모래밭에 반짝이는 사금(砂金)으로 비유할 수 있을 것이다.
수필의 인플레 현상으로 자주독립을 하지 못하고 구조조정을 요하는
오늘날, 좋은 알곡 수필만 남고 글 같지도 않은 쭉정이들은 물러가라는
무언의 잠언이 되겠다는 생각이 들기도 한다.

———「머리말」 중에서

▶황송문(黃松文)

詩人, 소설가, 문학박사, 선문대학교 명예교수.
선문대학교 인문학부장, 인문대학장 역임.
국제펜클럽 한국본부 이사, 감사, 한국현대시인협회 부이사장 역임. 한국문인협회 이사.
서울디지털대학교 초빙교수(문예창작학부)
제3회 홍익문학상, 제18회 한국현대시인상,
제1회 전주문학상 등 5개 문학상 수상.
주요 저서에 『황송문시전집』, 『師道와 詩道』,
『바위 속에 피는 꽃』(시선집), 『현대시창작법』,
『소설창작법』, 『수필창작법』, 『문장론』,
『신석정 시의 색채 이미지 연구』, 『중국조선족 시문학의 변화양상 연구』 등 70권 있음.
현재 선문대, 서울디지털대, 숙명여대, 용산 아이파크 문화센터 출강.

수필창작법

발행일	초판 1999년 9월 20일
발행일	재판 2010년 3월 23일
지은이	황송문
펴낸이	정구형
총괄	박지연
편집 · 디자인	이솔잎 채지선 채지영
마케팅	정찬용
관리	한미애 강정수
인쇄처	원문화사
펴낸곳	**국학자료원**

등록일 2006 11 02 제2007-12호
서울시 강동구 성내동 447-11 현영빌딩 2층
Tel 442-4623 Fax 442-4625
www.kookhak.co.kr
kookhak2001@hanmail.net

ISBN	978-89-8206-420-3 *03810
가격	12,000원

* 저자와의 협의하에 인지는 생략합니다.
  잘못된 책은 구입하신 곳에서 교환하여 드립니다.